인문학의 오솔길을 걷다

푸른사상
산문선

11

인문학의 오솔길을 걷다

송명희 산문집

푸른사상
PRUNSASANG

멜랑콜리 멜랑콜리 멜랑콜리······.

나흘 동안 연속 비가 내린다. 아니 물 폭탄이 쏟아진다.

매미소리마저 잠잠하다.

올 장마는 마른장마로 그냥 지나가는 듯했는데 여름 끝자락의 가을 장마라니······.

봄부터 갑자기 기온이 올라가고 목련 벚꽃 라일락 봄꽃들이 동시다 발적으로 정신없이 피어나더니 올해는 모든 것이 뒤죽박죽이다. 꽃들 은 계절에 따라 순차적으로 피어나는 것인 줄만 알고 살아왔다. 그런 데 꽃들은 일정한 온도가 되면 순서를 기다리지 않고 핀다는 것을 처 음으로 알게 되었다. 수십 년 동안 알아온 상식들이 전복되는 한 해이 다. 이것도 생태파괴의 결과이며, 기후의 역습일 것이다.

세월호 참사를 비롯하여 유독 사건사고가 많은 한 해이다.

에세이집을 교정하며 보니 세월호 참사 같은 대형사고, 정부의 무책 임한 사과는 이번이 처음이 아니었다. 사고-사과-망각, 사고-사과- 망각이 반복되어온 지루한 리듬이 우리 사회를 지배하고 있다. 게다가 여야는 세월호특별법 제정을 두고 대치 국면을 벗어나지 못하고 있다.

1991년에 『여자의 가슴에 부는 바람』, 2002년에 『나는 이런 남자가 좋다』에 이어 이번이 세 번째의 에세이집이다. 두 번째 에세이집 발간후 십년 이상의 세월이 훌쩍 지나갔다.

신문이나 잡지, 한 인터넷매체에 발표했던 책 이야기, 한때는 자주 만나 영화에 대해 열띤 토론을 하던 씨네씨 모임에서 나누던 영화 이야기, 부경대학교 문우회의 『에스프리』에 발표했던 글들, 무용이나 연극 등의 공연장을 찾았던 단상들……. 인문학자로 살아오며 습관처럼 순간순간을 글로써 표현해왔던 것 같다. 기록해두지 않았더라면 망각되어버렸을 그때그때 느꼈던 단상들이 내 삶의 역사처럼 아로새겨진 글들이다.

글은 망각을 보완하며 삶을 기록한다. 인간은 망각의 동물이기에 삶의 자취를 기록함으로써 흔적을 남기려 한다. 한 사회나 국가도 기록을 통해 일어난 사건이나 흥망성쇠를 기록한다. 그것이 역사이다. 인류사회가 역사를 기록하고, 개인이 글을 통해 자신의 삶의 흔적을 남기려는 것은 결국 지난날을 잊지 않고 기억한다는 의미일 것이다. 그리고 잊지 않고 기억한다는 것은 결국 자신에 대해 안다는 것, 자기정체성을 찾는다는 뜻이다.

그런 의미에서 글을 쓴다는 것은 단순한 기록의 행위가 아니라 끊임없이 자신에 대한 인식을 넓히며, 자기정체성을 찾아가는 일이라는 생각이 든다. 자서전을 쓰듯이 에세이를 쓴 것은 아니지만 결국 쓴 글들은 자신의 삶에 대한 기록이 되었고, 이를 통해 망각에 저항하며 기억을 한다는 데 생각에 미친다.

2014년도 여름의 끝자락에서
송명희 씀

제3장 영화로 읽는 세상 이야기

제4장 영화로 읽는 인간 이야기

제5장 책갈피를 넘기다

제6장 시를 읽는 행복한 시간

제10장 공연장을 찾아서

제1장
일상의 리듬

설국 속으로

오랜만에 고향집에 왔는데 창밖이 어두워져 바라 보니 함박눈이 펄펄 흩날린다. 얼마 만에 보는 눈인가. 기대 밖의 축복이란 생각도 잠시, 내일까지 눈이 내릴 것이라는 기상예보에 부산까지 돌아갈 버스길이 걱정이다. 내일이면 눈이 쌓여 교통이 아예 두절될지도 모른다는 불안감에 오자마자 가야겠다는 딸에 대한 서운함을 감추시지 못하는 부모님을 뒤로하고 서둘러 집을 나섰다. 전화로 부른 택시는 오다가 미끄러져 헤드라이트가 깨졌다고 울상이어서 나는 공연히 미안한 마음이다.

눈은 계속해서 내리고, 하오 4시 40분 버스를 익산에서 타고 부산까지는 예상시간보다 좀 더 걸리겠다고 생각하며 좌석에 앉아 차창밖으로 하염없이 내리는 눈발을 바라보고 있다. 차창 밖으로 하얀 눈을 가득 인 나무와 들과 산이 황홀한 설국(雪國) 풍경을 만들어낸다. 나는 설국을 찾아가는 여행길에라도 나선 듯 설레는 기분으로 바뀐다. 몇 해 전에 보았던 일본영화 〈러브레터〉의 한 장면이 떠오르는가 하면, 〈사의 찬미〉를 불렀던 가수 윤심덕과 근대의 희곡작가 김우진의 비련의 사랑을 담았던 영화 〈사의 찬미〉가 떠오른다. 떠올린 영화의 한 장면은 윤심덕이 종적을 감춰버린 김우진을 찾아 겨울 풍경의 일본 산골마을로 찾아가는 장면이다. 두 사람은 영육의 일체감을 느끼지만 김우진이 이미 결혼한 몸이기에 결국 현해탄의 차디찬 물결 위에 몸을 던져버리는 비극적 사랑의 주인공이 되고 만다. 마치 나도 또 다른 김우진을 찾아 눈길을 헤치며 가고 있는 듯한 착각에 사로잡힌다. 함박눈이 펑펑 쏟아지는 마이산 휴게소에서 내렸을 때, 나는 정말 윤심덕이 되어 눈길을 밟으며 연인을 찾아 가고 있는 듯한 착각에 빠져든다.

온통 함박눈 속의 온천 마을에서 사랑하는 정인(情人)과 눈을 맞으며 이 겨울을 보내면 얼마나 좋을까? 높이를 헤아릴 길 없는 하늘에선 계속 눈이 쏟아져 온천수에 녹아들고, 주위의 산과 나무와 집들은 모두 하얗게 변했다. 몸을 뜨거운 김이 모락모락 피어오르는 온천수에 담그고 정이 그렁그렁 담긴 눈으로 사랑하는 이의 눈을 마주보는 익숙한 장면……. 언젠가 내가 경험했던 것 같은 장면이 너무도 생생하게 펼쳐진다. 정말 나는 누군가와 함께 설국을 찾아갔던 것은 아니었을까, 그것은 전생의 체험이었던가? 언젠가 보았던 영화의 한 장면이나 지난날 읽었던 소설 속의 한 장면이라고 하기에는 너무도 생생하여 나는 이것이 상상인지 현실인지 구분할 수 없어진다.

금세 나무들은 눈의 두께가 힘에 겨운 듯 가지를 축 늘어뜨리고 있다. 법정 스님의 수필 「설해목(雪害木)」과 최근에 읽은 박래부 씨의

「겨울 숲」이란 글이 떠오른다. 똑같은 눈과 나무를 두고 두 사람의 해석이 너무 대조적이어서 생각할 화두를 던져주는 글이다. 법정 스님은 "모진 비바람에도 끄덕 않던 아름드리나무들이 눈이 내려 덮이면 꺾이게 된다. 가지 끝에 사뿐사뿐 쌓이는 그 하얀 눈에 꺾이고 마는 것이다. 깊은 밤, 이 골짝 저 골짝에서 나무들이 꺾이는 메아리가 울려올 때, 우리들은 잠을 이룰 수가 없다. 정정한 나무들이 부드러운 것에 넘어지는 의미 때문일까. 산은 한겨울이 지나면 앓고 난 얼굴처럼 수척하다."라고 했다.

반면 박래부 씨는 "고요한 나무들 위로 눈이 내리고 쌓인다. 눈은 녹으면서 나무가 메마른 대기를 견딜 수 있도록 천천히 수분도 제공하지만, 적설의 무게로 부실한 가지를 부러뜨리기도 한다. 부실한 가지를 도태시키고 튼튼한 가지를 울창하게 함으로써, 숲을 더 강하게 만드는 자연의 이치가 오묘하다."라고 말한다.

법정 스님은 눈의 부드러운 힘이 모진 비바람도 꺾지 못한 정정한 아름드리나무를 꺾게 만든다고 보았다. 그리고 나무들이 꺾이는 소리에 잠을 이룰 수가 없다고 했다. 눈에 꺾이는 나무, 즉 설해목에 대한 깊은 연민 때문이다. 삼라만상을 평등하게 사랑하는 불교의 수행자다운 자비심이다.

하지만 박래부 씨는 적설의 무게가 부실한 가지를 부러뜨리지만 그것이야말로 부실한 가지를 도태시켜 튼튼한 가지를 울창하게 함으로써 결과적으로 숲을 더 강하게 만든다고 말한다.

한 사람은 겨울나무에 쌓인 눈을 '해(害)'로, 다른 한사람은 '이(利)'

로 파악한 것이다. 미시적으로 보면 나무에 쌓인 눈이 해로 작용할 수 있지만 거시적 입장에서 볼 때에는 오히려 미시적 '해'가 강한 숲을 만드는 '이'로 작용하는 오묘한 자연의 이치에 대해 말하고 있다. 결국은 관점의 문제이다.

나무에게 무겁게 쌓인 눈은 해가 될 수도 있고, 이가 될 수도 있다. 인간에게 닥친 시련도 마찬가지일 것이다. 약한 인간은 작은 시련을 견디지 못하고 나뭇가지가 꺾이듯 꺾이고 만다. 하지만 시련을 극복한 사람은 더욱 강한 사람이 되어 사회를 이롭게 한다. 해가 되느냐 이가 되느냐는 환경 그 자체의 문제가 아니라 환경을 받아들이는 인간의 의지력과 태도의 문제일 것이다.

버스는 엉금엉금 기다 서다 반복하며 열두 시간 만에 부산에 도착했다. 평소 걸리는 시간의 꼭 세 배가 걸린 것이다. 오다가 세 차례나 교통사고를 목격했는데, 아무런 사고 없이 집으로 무사 귀환한 것을 감사해야 한다. 물먹은 솜처럼 피곤한 몸으로 아파트 문을 여니, 가족들은 모두 깊은 잠에 빠져 있다.

그런데 눈에 익은 그림 한 장이 눈에 들어온다. 재미 화가 김원숙의 〈Snow Country〉다. 아까 그토록 눈에 잡힐 듯이 생생하게 떠오르던 설국 풍경은 바로 그녀의 그림 속의 풍경이었단 말인가. 김원숙 씨의 그림이 나도 모르게 그와 같은 몽상 속에 빠져들게 했다는 것인가? 나와 김원숙 씨는 똑같은 몽상에 사로잡혔단 말인가? 내 안에 있지만 내가 잘 알 수 없는 것이 무의식이다. 그러니 내가 왜 그런 몽상에 사로잡혔던 것인지 나는 결코 설명할 길이 없다.

벌들의 소동, 그리고 욕망의 삼각형

　　뜨거운 여름의 갈증을 달래는 데는 매실 주스만한 음료가 없다 싶어 몇 해 전부터 나는 직접 매실즙을 만들기 시작했다. 매실즙 만드는 법이라야 매우 간단하다. 매실을 깨끗이 씻어 물기를 완전하게 말린 후 동량의 설탕을 혼합하여 병에 넣고 시원하고 그늘진 곳에 석 달 열흘 동안 놓아두면 알맞게 숙성되어 향기롭고 달콤한 매실 주스를 내내 즐길 수 있다.

　지난 6월에 담근 매실즙이 충분히 숙성할 만큼의 시간이 지났기에 모처럼 일요일 오전의 한가한 시간을 맞아 판도라의 상자라도 열듯 설레는 심정으로 밀봉했던 병을 열었다. 병을 열자 감미로운 매실 향이 진동하며 후각과 미각을 자극했다. 매실 열매를 들어내고 매실즙을 페트병에 옮겨 담고 있는데, 갑자기 붕붕거리는 벌 소리가 요란하게 들려왔다. 웬일인가 싶어 소리 나는 쪽을 바라보니, 벌 두 마리가 날아와 주방 창의 방충망을 금방이라도 뚫고 들어올 듯한 대단한 기세였다. 나는 그 벌들이 매실즙의 달콤한 향기를 맡고 날아왔다는 것을 직감하고, 매실즙을 손에 찍어 방충망에 발라주었다. 그 순간 벌들은 매실즙을 서로 차지하기 위해서 목숨이라도 건 듯 치열한 싸움을 벌이기 시작했다. 그러다가 결정적 승패를 가리기 위해선 듯 허공으로 날아가 한동안 싸우다가 한 마리만이 돌아왔다. 그것도 잠시, 다른 한 마리가 이내 날아와 싸움은 계속됐다. 나는 10센티쯤 떨어진 곳에 매실즙을 다시 발라주었다. 싸우지 말고 한 곳씩 차지하고 사이좋게 먹으라는 배려였다.

그러나 벌들은 새로 발라준 매실즙은 거들떠보지도 않은 채 처음 발라준 매실즙을 놓고 계속 쟁탈전을 벌이는 것이었다. 나는 저것들이 싸우는 데 정신이 팔려서 두 번째의 매실즙을 발견하지 못한 것이 아닌가 안타까웠다. 그런데 그게 아니었다. 한 마리가 두 번째 매실즙으로 옮겨가자 다른 한 마리도 그곳으로 옮아가 싸움은 계속됐다. 그러다가 다시 허공으로 날아가 싸우던 벌 가운데 한 마리만이 돌아와 매실즙을 독차지했다. 그 벌이 확실히 기선을 제압한 것이라 여기며 나는 계속 매실즙을 옮겨 담고 있었다. 그리고 한참 후에 다른 벌이 다시 날아왔다. 또다시 싸움이 벌어질 것을 예상했던 나는 뜻밖의 광경을 보았다. 이게 웬일인가? 벌들은 언제 싸웠느냐는 듯이 다정하게 주둥이를 맞대고 매실즙을 빨기 시작했다. 매실즙을 페트병에 다 옮겨 담을 즈음, 두 곳을 왔다 갔다 하면서 여유롭게 매실즙을 즐기던 벌들은 더 이상 보이지 않았다.

벌들의 소동을 지켜보면서 나는 여러 가지 생각에 잠겼다. 다른 곳의 매실즙을 놓아두고 한 자리에서 싸움을 벌이던 벌들은 프랑스의 문학평론가이자 사회인류학자인 르네 지라르가 말했던 욕망의 삼각형에 대해 떠올리게 했다.

'욕망의 삼각형'이란 욕망 주체는 자기 스스로 대상을 욕망한다고 믿고 있지만, 사실은 제3자(중개자)의 개입을 통해 욕망한다는 것이다. 따라서 그의 욕망은, 자발적 욕망이 아니라, 비자발적 욕망이다. 즉 욕망은 제3자의 욕망을 베낀, 다시 말해 모방된 욕망이다. 따라서 욕망의 현상은 욕망 그 자체의 현상이 아니라 욕망모방의 현상이다. 한 가지 대상을 두고 주체와 중개자 사이에 욕망모방은 끊임없이 되풀이된다는 것이 지라르의 유명한 '욕망의 삼각형'의 기본 구조이다.

결국 벌(주체)은 다른 벌(중개자)의 욕망을 욕망하는 모방된 욕망 때문에 옆에 무경쟁의 다른 매실즙을 놓아두고도 치열한 싸움을 벌인 것이다. 말하자면 남이 욕망하니까 덩달아서 나도 욕망한 것이다. 하지만 그게 다가 아니었다. 시간이 어느 정도 지나 허기가 달래지자 벌은 경쟁자를 허용하는 여유를 보이기 시작했다. 벌들은 얼마 가지 않아 모방된 욕망이라는 맹목성으로부터 벗어나 상대방과 평화롭게 공존하는 아름다운 모습을 보여주었던 것이다.

나의 생각은 자연스레 인간의 욕망으로 옮겨졌다. 식욕뿐만 아니라 성욕, 소유욕, 명예욕, 권력욕, 지식욕 등 인간의 욕망은 매우 다차원적이고 무한하다. 인간은 벌들의 먹이를 사이에 둔 경쟁과는 비교할 수도 없이 복잡하고도 다층적인 욕망을 갖고 있다. 라캉(Jacques Lacan)

의 표현대로라면 벌들은 욕망이 아니라 순수한 생물학적 생존본능에 따른 욕구를 가질 뿐이다. 생물학적 본능인 욕구는 유기체의 필요에 따라 나타나게 되는 식욕이며, 충족되었을 때는 일시적이지만 완전하게 사라진다.

라캉은 생물학적 욕구(need)와 언어적 요구(demand), 그리고 요구로부터 욕구를 뺀 차이인 욕망(desire)으로 욕구와 요구 그리고 욕망을 구분했다. 욕망은 언어적 요구로 생물학적 욕구를 표명함으로써 산출된 나머지다. 인간의 욕망이 복잡한 이유는 이것이 생존의 욕구를 벗어난 곳에 자리 잡고 있기 때문이다. 인간의 욕망이 끝이 없다는 것은 단지 양적인 문제만이 아니다. 그것은 본질적으로 욕망이 가진 구조의 문제이다. 즉 인간은 어떤 대상에게 욕망을 느끼며 그 대상에게 다가간다. 그 대상이 자신의 결핍을 채워주리라고 믿기 때문이다. 그리고 그것만 얻으면 더 이상 아무것도 욕망하지 않으리라 믿는다. 그러나 그 대상을 얻고 난 후에도 욕망은 여전히 남는다. 따라서 욕망은 충족되는 것이 아니라 끝없이 결핍되는 것이다. 아무것도 욕망하지 않는 것은 죽음뿐이다. 한편 욕망은 인간을 살아가게 하는 동력이기도 하다. 일곱 번 쓰러져도 여덟 번 다시 일어서게 만드는 힘, 시지프(Sisyphe)의 신화처럼 정상이 보이는 순간 골짜기로 굴러 떨어져도 다시 산꼭대기를 향해 바위를 움직이는 힘이 바로 욕망이다. 인간은 끝없이 욕망이란 신기루를 쫓지만 다가가는 순간 그것은 항상 저만큼 물러난다. 충족되지 않고 끊임없이 지연되는 것이다.

그런데 인간의 끝없는 욕망 속에는 쓸데없는 경쟁심과 모방욕망 때문에 유발된 가짜 욕망들이 크게 자리 잡고 있는 것이 사실이다. 그리고 자본주의는 가짜 욕망을 유발하는 다양한 메커니즘을 가지고 있다. 벌들의 생존본능에 충실한 단순 경쟁과 금세 경쟁자와 평화롭게 공존할 줄 아는 지혜로부터 오히려 우리 인간들이 배워야 할 점은 없을까.

자연 상태에서 꿀을 채취할 꽃들도 서서히 지고 있는 10월, 일요일 오전 시간을 느긋하게 매실즙을 즐기면서 보낸 건 내가 아니라 두 마리의 벌이었다.

참을 수 없는 노화

바쁜 시간을 쪼개 피트니스 클럽에서 잠시 운동을 하고 사우나를 한 뒤 머리카락을 말리고 있는데 들려오는 소리.

"요즘 실로 하는 새로운 필링법이 개발되었는데, 시술비용이 한 번에 천만 원이 든다는 게야. 하지만 어쩌겠어, 천만 원이 들더라도 젊어지려면 시술을 받아야지!"

조금 더 젊어 보이기 위해서 천만 원을 거뜬히 지불하겠다는 사람이 무슨 탤런트나 연예인인가 하여 말소리가 들려오는 쪽을 바라본다. 그러나 그녀는 그저 평범해 보이는 사십대의 주부이다. 그녀의 말이 충격적으로 다가와서 나는 곰곰 여러 가지 생각에 잠기게 된다.

'도대체 언제부터 우리는 노화를 자연스런 삶의 과정으로 취급하지 않고, 치료해야 할 질병이나 저항해야 할 적으로 간주하는 반자연적인 사회 속에서 살아가게 되었을까?

나의 잘못된 판단일지 모르지만 참여정부 이후 소위 386세대가 정치사회적 주역으로 떠오르면서 우리 사회는 노년세대의 나이마저 앞당겨버렸다. 아니 이런 변화는 좀 더 일찍 시작되었을지도 모른다.

IMF는 명예퇴직, 정리해고 등을 통하여 젊은이들마저 나이와 상관없이 직장에서 내쫓고 말았다. 나이를 먹었다는 것이 사회적 존경의 대상이 아니라 숨겨야 할 악덕이 된 세상을 살아가다 보니, 그 누군들 노화의 흔적을 지우기 위해서 노력하지 않겠는가. 사실 노년이란 개념은 육체적 나이보다는 사회적 정년과 관련된 사회학적 개념이다. 나이가 들었다는 것은 이제껏 그가 속해 있던 사회의 아웃사이더가 된다는 의미일 것이다. 그러니 사람들은 나이 듦의 흔적을 지우기 위해서 필사적으로 노력을 기울인다.

하기야 외모 같은 것에는 전혀 신경을 쓰지 않을 것 같은 노무현 대통령님조차 이마의 팔자주름을 펴기 위해 보톡스 주사를 맞았고, 건강상의 이유라고는 하지만 쌍꺼풀 수술도 받았다. 그러니 보통 사람들까지도 남녀노소를 불문하고 경제력이 허락하는 한 젊음을 유지하고 아름다움을 갖기 위해 안간힘을 쓴다. 소위 외모지상주의 사회가 된 것이다.

외모가 개인 간의 우열뿐만 아니라 인생의 성패까지 좌우한다고 믿는 사람들은 취업 때문에, 결혼 때문에, 자신감을 갖고 싶어서 등의 이유를 들이대며, 각종 스포츠나 다이어트를 비롯하여 막대한 시간과 돈이 드는 성형수술도 불사한다. 성형수술을 하는 부위도 쌍꺼풀은 기본이며, 코, 입술, 턱, 가슴 등으로 끝없이 확대된다. 어찌 이뿐인가? 마음에 드는 외모가 될 때까지 몇 차례고 수술을 반복하는 중독증에 빠져 얼굴을 복원할 수 없는 상태로 망치거나 생명을 잃기도 한다. 정말 목숨 걸고 외모를 가꾸는 기가 막히는 세상이 된 것이다.

그들은 육체야말로 돈만 있으면 얼마든지 통제 가능한, 그들의 인생에서 성공을 확실하게 보장해주는 가장 신뢰할 수 있는 자본이라는 확고부동한 신념을 갖고 있는 것 같다. 그들에겐 육체자본이야말로 개인이 가지고 있는 각종 기술, 에너지, 지식, 창의성, 흥미, 시간 등의 자원을 넘어서서 가장 확실한 교환가치를 지니는 개인적 자원이다. 동시에 다른 사람들에게 긍정적 상호작용을 불러일으키는 대인적 자원이기도 하다. 바로 그것을 성형수술로 마음대로 변형시킬 수 있는 시대가 되었으니, 어찌 자신의 가치를 극대화시키기 위한 성형수술에 강박적으로 몰입하지 않을 것인가.

이런 외모지상주의에 팡파르를 울린 사람은 뭐니 뭐니 해도 마광수 교수가 아닌가 한다. 그는 1980년대 말에 '야한 여자론'을 제기하여 사회적 물의를 빚다가 급기야 소설 『즐거운 사라』가 음란물로 분류되어 형사처벌을 받는 수난을 당했다. 그가 말하는 '야한 여자'는 화장술, 치장술, 성형술을 총동원하여 백치미를 가꾸는 여성이다. 그러니까 아름다운 외모를 가꾸기 위해 온갖 열과 성의를 다하는 여성, 요즘 말로 외모지상주의자이다.

다비드 르 부르통은 "젊음을 예찬하고 노화와 죽음을 상징화하지 못하는 사회에서 노화가 가지는 이미지는 끔찍하다"라고 했다. 정말 우리 사회는 끔찍한 사회가 되어가고 있다. 사람들은 자기 자신에게

다가오는 노화의 끔찍스런 이미지에 저항하기 위해서 성형수술뿐만 아니라 몸에 좋다는 각종 의약품과 건강식품들에 관한 믿을 수 없는 정보들에 현혹되어 기꺼이 돈을 지불한다. 그리고 각종 몸 프로젝트에 시간과 돈을 투자한다. 그것들에 돈을 지불할 수 없는 사람들만이 노화라는 병증에 무방비로 자신을 내맡기게 되고 말 것처럼……

불로장생에 대한 사람들의 소망은 옛날이라고 해서 크게 다르지 않았다. 중국의 진시황이 불로초를 구하기 위해 제주도에 서복이라는 사람을 보냈다는 전설이 있는 것을 보면. 과거에 노화에 대한 저항은 진시황과 같은 무소불위의 권력자들이나 할 수 있는 일이었다. 하지만 요즘은 돈만 있으면 누구라도, 아니 돈이 없더라도 그 어떤 수단과 방법을 총동원하여서라도 노화를 지연시키려 한다. 그러나 결국 노화와 죽음으로부터 자유로울 수 있는 존재는 아무도 없다는 진리를 어찌 외면할 수 있으랴.

외모지상주의에 사로잡혀 노화에 저항하도록 만드는 사회에는 자본의 교묘한 프로젝트가 작용하고 있다. 한국이 세계적인 성형수술 대국으로 이름을 날리게 된 것, 한국의 성형술이 세계적인 수준으로 자리 잡게 된 것, 매년 성형수술시장의 규모가 커지는 것에는 개인의 자발적인 선택보다는 자본의 논리가 개입되어 있음을 간과할 수 없다. 단지 숫자만을 제시하는 표준 키, 표준체중조차도 따지고 보면 이에 미달되거나 벗어나는 사람들에게 쓸데없는 스트레스와 열등감을 불러일으킨다. 사람이 공장에서 대량생산되는 제품도 아니고 표준이라는 개념을 적용한다는 것 자체가 모순이 아닌가.

사실 나는 "신체발부(身體髮膚)는 수지부모(受之父母) 하니, 불감훼상(不敢毁傷)이 효지시야(孝之始也)"라는 공자님의 가르침이 어려서부터 뿌리 깊게 머릿속에 박혀 있는 탓에 언감생심 몸에 칼을 대는 엄청난 일은커녕 이제껏 머리에 염색 한번 해보지 못했다. 다만 내가 원하는 것은 흰 머리칼과 주름살이 어울리는 늙음이다. 내가 하는 일이 육체자본이 필요한 일이 아니고 지적인 문화자본이 필요한 일이니만큼 노화의 상징인 흰 머리칼과 주름살이 지적인 풍요와 성숙함의 표상으로 평가되기를 바라면서 나는 노화에 저항하기보다는 그것을 자연스럽게 받아들이고 싶다.

이렇게 말하지만 내가 건강유지를 위하여 들이는 비용과 시간도 만만치 않다. 나는 타고난 몸치이고, 몸을 쓰는 일을 머리를 쓰는 일보다 훨씬 싫어한다. 그럼에도 불구하고 이 사회가 건강유지를 위해 규정한 수칙—일주일에 적어도 3~4일, 하루 운동시간 30~40분—을 지키기 위하여 종종걸음으로 피트니스 클럽으로, 요가센터로 달려가는가 하면, 시간이 날 때는 걷는 일도 마다하지 않는다. 누가 나를 그렇게 조종하는가. 모르는 사이에 나 역시 우리 사회의 외모지상주의와 건강 신드롬에서 자유롭지 못한 것은 아닐까?

그런데 얼마 전에 신문의 신간소개란에서 운동을 열심히 한다고 해서 더 건강하고 오래 산다는 근거는 없다고 주장한 책에 관한 치명적인(?) 기사를 읽었다. 다만 얻을 수 있는 것은 운동을 하고 난 뒤에 잠시 얻는 쾌감과 즐거움이 전부라니……. 지금껏 운동을 한답시고 이곳저곳으로 뛰어다닌 시간들이 억울해질 즈음, 나는 마음을 고쳐먹는다. 적당한 운동 뒤에 느끼는 상쾌함을 그 무엇과도 바꿀 수 없다. 나는 오늘도 열심히 운동을 할 것이다.

눈을 들어 창밖을 내다본다. 교정의 나무들이 서서히 단풍으로 물들어간다. 봄의 새잎이나 여름의 울울창창한 녹음에서는 느낄 수 없던 절정으로 치닫고 있는 빛깔의 오묘한 아름다움이 눈을 사로잡는다. 단풍 든 가을나무의 아름다움과 적막 속에 외롭게 서 있는 겨울나무의 격조를 느낄 수 있는 다양성과 관용의 사회가 되길 바랄 뿐이다.

고산지대의 숲속으로 들어가고 싶다

　　　　　　　　장마가 끝나자마자 열대야가 계속되더니 오늘은
장마를 마감하는 빗줄기가 내린 탓인지 오랜만에 기온이 27도로 떨어
졌다. 얼마 만에 맛보는 시원한 바람인지 바람이 그렇게 반가울 수가
없다. 요즘은 아침에 일어나면 '오늘 하루도 더워서 어떻게 지내나'
하는 걱정부터 앞선다. 예년에는 30도가 넘는 무더위는 손으로 꼽을
수 있을 만큼 며칠밖에 되지 않았다. 그런데 유독 올해는 7월 중순부
터 폭염이 계속되고 있다. 그런데 일기예보에 의하면 8월의 본격적인
무더위는 아직 시작도 되지 않았으며, 9월까지 무더위가 계속될 것이
라 한다. 앞으로 얼마나 더 더위를 견뎌야 여름이 지나갈는지?

　어느 사이 우리나라에서도 폭염주의보나 폭염경보라는 단어가 낯
설지 않게 되었다. 10여 년 전에 미국을 여행할 때였다. 화씨온도가
100도가 넘자 폭염주의보라는 것이 발령되었다. 어린이나 노약자는

일몰 후에만 밖으로 나와달라는 멘트가 뉴스시간에 나오는 것을 듣고 호우주의보나 태풍주의보 같은 말은 들어봤지만 그런 말은 처음이라서 이상한 기분이 들었던 생각이 난다. 그런데 요즘 우리나라의 날씨는 날마다 폭염주의보 아니면 폭염경보가 발령되는 이상고온이 계속되고 있다. 내 생애 최고로 무더운 여름이라는 느낌은 결코 나의 주관적인 것이 아니었다. 기상 관측 이래 최고의 무더위가 지구를 휩싸고 있다고 한다.

에어컨에 아열대 쾌적온도까지 설정되어 있는 것을 보니, 그야말로 온대에서 아열대로 우리나라의 기후가 변화하고 있다는 것을 피부로 실감한다. 한시라도 에어컨의 바람이 없으면 견딜 수가 없다. 그러던 어느 날 에어컨의 실외기가 놓인 다용도실을 열어보았다가 깜짝 놀랐다. 그곳의 온도는 달걀을 갖다 놓으면 익을 듯이 뜨거웠다. 시원하자고 에어컨을 틀고, 그 에어컨이 돌아가면서 엄청난 열기를 내뿜고, 그것이 밖으로 배출되면서 도시의 온도를 전체적으로 높이고, 숨을 쉬어야 할 땅은 포장되어 있고, 악순환의 연속이란 생각이 든다. '교토의정서' 같은 기후변화협약이나 '저탄소 녹색성장'이란 캐치프레이즈는 개개인의 일상생활 속에서 그저 무의미할 뿐이다. 나 역시도 에어컨 대신 부채질을 할 수 없고, 머리로는 지구온난화가 초래할 재앙을 충분히 염려하면서도 몸이 그것을 받아들일 수가 없으니 큰일인 것이다.

정말 이런 때는 더위를 피해 시원한 고산지대의 산속으로 들어가버리고 싶다. 오래전에 인도네시아를 여행한 적이 있었다. 알다시피 인도네시아는 열대지역이다. 무더위 속을 여행하다가 어느 날 저녁

고산지대에 도착했다. 열대지역을 처음 여행한 나로서는 열대의 모든 지역이 모두 다 더운 줄만 알았다. 그런데 하일랜드는 그렇게 상쾌할 수가 없었다. 그곳엔 가을처럼 서늘한 바람이 살랑살랑 불어와 무더위에 지친 심신의 피로를 말끔히 날려 보낼 수 있었다. 그 쾌적함이 오래토록 기억에 남아 있다.

인도네시아 수마트라섬의 하일랜드에는 프랑스의 세계적인 호텔 체인이 있었다. 유럽식 호텔의 격조 있는 서비스에다 잊을 수 없는 건 달빛 속에서 수영을 한 것이다. 이 나이가 되도록 달을 올려다보며 달밤에 야외수영장에서 수영을 한 것은 그때가 처음이자 마지막이었다. 정말 하늘의 선녀가 지상에 내려와 수영을 하는 듯한 착각을 불러일으킨, 잊을 수 없는 아름다운 추억의 한 장면이다.

요즘 무더위를 이기기 위해서 운동종목을 헬스에서 수영으로 바꾸고, 아침에 눈을 뜨자마자 수영장으로 달려가는 것으로 하루를 연다. 아침에 수영장에서 몸을 식히면 하루를 보내는 일이 조금 수월할까 싶어서 시작한 일이다. 하지만 수영장의 물도 바깥 온도가 높으니 뜨뜻미지근하다. 어느 날 수온을 재는 것을 보니 32도였다. 이건 수영장이 아니라 목욕탕 수준이다. 이런 물에 몸을 담그고 수영을 하다 보면 머리가 무거워지면서 지끈지끈 두통이 온다. 몸을 시원하게 만들려는 나의 의도는 완전히 어긋나고 마는 것이다. 그러나 땀을 뻘뻘 흘리며 헬스를 하는 것보다는 낫지 싶어 그만두지 못하고 있다.

해운대에서 25년을 살던 나는 올해 2월, 해운대에서 다리를 하나만 건너면 되는 수영구로 이사를 했다. 백산 자락에 위치한 이곳 아파트는 부산 MBC와 담을 같이하고 있다. 그동안 조경이 아주 잘 된 아파트의 정원을 내 것처럼 즐기며 아침저녁으로 산책을 했다. 피부에 와 닿는 바람결, 재잘거리는 새소리, 그것보다 더 기분 좋은 것은 적송, 낙우송, 금송, 주목, 대나무, 벚나무, 단풍나무 등 이곳의 조경수와 백산의 빽빽한 나무들이 내뿜는 피톤치드와 황홀한 녹색…….

후각을 행복하게 만들어주는 이 피톤치드(Phytoncide)는 단지 기분만을 상쾌하게 만드는 것이 아니라고 한다. 피톤치드는 식물이라는 뜻의 '피톤(phyton)'과 '죽이다'라는 뜻의 '사이드(cide)'가 합쳐진 말이다. 이것은 나무가 해충이나 병원균 등으로부터 자신을 지키기 위해 만들어내는 항생물질의 일종이다. 숲에서는 천연항암성분의 물질이 나오기 때문에 실제 건강에도 효과가 있다고 한다. 그러니까 우리가 숲속을 산책할 때 기분이 좋아지고 마음이 편안해지는 것은 단지 기분상의 문제가 아니라 피톤치드의 실제적인 효과인 셈이다. 핀란드 숲연구협회 에바 카랄라이넨 박사가 숲에서는 인간의 면역 체계가 강화되어 암세포를 죽이는 자연살상세포(natural killer cell)의 활동이 활발해진다는 것을 밝혀냈다. 자연살상세포란 특수효소로서 암세포나 세균, 바이러스에 감염된 세포를 파괴하는 세포를 말한다. 그러다 보니 요즘 숲 치료라는 새로운 치료법까지 생겨나게 되었다.

그런데 한여름이 되자 나는 무더위 때문에 행복한 산책을 그만둘 수밖에 없었다. 밖도 뜨겁고 실내도 무덥다. 어디를 가도 시원하지가 않다. 낮의 실내온도가 30도까지 올라가고, 한 번 올라간 온도는 바깥 온도가 몇 도 떨어져도 꿈쩍도 하지 않는다. 정말 완강한 고집불통이다. 거기에다 건물은 온통 유리로 벽을 대신하고 있지만 열 수 있는 창은 코딱지만 하고 타워형의 설계로 맞바람도 통하지 않는다. 이런 건축설계로 건설사는 얼마나 많은 돈을 버는지 몰라도 이것은 입주민의 쾌적한 생활 같은 것은 전혀 염두에 두지 않은 설계임에 분명하다. 얼마 전 서울의 대표적인 주상복합 건물인 타워팰리스가 형편없이 하락한 가격에 경매에 나왔다는 뉴스를 들었다. 이는 주택경기의 침체 탓만이 아닐 것이다. 타워형의 초고층 주상복합을 선호하던 주거취향의 종말이 다가왔다는 생각이 든다.

무더위 때문에 아무 생각도 할 수 없고, 글도 쓸 수 없다. 이 글을 쓸 때 처음 의도한 것은 '더위'가 아니었다. 그러나 글을 쓰다 보니 더위 이야기만 하고 있는 나를 발견했다. 솔직히 고백하자면 이 글을 나는 7월에 시작하여 9월까지 쓰고 있다. 그동안 부산은 여름에는 시원하고 겨울에는 따뜻하여 정말 살기 좋은 곳이었다. 그러나 올 여름 나는 부산을 떠나 피톤치드가 가장 많이 나온다는 편백나무가 많은 고산지대의 숲속으로 들어가 버리고 싶다. 그곳에서 글이고 뭐고 아무것도 하지 않으며 그저 게으름이나 실컷 피우고 싶다.

동행

우리네의 동양화 속에 인간은 산자락 끝이나 강나루의 나무 그림자 밑에 보일 듯 말 듯한 존재로 그려져 있다. 그리고 동양화는 화면을 꽉 채워 그리기보다는 빈 여백의 공간을 많이 남겨 둔다. 이러한 동양화를 바라보고 있노라면 말할 수 없는 평화를 느끼게 된다. 인간이 압도하고 있는 그림이 아니라 자연의 거대한 품에 인간이 다소곳하게 안겨 있는 모습과 여백의 빈 공간이 이루어내는 아름다움, 이것이 서양화와는 다른 동양화의 미학이다.

자연을 구성하고 있는 하늘과 산과 강과 나무들 속에 보잘것없는 존재로 그려진 인간의 모습은 바로 동양인들의 생태학적 세계관을 말해주는 것이다. 서양의 생태주의는 산업화 이후 환경파괴의 후유증을 충분히 경험하고 나서야 뒤늦게 나온 사상이지만 동양인들은 역사적 경험을 거치지 않고도 선험적으로 자연과 인간이 어떤 관계를 맺으며 살아야 할 것인가 하는 생태학적 지혜를 이미 터득하고 있었다.

현재 지구상에는 동남아에선 쓰나미로 수십만의 사람이 목숨을 잃었고, 유럽에는 대홍수로, 북미 대륙에서는 강한 허리케인으로, 그리고 또 다른 곳에서는 예측불허의 태풍, 대홍수, 폭설, 가뭄, 엘니뇨, 지진, 해일 등 계속되는 기상이변으로 수천 명이 목숨을 잃는 대참사가 끊이지 않고 일어나고 있다.

이것은 기상이변이 아니라 독일의 기후전문가 모집 라티프(Mojib Latif)의 표현대로 '기후의 역습'이다. 우리가 인간중심주의에 사로잡혀 수백 년 동안 함부로 병들게 해온 지구는 이제 견디다 못해 기상이변으로 우리에게 역습을 가해오고 있는 것이다. 하지만 그것은 역습이 아니라 인간들이 가한 횡포를 더 이상 견딜 수 없다는 자연의 처절한 신음소리이다. 이 신음소리에 담긴 메시지를 경청하지 않는다면 우리는 지구 종말의 대재앙을 겪게 될지도 모른다.

MB정부는 현재 '저탄소 녹색성장'으로 국가의 미래발전전략을 제시하고 있다. 하지만 몇 달 전까지만 하더라도 국토를 동서로 가르는 대운하사업을 추진하려 했다. 국민들의 완강한 반대에 부딪혀 결국 철회했지만 개발을 통한 성장과 부, 그리고 풍요를 좇는 환상을 버리지 못하고 있는 것이다.

지난 여름 캐나다 여행길에서 로키산맥의 빙하를 구경했다. 그곳까지 가는 길에서 만난 넘실거리는 강물, 숲속 계곡마다 콸콸 흘러넘치던 물줄기, 빙하의 끝자락에 자리 잡은 호수 '레이크 루이스'의 물빛은 맑다 못해 에메랄드빛으로 빛났다. 이 풍성하고 청량한 물들은 모두 빙하가 녹은 물이라고 한다. 하지만 로키산맥의 빙하는 지금 예상할 수 없는 빠른 속도로 녹아내리고 있다고 한다.

모집 라티프는 우리가 화석연료의 사용을 멈추지 않고 지금처럼 온실가스를 계속 배출한다면, 2100년에는 지구의 평균기온이 5.8℃까지 상승하고 알프스의 만년설은 완전히 사라질 것이라 경고했다. 빙하가 녹아내리면, 해수면은 상승되고, 세계는 가라앉게 될 것이다. 사막지역은 점점 더 사막화되고, 홍수가 나는 곳은 점점 더 극심한 홍수로 몸살을 앓을 것이다. 미래에 대한 암울한 기후 예측은 결코 기우가 아니다. 지금까지 우리는 조금 더 편하게 살겠다고 자식 세대의 저주 받은 미래를 준비하고 있었던 것이다.

이제는 성난 기후를 진정시키기 위해 인간이 행동을 취해야 할 때다. 그것은 더 이상 선택의 문제가 아니다. 바로 우리의 생존과 직결된 문제이다. 그것을 내일로 미룬다면 너무 늦다는 사실을 우리는 깨닫지 않으면 안 된다.

미국 서부지역에 거주하던 두아미쉬–수쿠아미쉬족의 추장 시애틀의 연설문 〈우리는 결국 모두 형제이다〉는 우리가 자연과 어떻게 공존하고 동행하는 삶을 살아야 할 것인가를 잘 말해주고 있다. 그는 "우리는 땅의 한 부분이고, 땅은 우리의 한 부분이다. 향기로운 꽃은 우리의 자매다. 사슴, 말, 큰독수리, 이들은 우리의 형제들이다. 바위산 꼭대기, 풀의 수액, 조랑말과 인간의 체온 모두가 한 가족이다"라고 했다. 그의 말대로 한 그루의 나무나 풀 한 포기, 하늘을 나는 새나 하찮은 벌레들, 바윗돌 하나도 모두 형제이자 자매, 즉 한 가족이다. 그들은 모두 인간과 운명을 함께하는 공동운명체다. 한마디로 지구는 같이 가야 할 하나의 생명체인 것이다.

제2장
한 인문주의자의 사색

봄비 속의 사색

　　연분홍으로 막 피어난 벚꽃의 꽃망울에 방울방울 빗방울이 맺히다 떨어진다. 우산이라도 펴들고 꽃들이 폭죽처럼 피어난 길을 걸어가며 봄날의 정취 속에 한껏 빠져들고 싶은, 봄비가 조용조용 내리는 오후다. 하지만 나는 선뜻 밖으로 나가지 못한다. 빗물 속에 눈에 보이지도 않는 방사성 물질이 섞여 내린다는 뉴스가 나의 발목을 붙잡은 탓이다. 일본이 후쿠시마 원전사고의 관리를 잘못한 결과로 전 세계에 방사능 공포의 재앙이 뿌려졌다.

　　문학은 현실보다도 더 큰 진실을 그려내며 더 강렬한 감동을 준다고 문학이론가들은 말하지만 현실이 우리에게 안겨주는 충격과 감동은 그 어떤 문학이나 예술이 결코 대체할 수 없는 강력함으로 다가온다. 일본 동북부를 휩쓴 대지진과 쓰나미 그리고 원전 폭발은 영화 〈해운대〉를 보았을 때와는 비교할 수 없이 엄청난 충격으로 나를 사로잡았다. 그 충격의 여파를 지구촌은 계속해서 겪어야만 할 것이다.

극장에 1천만의 관객이 들었다는 사실은 이제 뉴스거리도 되지 않을 만큼 흔한 일이 되었지만 극장이 초유의 흥행실적을 갈아치우는 사이 문학의 독자는 급격하게 감소하고 있다. 신경숙의 『엄마를 부탁해』와 같은 밀리언셀러 소설은 요즘 아주 드물게 나온 이례적인 경우다. 인쇄매체의 시대가 지나가고 디지털과 영상매체의 시대로 바뀌다 보니, 대학의 국어국문학과에 대한 선호도도 차츰 낮아져가고 있다. 내가 전공하고 있는 학문이 비주류의 주변학문으로 밀려난다는 것은 씁쓸한 일이다.

고등학교 시절 문과와 이과로 반을 나눌 때, 나는 일말의 갈등도 없이 문과를 선택했었다. 이것은 교과목에 대한 선호도와는 다른 것이었다. 국어나 사회 과목 이외에 수학이나 과학 과목에도 나는 높은 흥미를 가지고 있었기 때문이다. 나는 그때 인간을 탐구 대상으로 삼은 인문학을 전공해야 한다는 지극히 순진하고도 낭만적인 사고에 빠져 있었던 것 같다. 요즘 학생들처럼 취업에 유·불리를 따지는 영악함이 그 시절의 학생들에게는 별로 없었다. 하기는 산업구조가 취약하던 1960년대 후반에는 무엇을 전공하든 그 결과는 크게 달라지지 않았을 것이다.

인문학 가운데서도 국문학 전공자로 수십 년을 살아왔다. 중학교 시절부터 시와 소설을 즐겨 읽던 나는 독서의 감동을 글로 쓰고, 그 감동의 정체를 분석하는 일이 정말 좋았다. 어떤 글을 쓰는 사이에도 나는 얼른 그 글을 다 쓰고 나서 또 다른 글을 쓰고 싶다는 욕망에 늘 사로잡혀 있었다. 천재는 노력하는 자를 이기지 못하고, 노력하는 자는 즐기는 자를 이기지 못한다는 말이 있듯이 나는 지금까지 스스로가 즐거워서 현대소설과 페미니즘 문학을 연구하고 비평해왔다. 이길에서 내가 한 외도라고는 몇 년간의 방송출연과 두 번의 유화 개인전을 연 것, 그리고 요즘 새롭게 시작한 사진 출사 정도이다.

그런데 지나온 세월을 돌이켜 볼 때에 국문학 연구, 특히 현대소설분야는 늘 서양의 새로운 이론을 받아들이기에 급급해왔다는 생각이든다. 새것 콤플렉스라고 지칭해도 될 정도로 새로운 연구방법론이한동안 유행을 하고, 곧이어 다른 연구방법론이 그것을 대체하는 일이 거듭되어왔다. 내가 1970년대 대학원에서 배운 방법론은 신비평과신화비평 정도였다. 한편 연구자들 사이에는 게오르크 루카치나 뤼시앵 골드만의 사회주의 문예이론에 흠뻑 빠져 있는 사람이 많았다. 그시절부터 나는 페미니즘 비평이라는 매력적인 방법론에 경도되어 있었다. 이 밖에도 역사주의, 마르크스주의, 현상학, 정신분석학, 포스트모더니즘, 구조주의, 해체주의, 신역사주의, 생태주의, 탈식민주의등 수많은 방법론이 밀물처럼 몰려왔다가 썰물처럼 빠져나갔다. 어떤것은 우리의 문학현실을 설명하는 데 비교적 적용 가능성이 높은 것도 있었고, 또 어떤 것은 이론 소개에만 그쳐버린 경우도 있었다. 나역시 새로운 이론이 소개될 때마다 거의 강박관념을 가지고, 그 이론들을 새롭게 공부하고 우리 문학에 적용해보기에 바쁜 세월을 지나왔다. 하지만 과연 그렇게 한 일들이 우리 문학을 발전시키는 데 정말기여했을까.

이제는 서양이론을 일방적으로 받아들이는 학문적 태도를 지양하고 우리의 문학을 주체적으로 연구할 수 있는 독자적 방법론에 고심해야 될 때라고 생각한다. 국문학을 연구해온 학문적 역사가 어느 정도 축적된 만큼 그야말로 학문연구의 탈식민화가 이루어져야 할 때인 것이다.

하지만 요즘처럼 연구든 교육이든 봉사든 모든 것을 점수화하고 그것을 봉급과 연결시키는 대학의 구조 속에서는 논문 편수는 양산되겠지만 느긋하고 장기적인 태도로 학문에 천착하는 큰 학자는 나오기 어렵다. 학문은 혼자서 외롭게 하는 장거리 경주와도 같은 것이다. 눈에 보이는 양적 실적만을 쫓다가는 정말 중요한 알맹이를 놓칠 수 있다는 것을 정책 입안자들은 알아야 한다.

인문학이란 무엇인가

지난해(2011) 11월 24일부터 3일간 해운대 벡스코에서 제1회 세계인문학포럼이 개최되었다. 3일간 5천 명이 넘는 많은 청중들이 경향 각지에서 참여함으로써 주최 측을 깜짝 놀라게 만들었다. 세계적인 인문학 석학들의 강의를 듣기 위한 대중들의 갈증은 현장에서 더욱 진지하고 뜨거웠다. 기조 발제자의 한 사람이었던 프랑스의 소설가 르 클레지오의 인기는 연예인에 대한 청소년들의 관심만큼이나 열광적이었다.

이번 포럼의 대주제는 '다문화주의와 보편주의'였다. 전 세계 인구의 2%가 자신이 태어난 나라의 국경을 넘어 이주하는 디아스포라의 시대를 우리는 살아가고 있다. 우리나라 사람들의 730만 명이 해외에서 거주하고 있고, 113만 명의 외국인이 국내에 이주하여 살고 있다. 이와 같은 디아스포라의 전 지구적 현상으로부터 다문화사회의 갈등은 발생한다. 그 대표적 예가 지난해 7월 22일 노르웨이 집권 노동당 청년조직의 여름캠프가 열린 휴양지 '우퇴위아섬'에서 일어났던 테러 사건이다. 브레이비크라는 한 청년이 무차별적으로 총기를 난사하여 백여 명의 사망자와 수많은 부상자를 낸 이 사건을 그는 다문화주의 와 무슬림 이민자에 대한 증오 때문에 저질렀다고 주장했다.

이주의 전 지구적 현상으로 인종적·문화적 다양성이 급격히 증가 함으로써 우리나라도 순수혈통주의에 입각한 단일민족의 신화가 깨 어지고 있다. 따라서 우리나라는 다문화사회를 선언하며, 구체적인 다문화정책을 실시하고 있다. 하지만 법과 제도와 같은 외적 시스템 의 개선만으로는 상이한 국적, 체류 자격, 인종, 문화적 배경, 성, 연 령, 계층적 귀속감 등에 관계없이 모든 인간이 인간으로서의 보편적 권리를 향유하고, 각각의 특수한 삶의 방식을 존중하며 공존할 수 있 는 다문화사회를 만들어나갈 수 없다.

세계인문학포럼에서 '다문화주의와 보편주의'라는 주제를 내건 이 유는 다문화사회를 살아가는 우리들이 추구해야 할 새로운 윤리와 가 치를 제시함으로써 다문화사회의 갈등 해소에 인문학자들도 역할을 해야 한다는 사명감 때문이었다. 사회과학자는 사회적 갈등 해소를 위해 법과 제도와 같은 외적 시스템 개선을 대안으로 제시한다면 인 문학자는 새로운 가치와 윤리를 제시함으로써 갈등 해소의 근본적 치 유책을 대안으로 내놓는다.

이처럼 인문학은 세상을 살아가는 데 반드시 필요한 윤리와 도덕기 준을 제시해주는 학문이다. 사회과학은 인간 사이의 관계에서 일어나는 사회적 현상과 행동을 다루는 학문이라고 할 수 있는데, 그러나 그 관계를 어떻게 다룰 것인가에도 가치관, 바로 인문정신이 필요하다. 자연과학도 마찬가지이다. 과학자가 올바른 인문정신을 결여하면, 그 과학은 인류의 행복에 기여하기보다는 인간과 자연을 황폐화시키는 불행한 도구로 전락하고 말 것이다. 최근 대권주자로 급부상한 안철수 교수가 기부재단 설립과 관련하여 만난 바 있는, 마이크로소프트사의 창업자인 빌 게이츠는 "인문학이 없었더라면 나도 없고 컴퓨터도 없었을 것"이라고 말한 바 있다.

그런데 언제부턴가 우리 사회에는 인문학의 위기담론이 팽배해 있다. 사실 여러 대학에서 취직이 되지 않는다는 이유로 인문 관련 학과가 폐과되었다. 뿐만 아니라 학과가 있는 대학에서도 인문학은 주변 학문 취급을 받고 인문학자들이 홀대받는 것이 오늘날 인문학이 처한 현실이다. 인문학의 위기는 이처럼 문학, 역사, 철학으로 대표되는 인문 관련 학문을 고사시키는 실용주의적이고 시장만능주의적인 가치의식에 대학마저도 사로잡혀 있다는 데서 기인한다.

하지만 인문학을 고사시킨 결과는 참혹하다. 동료학생들로부터의 괴롭힘을 견디다 못해 자살한 대구 중학생 자살 사건은 기성세대가 인간의 존엄성에 대해서 어린 학생들에게 가르치지 않은 불행한 결과이다. 지난해 우리 사회를 뜨겁게 달군 〈도가니〉 영화가 촉발한 문제도 장애아동의 인권문제였다. 인간이 어떤 가치의식과 윤리의식을 갖고 살아가야 할 것인가를 제대로 심어주었다면 과연 그런 일들이 일어날 수 있었을까? 인문정신이 실종됨으로써 각종의 사회적 범죄가 창궐하고 있는 것이다. 증가하고 있는 비리와 범죄는 법과 제도의 강화만으로는 감소시킬 수 없다. 어려서부터 인문정신에 의거한 철저한 교육이 뒷받침되어야 한다. 사람이 인간답게 산다는 것이 어떤 것인가를 가르치지 않는다면, 또한 인간으로서 살아가는 도리를 가르치지 않는다면 우리는 우리의 자식들을 자신의 욕망에만 철저한 괴물, 황금의 노예만으로 만들 뿐이다.

또한 학문의 세계에서도 인문학은 지하수의 수맥과 같다. 바로 기초학문이라는 뜻이다. 실용적인 응용학문만으로는 우리 사회의 문화와 문명의 발전은 기약하기 어렵고, 산업의 경쟁력도 약화될 것이 명약관화하다. 따라서 국가의 미래를 위해서도 인문학을 반드시 육성해야 한다. 기초학문의 튼튼한 자양분 위에서만 응용학문은 꽃을 피울 수 있기 때문이다.

필자도 발제자의 한 사람으로 참여했던 세계인문학포럼의 한 세션에서 한 대학생이 던진 질문은 여러 가지를 생각하게 했다. 요즘 대학생들은 소위 취직을 위한 스펙 쌓기에 바빠 인문학 관련 독서를 하려해도 시간이 없는데 어떻게 해야 하는가였다. 오늘의 한국을 살아가는 대학생이 처한 현실적인 딜레마였다. 경쟁만능과 효율만을 중시하는 사회시스템을 당장 바꾸지 않는다면 인문학자가 아무리 훌륭한 가치를 떠들어도 그것은 고독하고 공소한 외침이 되고 말 것이라는 것을 확인하는 안타까운 순간이었다.

요즘 대학의 울타리 밖에서 인문학 강좌가 유행처럼 번지고 있다. 지난해 한 지자체서 실시한 인문학 강좌에서 강의한 적이 있는데, 인문학에 대한 목마름은 참석자들의 열의에 찬 진지한 태도에서 충분히 확인하고도 남았다. 정작 인문학의 본산이 되어야 할 상아탑에서는 인문학이 고사되고 있지만 부산만 하더라도 민간단체의 인문학 강좌가 활성화되어 시민 스스로 강좌를 찾아다니며 들을 수 있게 되었다. 인문학의 화려한 귀환은 아무래도 대학이 아니라 길거리에서 이루어질 것 같은 예감이다.

맞벌이 엄마

오래전의 일이다. 대학에서 교편을 잡고 있는 한 선배를 학술회의장에서 오랜만에 만났다. 의례적인 인사로 나는 그에게 물었다.

"요즘, 어떠세요?"

그가 허탈한 목소리로 대답한다.

"15년밖에 안 남았어!"

"15년밖에 안 남았다니, 뭐가요?"

나는 무슨 뜬금없는 소리인가 싶어 뜨악한 표정으로 그를 바라보았다.

"대학에서 나갈 날이 15년밖에 안 남았다는 말이야!"

"……."

요즘 오랜 시간을 같이 하던 선배 교수들의 퇴임이 줄을 잇고 있다.

언제까지나 애증(?)을 나누며 함께 근무할 것이라고 생각했는데, 사람의 만남에는 결국 끝이 있다는 생각, 회자정리(會者定離)란 옛말도 떠올리게 된다. 그리고 그 옛날, 밑도 끝도 없이 '15년밖에 남지 않았다'는 말로 나를 어리둥절하게 만들었던 그 선배를 다시 생각하게 된다. 대체 그때 그에게 어떤 시간의 충격이 있었기에 그처럼 정년퇴직이 얼마 안 남았다는 식으로 시간을 인식하게 되었던 것일까?

김 교수님이 2005년 2월 말로 정년퇴직을 하시게 된다는 말을 들었다. 1981년 봄, 내가 바닷가 특유의 꽃샘바람이 휘몰아치는 대연 캠퍼스에 첫발을 내디뎠을 때, 여자 교수라곤 나보다 1년 먼저 부임하신 김 교수님과 나 단 두 사람뿐이었다. 그 시절, 김 교수님과 나는 지금은 사라진 오렌지색 본관 건물 1층 동쪽 끝자락쯤에 연구실을 나란히 하고 근무했다. 24년의 세월이 지나는 동안 통합도 있고 해서 당시 100여 명이던 교수의 숫자가 500명을 훌쩍 넘겼지만 여자 교수의 숫자는 이제 겨우 30여 명이 되었다. 그런데 그 시절에는 달랑 두 사람만이 남자 교수들 사이에 외롭게 섞여 있었다.

그 시절 김 교수님은 뒤늦게 대학원 박사과정을 이수하느라고 강의를 마치면 대학원이 있는 대구로 허둥지둥 달려가기 바빴다. 그때 나는 박사과정은 이미 마친 상태였고, 미혼에다 부산이 객지이다 보니까 만날 가족이나 친구들도 없어 시간이 할랑한 편이었는데, 교수님은 박사과정 이수에다 한창 학령기에 있는 자녀들 뒷바라지에 늘 이리 뛰고 저리 뛰고 바쁘셨다. 그 뒤 내가 결혼하여 육아의 피로로 파김치가 되어 있을 때, 교수님은 두 딸을 모두 대학에 입학시켜놓고,

박사학위도 받아 다소 시간의 여유가 생기셨던 것 같다. 그때 교수님은 "긴 터널을 통과해 온 기분이다"라고 말씀하셨다. 그리고 내 짐작으론 '너도 이제 고생 좀 해보라'는 심정으로 속으로 회심의 미소를 짓지 않았나 싶다.

하지만 교수님의 바쁜 행보는 그 후로도 계속되었다. 한동안은 혼기에 접어든 딸의 맞선 때문에 주말마다 서울을 오르내렸고, 그 후에는 의사 노릇하는 장녀의 뒷바라지에다 손자 보기까지 부산과 서울을 열심히 오르내리며 '맞벌이 주부'가 아니라 '맞벌이 엄마' 노릇에 지칠 줄 모르는 정열을 과시하셨다. 나는 김 교수님의 그 질긴 한국적 모성을 보고 '나도 저렇게 할 수 있을까'를 넘어서 '나도 저렇게 해야만 하나'라는 회의가 들곤 했다. 엄마노릇에도 분명 세대차이가 있을 것인데, '한국에서 여자로 살아가기는 너무 힘들어…….' 나는 그 끝없는 여로에 지레 지치는 기분이었다.

내 인생의 정체성을 첫째로 학자와 교수에서 찾는 나에게 주부나 어머니로서의 역할은 아르바이트 같은 느낌이다. 사실 나는 김 교수님처럼 여러 가지 일을 모두 잘할 수 있는 능력이 없다. 그래서 일찌감치 "두 마리의 토끼를 쫓다가는 한 마리의 토끼도 놓치고 만다"는 속담으로 나를 위로하며, 나의 한 마리의 토끼를 사적 역할보다는 공적 역할에서 찾아왔다. 그리고 나는 이것을 '아내나 어머니가 되기 전에 먼저 교수였으니까'라는 논리로 합리화한다.

한국에서 남자로 살기도 결코 쉬운 일은 아닐 것이다. 하지만 그들이 전업주부와 살고 있든 맞벌이주부와 살고 있든 직업을 가진 여자들처럼 공적 역할과 사적 사이에서 갈등을 겪지는 않을 것이다. 그들에겐 당연히 직업인으로서의 역할이 우선일 것이며, 사회적으로도 그렇게 하는 것을 당연시한다. 몇 년 전에 〈나도 아내가 있었으면 좋겠다〉라는 영화가 나와서 나는 아전인수격으로, 그것이 직업을 가진 여자 주인공이 '남자들처럼 나에게도 아내가 있었으면 좋겠다'는 뜻일 것으로 해석했다. 그런데 영화의 내용은 나의 예상과는 거리가 너무 멀어서 나의 자의적 해석에 쓴웃음을 지은 적이 있다.

한국에서 직업을 가진 여자들이 아내의 전폭적인 지원을 받고 있는 남자들과 경쟁을 하면서 직장생활을 하기는 정말이지 너무 고달프다. 뿐만 아니라 남자들은 겪지 않아도 될 역할갈등마저 겪고 있다. 직장에 출근하여서는 아내나 어머니의 역할을 제대로 못하는 데 따른 갈등을 겪고, 집에 돌아가서는 경쟁사회에서 뒤처질지 모른다는 스트레스에 노심초사다. 특히 어머니로서의 역할에 소홀하게 됨으로써 아이들이 잘못될지 모른다는 불안감과 죄책감마저 안고 살아간다. 이런 여성들이 많다 보니, 슈퍼우먼 콤플렉스라는 용어까지 생겼다(하기는 요즘은 슈퍼맨 콤플렉스라는 말도 생겼다고 들었다).

그동안 내가 옆에서 보고 느낀 순전히 내 생각이지만, 어머니냐 교수냐는 정체성 해명의 요구가 있을 때에 김 교수님이라면 어머니 쪽에 더 먼저 손을 들 것 같다. 이것이 나는 김 교수님과 나의 개인차를 넘어서는 세대차이라고 생각한다.

얼마 전에 교수님의 연구실에 들렀을 때, 교수님은 강원도 평창에 펜션을 구입하셨다고 했다. 나는 의아해하며 물었다.

"부산에서 어떻게 강원도까지 가시려고 그 먼 곳에 펜션을 준비하셨어요?"

사실 김 교수님은 평생 부산을 떠나본 적이 없는 동래 토박이시다.

"큰딸이 있는 서울과 가깝다."

김 교수님은 아주 짧게 나의 궁금증을 해소해주시며, 서울로 이사할 것도 고려한다고 하셨다. 정년퇴직을 하게 되면 큰딸 곁으로 가서 그동안 충분치 않았을 어머니로서의 역할을 마음껏 다하고 싶은 마음을 읽을 수 있었다. 역시 김 교수님에게 어머니라는 역할은 너무 중요하다는 생각에 나는 고개를 끄덕였다.

같은 여자 교수로서 같은 길을 걸어온 김 교수님을 보며 나는 늘 연습할 수 없는 인생의 타산지석으로 삼는다. 이제 김 교수님은 정년 후에 어떤 삶을 준비하고 계시는지 모르지만 정년 후의 노년기적 삶의 본보기를 나에게 보여주며 저만큼 먼저 길을 걸어갈 것이다.

자기만의 방

영국의 모더니즘 여성소설가 버지니아 울프의 에세이 『자기만의 방』은 페미니즘 문학비평의 고전적인 저서이다. 그녀는 이 책에서 여성들에게도 '자기만의 방'과 '돈'이 있다면 천재성을 보일 수 있다고 했다. 어찌 여성뿐일까? 작가나 학자가 자유롭게 글을 쓰고 연구를 하기 위해서는 독립된 공간과 경제적 수입이 필수적이다.

퇴임을 앞둔 교수들에게도 자기만의 방과 돈은 절실하게 필요하다. 연금을 받는다고는 하지만 그 액수는 현직에 있을 때에 비하여 현저히 줄어들고, 하루에 눈을 떠서 활동하는 대부분의 시간을 보냈던 연구실도 비워주어야 한다. 교수들에게 연구실이란 어쩌면 집에서보다 더 오랜 시간을 보낸, 혼이 깃들고 정이 밴 자기만의 공간이다. 퇴임이란 구체적으로 아침에 눈을 뜨면 가야 할 곳이 없어지는 것이다.

어떤 남자 교수는 자기 용돈으로 쓸 돈을 적어도 3억은 준비해야 자존심을 지키며 노후를 보낼 수 있다는 이야기도 하고, 또 어떤 분은 현재의 생활을 그대로 유지하기 위해서는 20억의 저금이 있어야 한다는 구체적 액수까지 제시하기도 한다. 실제로 연금은 현재 받는 월급의 절반 이하로 줄어들지만 은퇴 후에 드는 생활비는 현직에 있을 때의 80~90%가 든다고 하니 결코 허무맹랑한 수치는 아닌 것이다.

교수생활 몇십 년에 남는 것은 묵은 책뿐이다. 도서관에서도 기증받기를 원치 않고, 집에다 연구실의 책을 전부 옮길 만한 공간을 마련하기도 쉽지 않다. 그래서 어떤 교수들은 오피스텔로 옮겨간다. 퇴임을 앞두고 오피스텔을 마련하는 일은 대학사회에서 이제 아주 흔한 일이 되었다. 그래서 은퇴한 교수들은 학교 연구실이 아니라 오피스텔로 출근을 하는 것이다. 그곳에서 연구든 뭐든 왕성하게 제2의 인생을 시작하는 경우도 있지만 그렇지 않은 경우가 더 많다. 다만 집에는 그들의 독립성을 보장할 공간이 없기 때문에 제3의 장소에다 자기만의 방을 마련하는 것이다.

어디 그뿐인가. 그들은 하루 종일 부인들의 눈치를 살피면서 집에서 시간을 보낼 배짱 같은 것은 없다. 그리고 하루 세 끼 밥을 아내에게 차려달라고 할 만큼의 간 큰 남자도 되지 못한다. 그들은 오랜 세월을 같이 살았다고는 하지만 아내와 같이 다정한 시간을 보내며, 공동의 관심사를 나누고, 살갑게 살아오지 않았다. 때문에 갑자기 정년

후에 온종일 집안에서 빈둥거리는 그들이 아내에게는 결코 달가울 리 없다. 오죽하면 퇴직한 이후에, 비에 젖은 낙엽이 빗자루에 달라붙듯 아내 뒤에 붙어 다니는 남편을 '젖은 낙엽'이라는 말로 불렀을까. 젖은 낙엽이란 떼어버리고 싶은 귀찮은 존재라는 뜻이다. 직장밖에 모르던 가부장적인 남편과 갑자기 24시간을 함께 있어야 하는 아내들은 스트레스가 심해져 발진, 위통 같은 증세를 호소하기도 한다. 이름 하여 '은퇴남편증후군(RHS, Retired Husband Syndrome)'이란 신종 정신과 질환을 앓는 것이다.

갑자기 갈 곳이 없어지고, 집에서도 환영받지 못하는 남편들이 겪는 은퇴증후군……. 이를 개인적으로 해결하라고 우리 사회는 방치하고 있다. 우리 사회는 고령화사회를 넘어서서 초스피드로 고령사회를 향해서 달려가고 있음에도 이에 대한 사회적 준비가 전혀 안 되어 있고, 은퇴기를 맞고 있는 베이비부머 세대의 60세 정년연장조차 난항을 겪고 있다. 수명 연장이 축복이 아니라 재앙이 될지도 모르는 것이다.

여름방학 중에 만나 뵌 최 교수님도 은퇴를 앞두고 여러 가지로 마음이 복잡하신 듯했다. 부산 인근에 텃밭도 가꾸고 글도 쓸 수 있는 세컨드하우스를 찾고 계시다고 했다. "제가 알고 있는 지인이 살고 있는 경주에 한 번 가보시는 것이 어떠냐"라고 말씀드리고, 나도 그곳으로 이사를 간 지인을 만나기 위해 동행하여 다녀왔다.

나는 최 교수님을 뵐 때마다 신언서판(身言書判)이란 사자성어가 생각난다. 이 말은 중국 당나라 때 관리를 등용하는 시험에서 인물평가의 기준으로 삼았던 몸[體貌]·말씨[言辭]·글씨[筆跡]·판단[文理]의 네 가지를 이르는 말이다.

신(身)이란 사람의 풍채와 용모를 뜻하는 말이다. 최 교수님은 준수한 외모에다 아직도 돋보기가 필요 없을 만큼 시력이 좋으시고, 요즘 유행하는 말로 동안(童顔)이시다. 거기에다 영국신사 같은 배려심과 친절함이 몸에 배어 계시니…….

언(言)이란 사람의 언변을 이르는 말이다. 교수님은 오랫동안 유교와 불교의 경전을 공부해오신 만큼 그 말씀에 고전에 대한 인유가 풍부하고, 말에 조리가 있으며, 목소리도 부드럽고, 문학적인 감성도 뛰어나다. 지난겨울 교수 문우회에서 일본여행을 갔을 때, 버스 안에서 들려주시던 5분 스피치 경제 이야기나 뛰어난 기억력으로 외우시던 시 낭송을 잊을 수가 없다.

서(書)는 글씨(필적)를 가리키는 말이다. 예로부터 글씨는 사람 됨을 말해주는 것이라 하여 매우 중요시하였다. 하지만 요즘은 직접 글을 쓸 일이 없어졌으니, 이것은 필적이 아니라 글솜씨를 가리키는 말로 바꾸어야 할 것이다. 내가 최 교수님의 글에 주목하기 시작한 것은 오래전 〈부산일보〉의 칼럼을 통해서였다. 경영학자의 문학적 감수성이 묻어나는 글은 다른 사람들의 딱딱한 칼럼들과는 달라 나는 교수님의 글을 매주 기다리며 찾아 읽었다. 그때부터 수필가로 등단하시라고 권했지만 늘 사양하시다가 몇 해 전에야 등단을 하셨는데, 그동안 그토록 넘쳐나는 문학적 끼를 어떻게 억누르며 살아오셨을까 싶었다. 나는 경주에 다녀오면서 앞으로 교수님의 글을 쓸 화두로 '시골 의사 박경철'처럼 재미있는 경제 이야기를 써보시라고 권해드렸다.

판(判)이란 사람의 문리(文理), 곧 사물의 이치를 깨달아 아는 판단력을 뜻하는 말이다. 사람이 아무리 외모가 뛰어나고, 말을 잘하고, 글에 능해도 사물의 이치를 깨달아 아는 종합적인 능력이 없으면, 그 인물됨은 결코 출중할 수 없다.

최 교수님은 이 네 가지 중에 어느 하나도 빠지지 않는 분이시다. 나는 이런 분이 우리 학교의 총장이 되셨더라면 학교 경영을 정말 멋지게 하였을 것이라고 생각한다. 그러나 유감스럽게도 그 기회는 주어지지 않았다.

나는 최 교수님이 은퇴 후에도 그동안 쌓아온 지적 능력과 말솜씨를 발휘해서 시민 대상의 경제 강의도 하시고, 뛰어난 글솜씨로 대중을 사로잡는 경제 이야기를 책으로 써서 제2의 인생을 활기차고 건강하게 살아가시기를 기대한다. 그리고 하루빨리 멋진 자기만의 방을 마련해서 문우회 회원들을 초대하시기를 바란다.

요즘처럼 건강한 상태에서 정년을 맞는 분들이 많아진 상황에서 수십 년 동안 축적된 능력을 사회적으로 활용하지 않고 사장시켜버린다는 것은 그야말로 국가적인 손실이다. 인간의 지능은 80세까지 계속 성장하고, 그 이후에야 쇠퇴한다고 한다. 출산율이 저하되어 일할 인력이 부족해진 우리의 현실에서 피크임금제를 도입해서라도 일할 수 있는 우수한 노동력을 사회적으로 계속 활용해야 하지 않을까.

아름다운 시절, 그 후

　　나의 부임시절을 생각하니, 정말 세월이 많이 흘러갔다는 생각이 든다. 무려 30년이란 시간이 지났으니 강산이 세 번이나 변하고, 한 세대가 훌쩍 지난 것이다. 부경대학교(구 부산수산대학)는 나의 직장생활의 첫 부임지는 아니었다. 이미 나는 서울에서 잠시 교사생활을 한 적이 있고, 이곳에 내려오기 직전에는 대학강사를 하는 한편 지금은 '한국학중앙연구원'으로 명칭과 목적이 바뀐 '한국정신문화연구원'에서 '한국민족문화대백과사전'을 만드는 초기 업무를 수행하고 있었다.

　　누가 알았으랴? 내가 부산으로 내려와서 이곳에서 평생의 직장을 잡고 나의 아이들의 고향을 부산으로 만들 줄을⋯⋯. 그 시절 대학은 입학정원제에서 졸업정원제로 바뀌어 학생 수가 늘어나고 대학의 교원이 많이 필요하게 되었다. 이 대학 저 대학에서 신규교수를 채용한다는 공고가 날마다 났다. 나는 이력서를 타이핑하여 여러 장 복사해 두고 사진만 새로 붙여 신문에 채용공고가 날 때마다 보냈으니, 나중에는 어느 곳에 이력서를 냈는지조차 기억나지 않았다. 나는 면접에서 몇 차례 탈락하자 어디고 먼저 나를 채용하겠다는 대학으로 무조건 갈 것이라고 내심 결정하고 있었다. 그런데 부산수산대학에서 면접 연락이 온 것이다. 그리고 지금 학연, 지연, 혈연이라고는 하나도 없는 이곳에서 부산사람으로 30년을 살아가고 있으니, 정말 사람의 앞날은 예측할 수가 없다.

내가 우리 대학에 부임한 것은 1981년의 봄이다. 당시 교원 수가 100명 남짓한, 역사는 오래되었지만 규모는 작은 부산수산대학에서 처음으로 교수가 되어 지금까지 근무하고 있는 것이다. 그때는 20대의 교수도 흔했고, 새로 임용되는 교수는 대체로 30세 전후의 풋풋한 젊은 나이였다. 당시에는 학과도 많지 않아 국어국문학과는 물론 지금 인문사회과학대학에 소속된 학과의 대부분이 개설되어 있지 않았다. 나는 교양국어를 담당하는 교양과정부의 교수로 채용된 것이다. 그러니까 교양과정부에는 어학, 인문학, 사회과학을 전공하는 학자들이 교양과목을 담당하며 학과 소속 없이 모여 있었다. 국어국문학과가 개설되기 전까지 학과 없는 서러움도 많이 겪었지만 신문에 글도 많이 써냈고, 지역사회의 강연활동과 언론활동으로 비교적 바쁜 시간들을 보냈다.

교양과정부에는 나와 비슷한 시기에 들어온 정치학 전공의 P교수, 독문학 전공의 L교수가 있었다. 그들은 몇 년 안 되어 다른 학교로 떠나고 말았지만 나는 그들과 친하게 지냈다. 부임한 이듬해로 기억되는 봄날이었다. 한 주의 강의도 모두 끝난 금요일쯤이었는지, 우리 셋은 신선대 아래쪽에 있는 횟집으로 점심을 먹으러 나갔다. 그때 그곳에는 여장남자가 서빙하는 횟집이 있었다. 여자처럼 진하게 화장을 하고 여자 옷을 입고, 여자 목소리를 내는 그는 지금으로 치자면 트랜스젠더였다. 그가 있는 식당에서 회에다 매운탕, 그리고 술까지 한 잔 들이켜 불콰해진 우리들은 횟집을 나와 신선대 아래쪽의 천주교 묘지가 있는 곳으로 흐느적흐느적 걸어갔다. 이른 봄이라서 그곳에는 진달래꽃이 흐드러지게 피어 있었다. 프랑스의 상징파 시인 폴 발레리가 노래한 〈해변의 묘지〉가 바로 그곳에 있었다. 우리들은 진달래꽃 사이에 각자 팔베개를 하고 드러누워 누가 먼저랄 것도 없이 노래를 부르기 시작했다. 봄바람은 살랑살랑 가슴을 설레게 하고, 봄 하늘은 한껏 푸르고, 태평양으로 나아가는 묘망한 바다가 바로 발아래에서 출렁이고 있었으니 정말 아름다운 한순간이었다. 그 순간의 황홀을 즐길 뿐 우리에게는 바쁜 일도 근심할 일도 없었다.

그 시절, 풍류를 즐기는 L교수는 교양과정부 교수들을 몰고 범일동 호텔의 나이트클럽으로 진출했다. 나까지도 그들의 권유로 한 번 따라간 기억이 있으니, 남자교수들은 한동안 나이트클럽에 열중했을 것이다. 지금 생각해보면 국립대학 법인화와 성과급 연봉제에 직면한 요즘 대학과는 너무 거리가 먼 태평성대의 낭만적인 이야기다.

흔히 교육을 국가의 백년지대계라고 말한다. 그런데 국립대학 법인화란 그 중요한 백년지대계의 교육을 떠맡은 대학에 국가의 지원금은 한 푼도 줄 수 없으니 알아서 돈을 벌어가며 교육을 시키고, 못하면 문을 닫으라는 말이다. 국립대학의 등록금은 폭등할 것이고, 결국 이것은 교육의 수요자인 대학생과 그 부모들의 허리를 휘청하게 만들 것이다. 국립대학 법인화란 결국 대학의 민영화이며, 국가의 인재양성에 국가는 돈 한 푼 들이지 않겠다는 발상에 다름 아니다. 열매는 따먹되 키우는 비용은 들이지 않고 수고도 하지 않겠다는 뜻이다.

그런데 연구와 교육이 본연의 임무인 대학이 과연 돈벌이까지 잘할 수 있을까? 아니 그런 일을 꼭 대학이 감당해야 국가의 생산성이 높아진다는 말인가? 한국의 국력이 2010년에 세계 11위이며, 2020년에는 8위권으로 도약을 할 것이라고 하는데 경제적으로 더 어려웠던 시절에도 감당하던 인재양성 비용을 국가가 지불하지 않겠다는 이유는 대체 어디에 있는가? 두 마리 토끼를 쫓다가는 결국 둘 다 놓친다는 속담이 있다. 교수사회는 노조도 없으니 끽 소리도 못하고 이 제도를 결국 받아들일 위기에 처해 있다.

그뿐만이 아니다. 요즘 대학에 불어닥치고 있는 또 하나의 변화는 성과급 연봉제의 전면 실시다. 국립대학을 법인화하여 이익을 창출해가며 교육도 잘 시키고 연구에 봉사까지도 더 많이 하라고 다그치고 있는 것이다. 기업경영에서 나온 이 성과급 제도를 이익을 창출하는 기업도 아닌 대학에서 채택하리라고는 아무도 상상하지 못했다.

그런데 최고학력의 교수들이 스스로 즐거워서 연구하는 대신 업적평가에 얽매여서 연구 성과를 내야 하는 일은 아주 잘못된 일이다. 게다가 교육업적 하나하나에다 점수를 매기고, 봉사업적 하나하나에도 점수를 매기는 타율적인 제도는 대학교수를 마치 '참 잘했어요' 스티커로 통제하는 유치원생 취급을 하는 것 같아 불쾌하기 그지없다. 게다가 평생 연구와 교육밖에 모르는 이들에게 돈벌이까지 하라고 하니, 한 사람의 능력이 이처럼 전방위적으로 발휘될 수 있다고 제도를 만든 사람들은 과연 믿는 것일까?

나는 성과급으로 교원을 평가하지 않던 시대에도 스스로 즐거워서 열심히 연구하고, 사회봉사도 열심히 해왔다. 누가 강제로 시켜서가 아니라 자율적으로 한 일이다. 그런데 지난해 마지막 날에 학과 사무실에 종이 한 장이 전달되어왔다. 펼쳐보니 프리미어등급의 우수교수업적상이라 적혀 있었다. 나는 그것이 기쁘기는커녕 씁쓸하기만 했다. 좋아서 한 일이 성과급에 얽매여서 한 일처럼 돼버렸기 때문이다.

나는 지금도 새로운 것을 배우는 일을 좋아한다. 그래서 몇 년 전에는 우리 학교의 국제대학원에 영상학과가 설치되자마자 1기생으로 등록하여 영상학 석사학위를 취득했고, 지금도 한국콘텐츠진흥원의 사이버 강의를 한 달에 2개 정도 계속하여 듣고 있다. 최근에는 사진예술이라는 새로운 장르에 도전하고 있다. 생각건대 교수라는 직업은 자발적으로 즐겁게 공부하고 가르치는 것을 좋아하는 사람이 선택하는 직업이다. 결코 업적을 강요받는 직업이 되어서는 안 된다.

성과급 연봉제와 연계한 업적 평가는 단기적으로는 실적이 많이 나오도록 작용할 것이다. 하지만 장기적으로는 대학사회에 과거보다 유능한 인재가 많이 들어온다는 보장이 없다. 머지않아 대학사회는 지나친 경쟁으로 스트레스를 받고, 건강을 상하게 될지도 모른다. 지금까지 교수직은 임용되는 나이도 높고 학력에 비해 봉급수준도 높지 않은 반면 정년퇴직이 보장되고 시간적으로 비교적 자유롭다는 메리트가 있었다. 그런데 이런 메리트가 모두 사라져버렸다. 몇 년 전부터 처음 임용되는 교수는 계약직으로 임용된다. 게다가 교수는 평생 부단히 업적을 내야 하고, 봉급마저도 호봉제에서 전면적인 성과급제로 바뀐다. 법인화가 되면 돈도 벌어들여야 한다. 누가 이 직업을 선호할 것인가? 인문학을 전공한 내 아들은 한때 대학교수를 해볼까 생각하더니 나이가 40세는 돼야 교수가 될 수 있다는 것을 알고는 간단하게 진로를 게임분야로 바꾸어버렸다. 내심 내가 하던 학문을 계승해주었으면 하고 바라는 마음이 없지 않았지만 나는 그의 진로 선택을 격려해주었다.

젊은 시절에 누구보다 열심히 연구했지만 나이가 들어 페이스를 조절하는 원로교수가 갓 들어온 신진교수보다 봉급을 적게 받아야 한다면 학생들이나 젊은 교수들은 원로교수를 더 이상 존경의 대상으로 여기지 않을 것이다. 물론 교수사회의 의욕이 꺾이고 말 것은 명약관화하다. 또한 교수사회의 위계질서와 권위는 성과급 연봉을 지급하는 순간 와르르 무너지고 말 것이다. 사람은 누구나 늙는다. 늙는다는 것이 존경의 대상이 되던 시대가 아무리 지났다고는 하나 성과급 연봉제로 대학사회의 질서를 무너뜨리는 것은 하나는 알고 둘은 모르는 단견이다.

케케묵은 옛말이라 할지 모르지만 공자는 『논어』 제1장에서 "배우고 때로 익히면 이 역시 즐겁지 아니한가(學而時習知 不亦悅呼)"라고 했고, "남이 나를 알아주지 않아도 노여워하지 않음이 또한 군자가 아니겠는가(人不知而不 不亦君子呼)"라고도 했다. 학문이란 스스로 즐기면서 해야 큰 업적을 낼 수 있고, 군자란 남이 나를 알아주지 않아도 화내지 않고 묵묵히 자신의 일을 하는 사람이다. 그런데 업적 성과를 내기 위해 전전긍긍 연구를 해야 하고, 자신이 이렇게 연구하고 교육하고 봉사했노라고 증빙서류까지 갖추어서 제출해야 하는 시대는 멀쩡한 사람을 구조적으로 소인배로 만들고 있다. 대학교수를 군자까지는 몰라도 치졸한 소인배로는 만들지 말아야 하지 않겠는가.

제3장
영화로 읽는 세상 이야기

소름 끼치는 모성의 지독함

　　김기덕 감독의 영화 〈피에타(Pieta)〉가 이탈리아 베니스에서 열린 69회(2012) 베니스 국제영화제에서 최고상인 황금사자상을 수상했다. 르네상스 시대의 거장 미켈란젤로는 '피에타'를 통해 과연 무엇을 표현하고 싶었을까? 처형당한 아들의 죽음을 연민하는 어머니의 비탄을 표현하고 싶었을까, 아니면 자신의 아들을 처형한 자들을 향한 분노와 저주를 표현하고 싶었던 것일까? 그도 아니면 분노와 저주를 넘어서서 용서와 구원까지를 말하고 싶었던 것일까? 김기덕의 영화 〈피에타〉를 보면서 오래전 로마 여행에서 본 피에타, 이 조각상을 만든 미켈란젤로의 작품 의도가 나는 새삼 궁금해지기 시작했다.

　　베니스영화제에서 황금사자상을 수상했다는 뉴스를 전하면서도 보수언론들은 여전히 〈피에타〉에 대해서 회의적인 태도를 칼럼을 통해서 내보이고 있었다. 한마디로 황금사자상까지 수상한, 세계 최고의 영화전문가들이 최고라고 평가한 작품이니 보러 가기는 가야 할 것 같은데, 여전히 김기덕의 영화는 불편하지 않겠느냐는 것이 그들의 일치된 태도였다.

사실 김기덕의 작가주의에 대해서 공감하지 않는 관객은 많다. 특히 그의 영화가 보여주는 폭력이라는 코드에 대해서 많은 사람들이 혐오감을 나타낸다. 하지만 이 사회의 예민한 문제를 비켜가지 않고 예리하게 건드리는 김기덕 영화가 가진 주제의 힘, 저예산으로 그런 정도로 영화를 만들어내는 장인정신이라는 점에서 나는 김기덕의 작가주의를 인정하는 편이다. 그렇다고 해서 김기덕 영화의 기본문법의 하나인 폭력이 좋다는 뜻은 아니다. 나 역시 폭력은 싫다. 그런데 그의 영화 〈봄 여름 가을 겨울 그리고 봄〉, 〈빈 집〉, 〈시간〉 등에서 그것은 한결 순화된 방식으로 표현되었다. 더구나 이번에는 제목마저 '피에타(자비를 베푸소서)'이니 결코 혐오스런 폭력은 없을 것이라고 기대하며 아들과 함께 극장에 갔다.

사실 나는 보수언론의 기자들이 보여준, 김기덕에 대한 우월감이 영 못마땅했던 것이다. 세계적인 거장의 반열에 오른 김기덕 감독에 대해 경의를 표하지는 못할망정 극장에 가서 〈피에타〉를 볼까 말까를 망설이는 그들을 솔직히 나는 경멸했다. 그런데 어느 순간 둔기로 얻어맞은 것처럼 가슴이 꽉 막혀오는데, 그들의 망설임이 온몸으로 이해가 되었다. 이 영화는 정말 지독했던 것이다.

폭력의 끔찍함은 김기덕의 초기영화로 돌아간 듯했고, 서울의 한가운데 청계천 뒷골목의 황폐함을 배경으로 주인공 이정진과 같은 괴물을 탄생시킨 날카로운 주제의식은 황금만능주의의 어두운 그늘을 참혹하게 고발하고 있었다. 사채업자의 하수인이 되어 결코 빌린 돈을 상환할 능력이 없는 채무자들을 상해보험에 가입시키고 그들을 상해하여 돈을 받아내는 그 끔찍한 설정하며, 도저히 맞닥뜨리고 싶지 않은 불편한 진실, 즉 한국자본주의의 외면하고 싶은 암영을 영화는 너무도 집요하게 재현해내고 있었던 것이다. 상류층의 도덕적 부패를 통해 자본주의의 어두운 그림자를 그린 영화 〈돈의 맛〉을 만든 임상수 감독 같은 사람은 절대 표현해낼 수 없는 김기덕만의 방식, 그 작가주의의 집요함은 지루하리만큼 철저했다.

마지막 시퀀스에서 비닐하우스를 찾아가 행상을 나가는 여자의 트럭에 자신을 매달아 스스로를 처형하는 그 지독함 때문에도 영화는 카타르시스를 결코 주지 못한다. 아니 영화는 관객으로 하여금 숨 쉴 여지, 생각할 공간조차 주지 않았다. 아리스토텔레스는 그의 『시학』에서 비극의 목적을 공포와 연민을 재현함으로써 그러한 감정을 카타르시스하는 것이라고 했다. 하지만 이 영화는 카타르시스를 전혀 주지 않았다. 영화가 재현해내는 신은 충분히 공포스러웠고, 인물들에 대해서도 처절한 연민을 느꼈지만 영화를 보고 난 후의 감정은 카타르시스와는 거리가 한참 멀었다. 영화를 보고 나서 가슴이 풀리는 것이 아니라 꽉 막힌 가슴은 극장을 나와서도 해소되지 않고 소화불량으로 이어졌다.

〈피에타〉를 보는 내내 아니 극장을 나와서도 오랫동안 나를 충격에 빠뜨린 건 (한국적) 모성의 지독함이었다. 그러니까 영화 〈피에타〉가 환기한 가장 강렬한 감정은 연민, 분노(저주), 용서나 구원 같은 것이 아니었다. 모성의 지독함이었다. 아들을 위해서라면 어떤 일도 다 할 수 있다는 지독한 모성은 한국적인 것인지 보편적인 것인지? 몇 년 전 봉준호 감독의 영화 〈마더〉의 소름 끼치는 모성도 지긋지긋했는데……. 〈피에타〉의 조민수나 〈마더〉의 김혜자 같은, 즉 아들을 위해서라면 그 어떤 일도 다 할 수 있는 모성이미지를 반복적으로 재현해내는 한국 남성감독들의 무의식이 나는 궁금해진다.

자신의 아들을 죽게 만든 주인공에게 복수하는 방식이 모성이라니? 어머니라는 존재를 알지도 못하고 어머니의 사랑 같은 것을 결코 받아본 적이 없는 그로 하여금 어머니라는 존재와 사랑을 깨닫게 만듦으로써 복수하는 방식을 택하다니! 에덴동산의 이브 이후 항상 어머니, 여자, 모성이 문제이다. 이정진이 스스로를 처형하도록 만들었기 때문에 조민수는 마침내 복수에 성공한다. 그런데 이것은 복수인가, 구원인가?

33년의 의미, 〈변호인〉

　　1천137만 명의 관객이 관람한 영화 〈변호인〉(2013)
은 고 노무현 대통령이 젊은 시절에 변호했던 부림사건을 다룬 영화
이다. 부림사건이란 1981년 제5공화국 군사독재 정권이 집권 초기에
통치기반을 확보하기 위하여 일으킨 부산지역 사상 최대의 공안사건
으로 역사는 기록하고 있다. 이 사건이 33년 만에 대법원의 최종판결
로 무죄가 확정(2014.9.25)되었다는 뉴스를 접하면서 33년이란 긴 세
월의 의미에 대해서 생각을 하지 않을 수 없다.

　평론가들은 한 목소리로 〈변호인〉을 국가폭력을 정면에서 다룬 영
화로 평가한다. 사실 우리의 현대사에는 국가폭력이라는 말조차도 꺼
낼 수 없을 만큼 숨 막히는 시대가 엄연히 존재했다. 영화에서 역사적
으로 실재했던 국가폭력을 정면에서 재현할 수 있게 되었다는 것만으
로도 정말 세상은 많이 변화했다는 것을 실감하게 된다. 그리고 무죄
확정의 뉴스가 전해짐으로써 우리는 비로소 반민주적인 역사의 어두
운 터널을 빠져나와 새로운 시대를 살아가고 있다는 느낌을 갖게 된

다. 이것이 내가 이 영화를 본 가장 강렬한 느낌이다.

국가폭력은 "과거 독재정권하에서 정권유지를 위해 반독재 운동가와 국민들에게 가해졌던 각종 국가기구들의 폭력적 탄압이나 억압"을 규정하는 말이다. 공권력에 의한 고문, 신체적 위해, 집단학살, 치사행위, 계엄이나 위수령 선포 등 국민들의 저항적 의사표현 행위를 억압하는 행위 등을 지칭하는 개념인 것이다.

1979년 부산, 상고 출신으로 사법고시를 패스한 송우석(송강호 분)은 7개월 만에 판사직을 그만두고 부동산 등기 변호사에서 세금 전문 변호사까지 남들의 비난도 아랑곳하지 않으며, 탁월한 사업수완을 발휘하여 부산에서 제일 돈 잘 버는 변호사로 이름을 날린다. 하지만 그는 고교동기동창 모임의 시퀀스에서 보듯이 시국문제에는 너무나도 무지한, 단지 자신의 경제적 성공에 자족하는 소영웅주의에 사로잡힌 인물이었다.

대기업의 스카우트 제의까지 받으며 전국적 명성을 날리려는 찰나 그는 인생을 바꾸게 된 결정적 터닝 포인트를 맞게 된다. 소위 부독련 사건에 휘말리게 된 것이다. 영화 속의 부독련 사건은 바로 부림사건의 패러디이다. 국밥집 아들 진우의 변호를 계기로 송변은 잘 나가는 세무 변호사의 길을 때려치우고 인권변호사의 길을 걷게 된다. 진우는 야학에서 사회과학도서도 아닌 지극히 탈역사주의적 작품으로 평가되는 피천득의 수필 「인연」을 읽고 토론하다가 검거되는데…….

그들이 독서모임에서 읽은 책들이란 E.H.카의 『역사란 무엇인가』, 리영희의 『전환시대의 논리』, 『우상과 이성』, 조세희의 『난장이가 쏘아올린 작은 공』, 최인훈의 『광장』과 같은 것들이다. 당국은 이들 서적을 이적 표현물을 담은 불온서적으로, 이 책을 읽은 진우 등을 반국가 찬양을 고무한 자로 규정짓고 검거했던 것이다.

진우의 변호를 위해 밤 새워 읽은 위의 책들로 인해 송변은 비로소 역사의식에 눈을 뜨게 된다. 그는 그 책들이 결코 불온서적이 아니라는 것을 증명하기에 혼신의 노력을 기울인다. 그는 영국대사관을 통해 『역사란 무엇인가』를 쓴 E.H.카가 공산주의자가 결코 아니며, 그는 단지 외교관 자격으로 소련에 체류했던 것이라는 것을 명쾌하게 밝히고, 소위 불온서적으로 분류된 책들이 서점에서 멀쩡히 팔리고 있는 책이며, 서울대학교의 권장도서목록에도 들어간 책들이라는 것을 밝힘으로써 공권력의 부당한 탄압에 논리적으로 맞선다.

하지만 처음부터 부독련사건은 안기부, 보안사, 검찰청, 경찰들이 모여 서울의 학림사건 같은 사건을 조작하여 민주화 세력을 초토화시키기 위해 조작한 사건이었다. 즉 국가폭력에 안기부, 보안사, 검찰청, 경찰 등이 직간접으로 개입되고, 법률적 완성은 검찰과 법원이 담당했고, 차동영 경감은 그것을 실행하는 인물이었다.

이 사건은 "6·25 이후 부산지역 최대 반정부 조직 일망타진" "부산지역 대학생들 다수, 혁명으로 정부 전복 노려"와 같은 뉴스의 헤드라인에서 보듯 반정부적 국가보안법 위반사건으로 조작된다. 송변은 이 사건이 고문으로 조작된 인권유린사건일 뿐 결코 국가보안법 위반사건이 아니라고 강력하게 항변하지만 법정은 증언대에 선 군의관 윤 소위를 탈영병으로 조작함으로써 고문이 있었다는 그의 양심선언을 증언으로 채택하지 않는다. 진우에게 징역 10년이 언도되자 송변은 법치주의에 대한 좌절감으로 감당할 수 없는 분노와 무력감에 사로잡힌다.

"대한민국 헌법 1조 2항, 대한민국 주권은 국민에게 있고 모든 권력은 국민으로부터 나온다. 즉 국가란 국민이요. 그런데 차동영 당신이 말하는 국가란 게 대체 뭐요? 이 나라 정권을 강제로 찬탈한 군인들?'이라는 매서운 질문, 즉 국가권력에 정의가 없다면 그 권력이 거대한 강도집단과 다를 게 뭐냐는 송변의 주장은 바로 이 영화가 관객들을 향해 던지고자 한 핵심적 메시지라고 할 수 있다.

국가폭력이 법정에서 가려지리라고 믿었던 돈키호테 같은 송우석 변호사, 법치주의에 대한 그의 좌절은 결국 그로 하여금 집회와 시위에 직접 가담하는 저항폭력에 나설 수밖에 없는, 즉 민주화운동에 참여할 필연적 동기를 제공한다.

르네 지라르가 폭력의 해결은 또 다른 폭력으로써만 가능하다고 말했듯이 1987년 6월 민주항쟁 시기의 국가폭력과 이에 저항하는 저항폭력은 최고조에 달했다. 국가는 전경을 동원하여 시위대를 향해 지랄탄을 쏘아대고, 백골단을 풀어 쇠파이프를 휘둘렀다. 시위대 역시 화염병과 돌을 던지는 저항폭력으로 맞섰다.

영화 속의 현실을 동시대인으로서 경험했던 나로서는 〈변호인〉을 보는 내내 극영화가 아니라 한 편의 다큐 영화를 보는 듯한 착각에 빠져들었다. 어쨌거나 이제 우리는 반민주적인 어두운 역사의 터널을 통과하여 지난 시대의 국가폭력을 고발하는 영화를 만들 수 있게 되었다. 그리고 그것을 천만 명이 넘는 관객들이 관람하고, 평론가들은 국가폭력을 자유롭게 담론화할 수 있게 되었다. 그것만으로도 역사의 발전이 상당히 이루어졌다는 것을 인정하지 않을 수 없다. 그것이 바로 반정부적 국가보안법 위반사건으로 조작된 부림사건이 무죄판결을 받기까지 걸린 33년간의 세월이 지닌 역사적 의미일 것이다.

폭력의 도시 부산의 이미지를
재현하는 영화들

　　1980년 겨울, 나는 부경대학교(당시 부산수산대학)의 교수가 되기 위해 부산으로 내려올 준비를 하고 있었다. 친구들은 왜 서울을 놔두고 엽기적인 토막살인사건이 일어난 부산으로 내려가려 하느냐고 극구 만류하는 분위기였다.

　　1981년 3월에 부산으로 내려와 부산시민이 된 이후에도 '폭력의 도시'라는 부산의 오명은 바뀌지 않았다. 폭력이나 범죄의 이미지로 점철된 부산의 부정적 이미지 형성에 실제 일어났던 사건도 사건이지만 영화가 일정 부분 영향을 미쳤을 것이라는 생각이 든다. 왜냐하면 실제 일어났던 사건들의 통계수치와 폭력의 도시 부산이라는 오명 사이에는 상당한 거리가 있기 때문이다.

　　실제로 부산이 다른 도시에 비하여 범죄의 발생 건수나 비율이 높다는 유의미한 통계자료들은 발견되지 않고 있다. 2013년도의 검찰청의 범죄분석 통계에 따르면 폭력과 유관한 강도, 폭행, 상해, 살인, 성폭력 범죄발생비율에서 부산은 강도의 경우 3위에 올랐을 뿐 다른 범죄발생비율이 결코 높지 않다.

그럼에도 불구하고 영화에서 재현하는 부산은 〈친구〉(2001)가 보여주듯 오래된 우정이나 의리도 저버린 채 친구를 회칼로 찔러 죽게 만드는 조폭들의 폭력이 난무하는 도시이며, 〈사생결단〉(2006)에서 보여주듯 마약사범이 판을 치는 도시이고, 〈범죄와의 전쟁〉(2012)에서 보여주듯 세관 공무원의 비리의 온상이며, 조폭들 사이의 폭력과 배신으로 얼룩진 도시 등 폭력과 범죄가 난무하는 이미지로 재현되어왔다. 그리고 이와 같은 영화의 이미지 재현은 부산을 배경으로 한 영화에서 등장하는 인물들이 사용하는 상스럽고 거친 언어와 함께 부산을 폭력적이고 거친 곳, 점잖지 못한 곳이라는 인식을 고착화시키는 역할을 일정 부분 담당했다고 할 수 있다.

어떤 지역에 대한 이미지는 각 개인의 직접적인 경험뿐만 아니라 매스미디어의 보도나 영화와 같은 대중매체에 의해 형성된 이미지에 의해 크게 좌우된다. 부산시는 다이나믹 부산이라는 슬로건을 내걸고 해양수도를 자처하며 세계도시, 물류도시, 영상도시, 금융도시, 관광·컨벤션 도시 등을 전략적으로 지향한다. 하지만 부산을 배경으로 만들어지는 영화들은 부산시가 추구하는 창조도시 브랜드와는 전혀 걸맞지 않는 이미지들을 지속적으로 생산하고 있다.

바다와 산이 조화된 천혜의 자연적 조건과 항구와 공항을 갖춘 부산, 산복도로와 해운대의 초고층 빌딩의 대조적인 풍경들까지 부산은 영화 촬영지로서 정말 매력적인 도시임에 틀림없다. 부산시는 영화 촬영의 편의를 위해 영화인들에게 무조건적으로 협조를 함으로써 영상도시 부산 만들기에 헌신적(?)이다. 하지만 그렇게 해서 만들어진 영화가 부산시가 지향하는 도시 브랜드와는 전혀 상반된 폭력의 도시, 범죄의 도시 부산의 이미지를 생산하고 있다면, 더욱이 그것이 실제현실과도 거리가 있는 것이라면 그것은 정말 심각한 일이 아닐 수 없다. 물론 부산을 배경으로 삼은 영화와 촬영지로서의 부산을 혼동해서 하는 말은 아니다.

부산을 명시적 배경으로 설정하며 폭력이라는 소재를 다룬 3편의 영화, 즉 〈친구〉(2001), 〈범죄와의 전쟁〉(2012), 그리고 〈변호인〉(2013)가 떠오른다. 〈친구〉 818만 명, 〈범죄와의 전쟁〉 472만 명, 〈변호인〉 1천137만 명 등 이 3편의 영화는 수많은 관객들이 관람했던 영화였다는 점에서 폭력의 도시 부산의 이미지를 고착화시키는 데 큰 영향을 미쳤던 영화들이라고 할 수 있다.

부산을 배경으로 '폭력'이라는 소재를 다룬 영화 〈친구〉는 어린 시절의 친구가 조폭으로 성장하여 조직의 이권에 따라 친구를 잔인하게 찔러 죽이도록 살인교사를 한다는 이야기이다. 영화에서 준석이 자기 조직의 신입들에게 칼을 써서 살인방법을 교육하는 시퀀스는 영화가 살인하는 법을 가르친다며 당시 사회적으로 큰 파장을 일으켰다.

아무튼 〈친구〉는 숨이 끊어져가는 동수가 "마이 무따 아이가, 고마해라"라고 의연히 말하는 것이나, 준석이 살인교사혐의를 인정한 이유에 대해 "건달이 쪽팔리면 안 될 것 아니가, 쪽 팔려서 그랬다"라고 건달을 그럴듯한 인간으로 포장한 대목에서 폭력을 미화했다는 비판에서 자유로울 수 없다. 하지만 이 작품은 한 소년이 조폭으로 성장하는 데 개인적 가정환경뿐만 아니라 학교(교사–학생 간 폭력)가 상당한 영향을 미친 것으로 설정하고 있다. 즉 부르디외가 말했듯이 한 개인의 삶에 미치는 상징적 폭력을 문제 삼고 있다.

영화 〈범죄와의 전쟁〉은 국가폭력과 조폭세계의 폭력이 어떻게 얽혀 있는가를 보여준 영화이다. 부산 출신의 윤종빈 감독은 과거 군사정권에서 정권이 바뀔 때마다 국가폭력의 지속적인 재생산과 반복이 이루어졌음을 관객에게 뚜렷하게 환기시킨다. 영화는 단순히 폭력조직 간의 암투나 와해를 그리는 데서 나아가 이것이 노태우 정권하에서 이루어진 '범죄와의 전쟁' 선포로 인한 조폭 검거와 폭력조직 와해작전에 의해서 야기된 것으로 설정하고 있다. 즉 국가폭력과 폭력조직 간의 폭력을 교차시키며, 폭력조직을 감시하고 처벌을 담당해야할 검사세계의 비리, 어떤 의미에서는 조폭들과 공생관계에 있는 검찰조직의 부패까지 끼워 넣음으로써 강한 정치적 메시지를 전달한다. 즉 폭력은 조폭의 세계에서만 난무하는 것이 아니라 검사세계에서도 상하의 위계서열에 의한 구조적 폭력이 일상적으로 일어나고 있으며, 우리 사회의 유교적 혈연주의에 의거한 문화적 폭력 역시 사회 곳곳에 병폐를 일으키고 있음을 영화는 냉소적으로 보여준다.

영화 〈변호인〉은 본격적으로 국가폭력을 다룬 영화이다. 법치주의를 통해서 법정에서 국가폭력에 대한 시시비비를 가리려는 송우석 변호사의 돈키호테적 순진함은 그에게 무력감과 분노를 일으키고 그는 결국 국가폭력에 저항하기 위해 길거리의 집회와 시위에 직접 가담한다. 즉 민주화운동에 가담하는 저항폭력에 나선다.

부산 출신 곽경택 감독이 만든 〈친구〉의 향수 코드, 역시 부산 출신 윤종빈 감독이 만든 노태우 정권의 '범죄와의 전쟁'에 대한 냉소적 고발, 그리고 외부자인 양우석 감독의 국가폭력을 본격적으로 문제 삼은 〈변호사〉 등 부산을 배경으로 폭력이라는 소재를 다룬 3편의 영화에서 감독의 의도는 각각 다르다. 그러나 영화 〈친구〉와 〈범죄와의 전쟁〉에서 감독의 의도가 무엇이든 부산이 폭력의 도시라는 이미지를, 〈변호사〉는 국가폭력에 저항하는 인물을 통해서 부산이 국가폭력에 저항하는 민주화의 도시라는 이미지를 유포시킨다.

어느 지역에 대한 이미지는 개인의 직접적인 체험뿐만 아니라 매스미디어를 통해 형성된다. 특히 영화는 영상을 통해서 배경이 된 장소를 시각적으로 재현할 뿐만 아니라 등장인물들의 행동이 직접적으로 드러나기 때문에 폭력이란 소재도 보다 사실적으로 경험된다. 부산 배경의 영화가 폭력이라는 소재를 반복적으로 재현하게 될 때, 그것은 감독의 의도나 실제 사실과도 다르게 폭력의 도시 부산의 이미지 생산은 불가피하다. 더욱이 그것이 상업적으로 성공한 영화라면 그 파급력은 더욱 커질 것이다.

현란한 액션과 스펙터클을 통해 대중들의 폭력에 대한 대리만족을 겨냥하는 손쉬운 방법이 폭력영화를 생산하는 메커니즘일 것이다. 영화의 사실성을 높이기 위해 부산을 배경으로 설정하는 안이한 태도는 정말 부산시민의 한 사람으로서는 불편하기 짝이 없는 일이다.

현대의 소비사회에서 관객들은 문화상품의 하나인 영화를 통해 그들의 시청각적 욕망을 충족시키며 카타르시스를 느끼고자 한다. 즉 관객들은 2시간 동안 영화가 보여주는 스펙터클에 현혹되고, 그 이미지를 하나의 엔터테인먼트로 소비할 따름이다.

이미 구축된 폭력의 도시 부산이라는 이미지를 바꾸기 위해서는 부산시는 긍정적인 이미지를 강화 제고하려는 노력을 기울여야 할 것이다. 가령, 한국은 오랫동안 세계인의 뇌리 속에 한국전쟁, 남북분단, 빈곤, 시위와 같은 부정적 이미지로 각인되어왔지만 세계 10위권의 경제대국으로 성장한 다음부터 한류, K팝, IT, 자동차 등의 긍정적 이미지로 바뀌고 있다. 그와 마찬가지로 부산시가 전략적으로 지향하는 세계도시, 해양도시, 영상도시, 물류도시, 관광·컨벤션 도시 등에 성공하게 된다면 기존에 구축된 폭력의 도시라는 부정적 이미지에서 벗어날 수 있을 것이다.

리얼과 하이퍼리얼

한바탕 잘 살고 깨어나니, 그것이 꿈이었다는 이야기는 고대소설 『구운몽』 이래로 이광수의 『꿈』까지 몽자류 소설의 전형적인 구조이다. 올여름에 본 영화 〈인셉션(inception)〉은 SF의 첨단적 구조를 가진 서사인 것 같지만 실은 전통적인 환몽구조를 가진 꿈에 관한 이야기이다. 타인의 꿈에 접속해 생각을 빼낼 수도 집어넣을 수도 있다는 미래사회에 관한 이야기이다.

'돔 코브'(레오나르도 디카프리오 분)는 특수보안요원으로서 최고의 실력으로 남의 생각을 훔치는 인물이다. 그는 우연한 사고로 국제적인 수배자가 되어 집으로 돌아갈 수 없는 신세가 된다. 이런 처지의 그에게 사이토는 하나의 프로젝트를 제안하게 된다. 이 프로젝트를 성공적으로 수행하게 되면 그는 모든 것을 되찾을 수 있다. 그가 되찾고 싶은 것은 아이들이 있는 집으로 돌아가는 일이다. 그런데 그에게 부여된 임무는 남의 머릿속의 정보를 훔쳐내는 것이 아니라, 반대로 남의 머릿속에 가짜정보를 입력시켜야 하는 일이다. 그는 '인셉션'이라 불리는 이 작전을 성공시키기 위해 팀을 조직한다. 불가능에 가까운 게임, 하지만 목숨을 걸고서라도 반드시 이겨야만 그는 사랑하는 아이들에게 돌아갈 수 있다.

이 영화는 꿈속의 꿈이 여러 층위로 교직된 복잡한 구조를 가졌지만 이것은 결코 미래사회에서나 가능한 새로운 이야기가 아니다. 인간은 무의식이라는 스스로는 알 수도, 이해할 수도 없는 복잡하기 그지없는 정신세계를 가지고 있다. 의식과 무의식을 넘나드는 영화의 이야기는 〈인셉션〉을 일종의 심리극으로 읽혀지게 만든다. 하지만 스크린을 압도하는 것은 종횡무진의 전형적인 할리우드 액션이다.

영화는 현실과 가상현실, 리얼과 하이퍼리얼의 경계가 모호해진 미래사회의 모습을 잘 보여주고 있다. 사실 영화에서 어디까지가 현실이고 어디까지가 꿈인지를 분간하는 일은 매우 어려워 보이지만 이를 구별하는 일 자체가 무의미하고 불필요하다. 왜냐하면 절대적인 현실이 존재하는 것이 아니라 자신이 현실이라고 믿고 싶은 것이 현실이기 때문이다. 코브의 아내는 자신이 현실이라고 믿고 싶은 가상현실로 돌아가기 위해 코브의 만류에도 불구하고 건물에서 뛰어내려 자살을 하고 만다. 그녀에게 진정한 현실은 과연 어느 세계란 말인가? 그야말로 장자의 호접지몽(胡蝶之夢)을 생각나게 하는 영화이다.

어젯밤 꿈에 나는 나비가 되었다. 날개를 펄럭이며 꽃 사이를 즐겁게 날아다녔다. 너무도 기분이 좋아 내가 나인지도 잊어버렸다. 그러다 문득 꿈에서 깨고 보니, 나는 나비가 아니라 내가 아닌가. 아까 꿈에서 나비가 되었을 때는 내가 나인지도 몰랐다. 그런데 꿈에서 깨고 보니 분명 나였다. 그렇다면 지금의 나는 정말 나인가, 아니면 나비가 꿈에서 내가 된 것인가. 지금의 나는 과연 진정한 나인가, 아니면 나비가 나로 변한 것인가…….

하루 종일 인터넷게임에 빠져 있는 요즘의 아이들에게 게임 속의 현실이 바로 실재현실이다. 인터넷 속의 가상현실에서 놀기 위해 인터넷세대들은 사이버머니를 현실의 돈을 지불하고 산다. 그들에게 리얼과 하이퍼리얼의 경계는 무의미하다. 진정한 주체는 어느 쪽에 있는지 분간할 수도 없다. 주체의 소멸인지, 리얼과 하이퍼리얼의 경계를 넘나드는 복수의 주체인지 알 수 없다. 현실은 실종되고 시뮬레이션이 삶을 지배하는 하이퍼리얼리티의 시대가 도래하고 만 것이다.

기성세대인 나까지도 인터넷 앞에 앉아 원고를 쓰고, 뉴스를 접속하고, 필요한 정보를 서핑하고, 논문을 다운받고, 온라인으로 강의도 듣고, 이메일도 보내고, 은행거래도 하고, 인터넷쇼핑도 한다. 이처럼 하루 대부분의 시간을 컴퓨터 앞에서 보내고 있다. 굳이 종이신문을 읽고, 원고지에 원고를 쓰고, 몸을 움직여 도서관이나 은행, 우체국, 그리고 시장을 가야 할 필요가 없어졌다. 그저 손가락으로 클릭, 클릭, 클릭만 하면 모든 것이 다 해결된다. 어디 이뿐인가. 학교의 공문이나 업무처리는 인터넷으로 대체된 지 오래고, 강의시간에는 인터넷 카페를 개설하여 그곳에다 강의에 필요한 자료를 올리고, 학생들의 과제를 받고, 학생들은 카페에 올린 과제를 열어 프레젠테이션을 한다. 그러니 인터넷이 나의 현실인지 오프라인이 나의 현실인지 모호하게 되고 말았다. 나 역시도 사적으로나 공적으로 접속과 클릭에 익숙한 삶을 살고 있는 것이다.

집에서 학교로 이동하는 과정에서도 누구를 만나야 할 필요가 없다. 자동차에 올라타는 순간 내비게이터의 친절한 안내가 시작된다. 나는 길을 찾기 위해 하등의 신경을 쓸 이유가 없다. 그녀는 주행속도에서 감시카메라의 위치, 길의 방향까지 쉴 새 없이 나에게 멘트를 날린다. 시속 60Km로 가세요, 직진입니다, 왼쪽으로 좌회전하세요……. 끝없이 이어지는 그녀의 지시를 무조건 수행하는 나는 잘 프로그래밍된 자동인형 같다. 이 순간 진정한 나는 대체 어디에 있는 것일까?

우리 시대 괴물은 무엇인가

봉준호 감독의 블랙버스터 영화 〈괴물〉은 오락적 흥행성과 의미 추구 양면에서 성공한 영화이다. 이 작품은 우리 사회에 만연된 괴물로 상징되는 것들은 무엇인가에 대해 질문을 던지고 있다.

첫째, 그것은 환경오염이라고 할 수 있다. 영화에서 보듯 주한 미8군 부대의 더글라스 부소장은 단지 병에 먼지가 끼었다는 터무니없는 이유로 수백 병의 포름 알데이드를 한강에 방류하도록 부하 직원에게 명령한다. 그것이 독극물임을 환기시키는 한국인 직원에게 그는 "마음을 크고 넓게 가집시다"라는 궤변을 늘어놓는다. 결국 무심코 버린 독극물은 한강의 물고기에 돌연변이를 일으키고 그것이 괴물을 탄생시킨 것으로 설정하고 있다. 이처럼 아무렇지도 않게 환경을 오염시킬 때에 돌이킬 수 없는 막대한 피해를 무고한 시민들에게 입힐 수 있다는 것을 영화는 보여주고 있다.

괴물의 희생자가 된 사람은 한강에 놀러 나온 시민, 괴물을 잡기 위해 한강변을 수색하던 경찰, 손녀를 괴물로부터 구출해내기 위해 애쓰던 노인, 그리고 아무런 죄도 짓지 않은 순진무구한 14살짜리 소녀이다. 이것은 환경을 오염시킨 가해자와 그 오염의 결과로 피해자가 되는 사람이 다르다는 것을 보여준다. 이처럼 환경오염의 피해자는 환경오염에 가담하지 않은 불특정 다수의 무고하고 선량한 시민들이다. 그리고 그 피해는 인간의 생명을 담보로 한 막대하고 끔찍한 피해라는 사실을 영화는 강력하게 경고하고 있다. 그런데 누가 원인 제공자인가는 끝내 밝혀지지 않을 뿐만 아니라 밝히려는 노력조차 하지 않는다는 것을 영화는 보여준다. 그것이 환경오염에 무관심한 우리의 현실인 것이다.

둘째, 우리 시대의 또 다른 괴물은 겉으로는 국민을 위한다는 이데올로기를 내세우는 국가권력 또는 공권력이라고 할 수 있다. 그것은 괴물의 피가 얼굴에 튀었다는 이유로 송강호 가족이 겪게 되는 격리 수용과 송강호로부터 있지도 않은 괴물 바이러스 검출을 위해 마취제를 놓고 손발을 묶으며 심지어 머리통을 뚫는 등 모르모트처럼 함부로 취급하는 것에서 극명하게 드러난다. 처음부터 괴물 바이러스 같은 것은 아예 존재하지도 않았다. 당국과 언론은 그들의 필요에 따라 사실을 조작함으로써 국민들을 기만했던 것이다. 결국 우리가 진실이라고 믿을 수 있는 것은 아무 데도 없다는 것이다. 공권력의 허위의식을 영화는 강하게 고발한다.

셋째, 화학전을 방불케 하는 바이러스 퇴치를 위한 미국의 화학물질(에이전트 옐로) 살포는 오늘날 미국 등이 내세우는 평화 유지를 위한 전쟁이라는 아이러니를 연상시킨다. 그것은 또 하나의 거대한 환경오염이다. 이를 막기 위해 시민단체들이 시위를 벌이는데, 시민단체도 이 시대의 또 하나의 권력으로 자리 잡고 있을 뿐이다. 따라서 그들의 시위는 정작 딸을 괴물에게 빼앗긴 송강호 가족에게 전혀 도움을 주지 못한다.

결국 괴물을 잡은 것은 운동권 출신의 삼촌의 화염병과 양궁선수인 고모의 활이다. 국가권력이 지켜주지 못한 소녀의 목숨을 그들 가족은 가족 간의 끈끈한 가족애를 통해 구해내려 한다. 그 과정에서 할아버지(박희봉)의 희생(죽음)이 있었는데, 한국의 가족주의는 이처럼 강한 결속력을 갖고 있다. 그럴 수밖에 없는 것이 그 누구도 이들 가족의 안위와 생명을 지켜주지 못하기 때문이다. 소녀가 살아 있다는 송강호의 말에 그들 가족 말고 그 누구도 귀 기울이지 않았고, 진실은 계속 외면당했다. 진실을 보도할 의무가 있는 언론마저도 앵무새처럼 당국의 입장을 대변하는 것으로 일관했다. 봉준호 감독의 국가권력과 언론에 대한 빈정거림은 관객으로 하여금 큰 공감대를 불러일으켰다.

넷째, 청소용역 차량에 돈을 요구하는 부패한 공무원들도 이 시대의 거대한 괴물이다. 그들의 부정부패야말로 국민들의 인간다운 삶을 방해하고, 공정한 게임의 규칙을 준수하지 않게 만든다.

다섯째, 운동권의 타락은 4년제 대학을 나오고도 항상 술에 취해 있는 삼촌과 그의 선배를 통해서 보여준다. 수용소를 탈출한 송강호 가족을 마치 범죄자처럼 현상 수배하는 공권력이나 현상금이 욕심나서 후배를 간단히 배신해버리는 물신주의적 세태를 봉준호 감독은 꼬집는다.

여섯째, 결국 이처럼 타락한 시대, 순수한 14살짜리 소녀는 이 시대의 죄악에 대한 희생양이 되어 괴물의 희생자가 된다. 이 소녀의 죽음이야말로 대속의 상징이다. 타락과 죄악으로 오염된 우리 시대를 대속하는 희생양이다. 이 작품에서 소녀 현서의 죽음은 희생양 모티프를 보여준다. 현서의 죽음은 반미감정을 불러일으키는 촉발제가 되었던 효순·미선 양의 죽음을 연상시킨다. 영화 〈괴물〉은 반미감정을 밑바탕에 강하게 깔고 있는 영화이다. 미국이야말로 한국인에게는 가장 다루기 힘든, 거대한 괴물이 아니겠는가.

신파통속극의 진한 감동

　　박진표 감독의 영화 〈너는 내 운명〉은 농촌 티켓다방의 레지 은하(전도연 분)과 서른여섯이 되도록 장가를 들지 못한 농촌총각 김억중(황정민 분)과의 운명적인 사랑을 다룬 신파통속극이다.

　　이 영화는 에이즈에 걸린 윤락녀가 자신의 운명을 저주하며 수천명의 남자들과 고의적으로 성관계를 맺었다는 실제사건으로부터 모티브를 얻은 신파조의 통속극으로서 우리 시대의 세태를 잘 반영하고 있다. 우리 시대의 세태 반영은 현대의 흑사병으로 알려진 에이즈에 걸린 여성이 주인공으로 등장했다는 점, 농촌을 파고드는 티켓다방의 성매매 실태, 결혼할 짝을 찾지 못하고 필리핀으로 원정결혼을 하러 갔다가 사기를 당하는 세태 등에서 찾아볼 수 있다. 이처럼 영화는 우리 시대의 세태풍속을 적절히 배치함으로써 사실감을 높일 뿐만 아니라 사회적 문제의식마저 적절히 환기하고 있다. 이러한 장치는 원래

다큐멘터리 감독으로 알려진 박진표 감독의 영화적 강점이라고 할 수 있다.

그렇다고 하여 이 영화가 우리 시대의 세태를 풍자하고 고발하는 목적으로 만들어진 것은 아니다. 영화는 바로 티켓다방의 레지인 은하와 억중의 결코 있을 법하지 않은 순수한 사랑이 연출해내는 신파적 감동을 목표로 하고 있다. 있을 법하지 않은 사랑을 다루었다는 점에서는 박 감독의 전작인 〈죽어도 좋아〉에서 보여준 70대 노인의 육체적 사랑과 같은 차원이라고 할 수 있다.

이 영화의 사랑을 '있을 법하지 않은' 귀하고 감동적인 것으로 만드는 것은 우리가 살고 있는 이 시대가 지나치게 계산적이고 일회적인 원나잇스탠드(one night stand)의 경박한 사랑이 만연된 시대이기 때문일 것이다. 결혼도 쉽게 하고 이혼도 쉽게 하는 이혼율 3위의 이혼 대국에서 억중의 결혼은 반드시 사랑하는 사람과 하겠다는 고집, 티켓다방 출신의 아내가 에이즈에 걸린 사실을 알고도 끝까지 찾아내 사랑하겠다는 우직함, 성매매의 천국이 되어버린 나라에서 정말 사랑하는 사람을 위해서 동정을 지키는 순수함, 그리고 목장주가 되기 위한 종잣돈인 전 재산(다섯 개의 저금통장과 젖소 한 마리)을 처분해 은하의 전 남편에게 주어버리는 데 갈등하기는커녕 다시는 찾아오지 말라고 하며 자신이 그녀를 끝까지 지키겠다는 각서에 자신과 전 남편의 손도장까지 찍어 땅에 파묻는 계산하지 않는 사랑이 우리를 감동시킨다.

은하 역시 억중의 순수한 사랑에 서서히 감동하는데, 그것은 억중이 가져온 목장에서 갓 짜낸 우유를 처음에는 개수통에 쏟아버리다가 점차 마시는 데서 잘 드러나고 있다. 어머니와 형의 반대를 설득하여 은하와 결혼한 억중의 사랑은 환하게 핀 복사꽃이 흩날리는 달밤의 과수원에서 죽어서도 끝까지 사랑하겠다는 언약에서 절정의 아름다움을 보여준다.

하지만 두 사람의 아름답고 빛나는 사랑은 전 남편이 찾아와서 은하를 협박하고 억중으로부터 이천오백만 원을 뜯어감으로써 시련을 맞이한다. 이 옛 남자야말로 은하의 숨겨진 과거의 상처이다. 이 남자는 은하를 끝까지 따라다니며 정신적으로 괴롭히고, 돈을 뜯어내며, 육체적으로도 철저히 자기만족적인 폭력을 은하에게 가한다. 이때의 섹슈얼리티는 일종의 성폭력이며, 그야말로 남자의 여자에 대한 지배욕의 표현일 뿐이다. 그의 은하에 대한 새디스트적인 괴롭힘과 등치 큰 억중을 형님이라고 부르는 교활함은 억중의 순수한 사랑과 극단적인 대비를 이룬다. 옛 남자야말로 왜 은하가 억중의 순수한 사랑에 감동할 수밖에 없었는가의 필연성을 푸는 열쇠이다. 남자에 대한 상처를 안고 있는 은하 역시 억중을 진정으로 사랑했기 때문에 전 남편이 억중으로부터 이천오백만 원을 갈취한 사실을 알자 억중을 떠난다.

사실 그 즈음의 억중의 정신적 괴로움은 은하가 에이즈에 걸렸다는 사실에 대한 충격과 그 사실을 은하에게 알려야 하느냐 말아야 하느냐로 인한 갈등이었는데, 은하는 이를 전 남편의 출현과 금전 갈취 때문으로 오해한다. 음식을 준비해놓은 후 늦게까지 돌아오지 않는 억중을 기다리는 문틈 사이로 보이는 은하의 쓸쓸한 뒷모습은 불행한 운명으로부터 결코 자유롭지 못할 그녀의 앞날을 암시한다. 그녀가 불행한 운명일수록 억중의 그녀에 대한 사랑은 더욱 빛이 날 수밖에 없다.

억중이 은하의 사랑을 얻기 위해 애쓰는 영화 전반부의 상승적 플롯은 과수원에서의 낭만적 장면을 터닝 포인트로 하여 시련에 빠지는 변화를 맞이한다. 은하가 에이즈에 걸렸다는 사실을 알게 된 억중의 갈등과 자신이 억중에게 부담만을 준다는 자괴감에 억중을 떠나는 은하, 그녀를 찾아다니는 억중, 전 남편이 갈취한 돈을 억중에게 갚기 위해 다시 매춘을 시작한 은하, 2002년 월드컵 축구가 온 나라를 축제의 도가니로 빠뜨린 바로 그 순간 울리는 휴대폰은 은하가 매춘을 하다가 경찰에 구속되었음을 알려준다.

은하는 변호사의 변호에도 불구하고 에이즈에 걸린 사실을 숨기고 매춘을 한 죄로 2년 6개월의 실형을 받게 된다. 그녀는 억중의 면회를 거부하고, 억중의 가족들은 그녀를 찾아와 절대 억중을 만나서는 안 된다는 약속을 받아간다. 면회를 거부하는 은하를 만날 수도 없는 사실에 억중은 더욱 애를 태울 뿐이다. 은하의 마음이 변하여 처음으로 면회를 하게 된 억중은 유리벽 너머의 은하에게 끝까지 그녀를 책임지겠다는 각서를 보여준다. 짧은 면회시간이 지나자 유리벽 위쪽의 앰프를 뜯어내고 서로 손을 잡고 사랑한다고 울부짖는 두 남녀의 몸부림은 두 사람의 사랑의 클라이맥스이다. 이 영화의 신파적 스토리는 전도연과 황정민의 뛰어난 연기력에 힘입어 뜨거운 감동을 자아냈다.

아날로그 매체, 아날로그 인간애

　　　　　　　〈왕의 남자〉로 일약 스타감독이 된 이준익이 만든 영화 〈라디오스타〉는 디지털과 멀티미디어가 종횡무진으로 삶을 압도하는 시대에 라디오라는 아날로그 매체를 통하여 아날로그적 인간애가 빚어내는 잔잔한 감동을 보여준다.

　　주인공 최곤(박중훈 분)은 88년도에 MBS 가요대상을 받은 록 가수이다. 하지만 세월이 지나는 동안 화려한 스포트라이트를 받던 그는 손님도 몇 안 되는 변두리 커피숍의 좁은 무대에서 흘러간 노래를 부르고, 술에 취해 손님과 분쟁을 일으키는 영락한 신세가 되어 있다. 그는 서울에 있는 방송국의 PD로부터도 철저히 외면당하고, 강원도 MBS 영월중계소에서 '오후의 희망음악'을 진행하는 DJ가 된다. 그는 이미 한물간 가수가 되었지만 그의 자존심만큼은 아직도 가수왕 시절에 사로잡혀 있다.

이 영화의 또 다른 주인공은 박민수(안성기 분)다. 그는 최곤이 가수왕 시절부터 지금까지 변함없이 매니저로서 자신의 가족까지도 외면한 채 그를 돌보고 있다. 그는 아들과 남겨진 아내가 김밥집마저 망해 문을 닫고 지하철 입구에서 행상으로 김밥을 파는 신세가 되었는데도 오로지 최곤의 매니저 역할에만 매달려 있다. 그는 가정적으로는 한심한 아버지요, 책임감 없는 남편이며, 무능한 가장인 셈이다. 하지만 최곤에게 그는 자신의 자존심을 지켜주는 최후의 보루이며, 유일무이의 정신적 실질적 후원자이다. 그리고 영월 유일의 아마추어 록 밴드 '이스트리버'도 최곤의 존재를 알아주고 추앙하며 그의 자존심을 충족시켜준다.

영화에서 영월이란 강원도 산골의 지국도 아닌 중계소의 낡아빠진 시설이며 한물간 가수, 그리고 징계를 받아 중계소로 쫓겨온 강 PD가 성의 없이 진행하는 프로그램은 다방, 시장 등 지역주민들로부터 당연히 외면을 당한다. 하지만 우연히 집을 가출하여 다방에서 일하고 있는 김 양이 중계소로 커피배달을 왔다가 최곤이 진행하는 방송에 출연하여 외상값을 갚지 않는 손님 이름을 거명하며 외상값을 갚으라고 말하고, 자신의 가출을 엄마에게 사죄하며 보고 싶다는 진솔한 고백을 한 이후 방송의 인기는 치솟는다. 이후 프로그램은 그 지역 주민들의 대화의 창구요, 문제의 해결소가 되었고, 최곤은 자신감을 갖고 명쾌한 상담사요 해결사를 자처하며 즐겁게 방송을 진행한다. 영화에서 라디오는 일방적으로 정보를 발신하는 매체가 아니라 청취자의 참여에 의해서, 또 그들의 일상사에 직접적으로 영향을 미치는 쌍방향의 매체로 변화함으로써 인기가 치솟는다.

방송 시작 100일 기념 공개방송 이후 이 프로그램의 명성은 더욱 높아지는데, 급기야 서울 본사에서는 이 프로그램을 본사에서 직접 제작하겠다는 결정을 하고 최곤을 서울로 올라오라고 한다. 뿐만 아니라 잘 나가는 서울의 기획사에서도 유리한 조건을 제시하며 최곤의 매니저를 맡겠다고 찾아오지만 그는 거절한다. 그리고 서울에도 가지 않고 영월에 그대로 남겠다고 고집을 부린다. 별수 없이 서울 본사에서는 영월에서 진행하는 전국방송으로 그 프로그램을 계속 진행하라는 명령이 떨어진다.

박민수의 부인은 최곤의 '민수 돌아오라'는 방송을 듣고 그에게 영월로 돌아가라고 말한다. 돌아온 박민수는 최곤에게 우산을 씌워주는데, 이 마지막 장면은 그 어떤 역경이 닥친다고 하더라도 두 사람은 공동운명체임을 강하게 은유한다.

〈라디오스타〉는 시골 중계소를 배경으로 아날로그적 인간애와 라디오라는 매체의 따뜻함을 잘 연결시킨 영화이다. 이 영화는 디지털과 멀티미디어에 밀려난 라디오가 가진 따뜻한 매체적 특성 때문에 다시 주목받는 매체가 될 수도 있다는 가능성을 보여주었다. 그리고 아무리 물신이 지배하는 시대가 되었다고 하더라도 서로 신뢰하고 격려하고 신의를 지키는 훈훈한 인간관계야말로 사람을 사람답게 만드는 소중한 가치임을 보여주었다.

캐나다의 미디어 이론가이자 문화 비평가인 허버트 마셜 매클루언(Herbert Marshall Mcluhan, 1911.7~1980.12)은 미디어를 뜨거운(hot) 것과 차가운(cool) 것으로 나누었다. 그는 정세도(精細度, definition)와 참여도(參與度, participation)라는 개념을 사용하여 핫 미디어와 쿨 미디어를 정의하였다. 정세도란 어떤 메시지에 대해서 단일 감각이 받아들이는 정보의 자세한 정도로서 이는 데이터의 충실도와 관련이 있다. 예를 들어 사진이 만화에 비해 시각적으로 높은 정세도를 지니는 것은 사진이 만화에 비해 데이터가 충실하기 때문이다. 참여도란 인간이 감각기관을 통해서 받아들인 메시지의 뜻을 재구성하는 데 필요로 하는 상상력 투입의 정도이다.

핫 미디어는 정보의 양이 많고 논리적이어서 수용자의 참여의 여지가 없는 반면, 쿨 미디어는 직관적이며 감성적으로 관여하는 경향이 있다. 또한 정보의 양이 빈약하고 불분명하여 수용자의 적극적 참여가 필요하다. 매클루언은 텔레비전, 전화, 만화 등은 청각과 촉각의 매체이며 쿨 미디어라고 규정한 반면, 신문, 잡지, 영화, 라디오는 핫 미디어라고 했다.

카니발과 현실, 〈왕의 남자〉

　　카니발의 독특한 세계관은 러시아의 문예학자 바흐친에 의해 몇 가지로 정리된다.

　첫째, 카니발은 '자유와 평등이 지배하는 세계'이다. 카니발이 진행하는 동안에는 일상적인 삶, 즉 비카니발적인 삶의 구조와 질서를 결정하는 법률과 금지 그리고 제약들이 모두 정지된다. 또한 모든 계급구조 그리고 그것과 관련되는 모든 형태의 공포, 존경심과 예의가 정지된다. 그리하여 카니발이 진행하는 동안에는 엄격한 사회적 정치적 계급구조는 힘을 발휘하지 못하게 되고 카니발 특유의 친밀감에 의해 모두 평등하게 된다. 권위로부터 완전히 자유롭게 해방된, 말하자면 '제2의 삶'이라고 할 수 있다.

　영화 〈왕의 남자〉에서 장생과 공길이 펼치는 놀이판은 '왕을 가지고 논다.' 이는 현실의 엄격한 사회의 위계질서에서는 상상할 수조차 없는 일이다. 그야말로 금기와 권력으로부터 완전히 해방된 자유와 평등이 지배하는 세계를 영화는 보여준다. 왕을 희롱한, 즉 왕과 장녹수의 관계를 풍자한 그들의 놀이가 왕을 웃게 만들었다는 것은 그들의 풍자가 왕에게 카타르시스를 주었다는 뜻일 것이다. 일개 천민에 불과한 그들이 왕을 희롱했듯이 연산은 최고 권력자임에도 불구하고 그를 억압하고 있는 또 다른 권력으로부터 억압과 부자유를 느끼고 있었기 때문에 그들의 놀이에 공감과 카타르시스를 느낄 수 있었다. 왕 위에 군림한 존재, 왕으로 하여금 아무것도 마음대로 하지 못하게 만드는 존재란 바로 사사건건 왕으로 하여금 이래라저래라 하는 조정대신들이다. 그들이야말로 관료정치 시대인 조선조 시대의 진정한 권력자들이라고 할 수 있다.

따라서 장생과 공길은 매관매직이나 하는 타락한 조정대신들을 희롱의 대상으로 삼아 왕에게 대리만족을 선사한다. 하지만 이 놀이판은 놀이에서 그치지 않고 연산은 연희판 끝에 대신들을 처단한다. 놀이판이 피비린내 나는 살육판으로 변질되고, 카니발의 자유와 해방의 본질은 훼손된다.

또한 연산은 그의 어머니 폐비 윤 씨를 모함하여 죽인 인수대비 및 선왕의 여인들에 대한 복수로 장생의 놀이판을 이용한다. 따라서 놀이판은 진정한 카니발의 세계가 되지 못한다. 이를 파악한 장생은 궁을 떠나려고 한다. 문제는 그의 분신과도 같은 공길의 존재이다. 연산은 공길에게 품위를 내리고 그를 떠나지 못하게 잡고 있다. 이때 장생과 연산 사이에는 공길을 가운데 두고 삼각관계가 형성된다. 또한 녹수가 볼 때에도 공길은 연산의 사랑을 앗아가는 연적이다. 그뿐만이 아니다. 조정의 대신들조차 공길의 존재를 제거하고 싶을 만큼 그는 연산의 총애를 한 몸에 받고 있으며, 그들의 놀이판은 대신들을 숙청하는 자리로 이용된다.

둘째, 카니발은 '집단적이며 민중적'이다. 카니발은 본질적으로 개인보다는 집단에 의해 이루어지며 어느 한 특수한 계층의 사람이나 규칙에 따라 조직되지 않는다. 즉 누구나 다 카니발의 구성원이 된다. 카니발은 공연자와 구경꾼을 구별하지 않고 모든 사람들이 그 속에 함께 살며 그것에 참여하게 되는 것이다. 그리하여 카니발은 민중이 중심적인 주체가 된다. 주체가 된 민중은 카니발 기간에 억압되었던 권위와 위계질서의 장벽을 과감하게 무너뜨리고 본래의 인간성을 적나라하게 표출하게 된다.

〈왕의 남자〉에서 공연자와 구경꾼이 구별되지 않는 카니발의 속성은 연산이 왕좌에서 내려와 익선관(조선시대 왕이 쓰는 모자)을 벗고 최하층민 광대 앞에 머리를 조아리는 데서 최고조의 절정에 달한다. 이 순간 계급적 위계는 완전히 사라진다. 단순히 공연자와 구경꾼의 구별만이 아니라 천민인 광대가 왕을 희롱하는 데서 왕과 천민의 계급적 질서는 더 이상 존재하지 않는다. 이 모든 것이 카니발의 속성으로부터 가능해진다. 문제는 연산이 광대들의 놀이판을 왕이라는 형식 속에 억압된 그의 욕망을 분출하는 해방구로 삼아 그의 본성을 적나라하게 표출한다는 것이다.

이때 왕은 더 이상 최고 권력자가 아니라 단순히 억압된 한 인간에 불과하다. 그리고 그 억압으로부터 벗어나고 싶은 나약한 한 인간일 뿐이다. 연산을 억압해온 가장 큰 요인은 어머니 윤 씨가 폐비가 되어 억울하게 죽었다는 것이다. 그는 어머니와 관련하여 근원적 상처(트라우마)를 안고 살아가는, 즉 오이디푸스 콤플렉스에 사로잡힌 인간이다. 그의 콤플렉스는 녹수의 치마폭 속으로 들어가는 상징적 행위, 즉 자궁회귀선망에서 잘 드러나고 있다. 그가 여성적 외모의 공길에게 끌리는 것도 바로 오이디푸스 콤플렉스 때문이며, 녹수나 공길은 연산에게 모성의 대역이다. 극중에서 녹수는 자신의 그러한 역할을 잘 인식하고 그것을 활용하여 연산의 마음을 사로잡는다. 실제 인물 연산이 월산대군의 부인 박 씨, 즉 큰어머니를 겁탈하고 임신케 하여 자살에 이르게 만든 것, 나이 삼십의 노비 장녹수를 발탁하여 총애한 것, 특히 녹수는 연산을 어린애처럼 다루었다고 하는데, 이것 역시 연산의 근원적 상처와 관련된다고 할 수 있다.

그런데 문제는 카니발이 일상적으로 행해진다는 점이다. 카니발과 일상의 구분이 모호해진 데서 연산은 결국 성격파탄으로 치달아 충직한 환관 처선을 처단하고, 결국 중종반정으로 권력을 잃게 된다. 새로운 질서를 위해서 카니발이 작동되지 않고 연산 개인의 원한풀이로 카니발이 변질됨으로써 그의 파탄은 예정된 것이었다. 장생의 카니발은 외줄타기처럼 위태위태한 놀이였다. 연산의 권력놀이도 외줄타기처럼 위태위태한, 결코 놀이가 될 수 없는 것임에도 불구하고 그는 그것을 놀이판처럼 희롱함으로써 파멸의 길로 들어섰던 것이다.

셋째, 카니발적 세계관의 특성은 '변화와 다양성'에 있다. 카니발의 세계는 보다 역동적인 변화와 생성을 중요하게 여긴다. 지배적인 이데올로기는 사회 질서를 하나의 고정 불변하고 절대적인 실체로 파악하고, 현존의 가치 체계를 유지하려는 이데올로기는 과거를 강조할 뿐만 아니라 영원성을 강조한다. 그러나 카니발은 본질적으로 비종결적이고 개방적이며 미래지향적인 특성을 지닌다. 그리하여 카니발은 행복한 미래, 보다 공정한 사회적-경제적 질서, 그리고 새로운 진리에 대한 희망을 지향한다. 이러한 카니발의 세계관은 카니발 특유의 논리에 의해 지배되는데, 바흐친은 이를 가리켜 '유쾌한 상대성'이라고 불렀다. 유쾌한 상대성 논리는 모든 것이 서로 뒤바뀌고 역전도 가능하게 되어 성스럽고 경건한 모든 것들이 조롱당하고 더럽혀진다. 이러한 모든 것을 파괴하고 부정하는 카니발의 논리는 다른 한편으로는 창조적 생명력을 지니고 있는데 부정 뒤에는 생성, 파괴 뒤에는 건설, 그리고 대립 뒤에 오는 조화가 바로 그것이다.

〈왕의 남자〉의 매력은 모든 것이 서로 뒤바뀌고 역전되어 성스럽고 경건한 모든 것들이 조롱당하고 더럽혀지는 데서 웃음을 유발하고, 중년층의 관객들로 하여금 영화를 정치 풍자로 바라보게 만든 힘이라고 할 수 있다. 그야말로 왕과 조정대신들에 대한 풍자와 이것이 유발하는 웃음에서 관객 동원의 힘을 찾을 수 있다.

말하자면 영화를 보는 동안 관객들은 카니발의 웃음에 초대되어 권력을 마음껏 희롱하고 유토피아적인 자유를 만끽한다. 관객들이 눈으로 보고 있는 것은 장생패의 놀이판의 유희지만 그 속에서 현실정치에 대한 풍자를 상상하며 카타르시스를 마음껏 느낀다. 그러나 현실에서의 자유는 결코 쉽게 얻어지는 것이 아니다. 장생이 그의 목숨 또는 가장 소중한 눈과 바꾸어야 했듯 대가를 치러야만 얻어지는 것이다. 연산은 연희판을 가지고 놀며 무소불위의 권력을 휘둘렀지만 곧 중종반정에 의해 권력을 잃어버리게 된다. 그는 카니발과 현실을 혼동하였다. 권력은 외줄타기처럼 줄 위에 올라서 있는 동안 천하를 마음대로 주무를 수 있을 것처럼 보이지만 그것은 한순간에도 마음 놓을 수 없는 위태로운 놀이이다.

장생이 다시 태어나도 광대의 삶을 살겠다고 하는 것은 영원한 자유인의 삶을 누리기 위한 것이다. 그는 권력의 핵심부인 궁궐에서 왕과 조정대신들을 마음껏 희롱해보지만 그들의 권력이 광대들이 누리는 자유만큼도 못한 보잘것없는 것임을 확인하였기 때문에 결코 그들을 동경하지 않았다고 할 수 있다. 영화는 광대놀이의 다양한 볼거리와 함께 사극으로서 궁중의식의 재현, 궁중의상 등 볼거리를 풍부하게 하였다.

하지만 〈왕의 남자〉는 초점이 분산된, 누가 주인공인지 알 수 없는 영화이다. 공길을 사이에 두고 연산과 장생은 서로 팽팽한 긴장관계를 형성한다. 미셸 푸코는 사랑을 권력관계로 설명했지만 이 작품에서 정말 사랑은 권력관계라는 것을 확인할 수 있었다. 따라서 이 영화를 보며 진정한 사랑은 평등한 관계에서만 가능하다는 생각을 하게 되었다.

연산은 오이디푸스 콤플렉스에 사로잡힌 인물, 어머니를 죽인 사람들에 대한 복수심과 원한에 사로잡힌 인물로 그려졌다. 연산과 장녹수 사이에서 녹수는 사랑하는 여자이자 어머니이다. 그녀의 치마폭 속으로 들어가는 연산은 세상과 타협하기를 거부하고 자궁선망에 사로잡힌 퇴행적 인격을 보여준다. 성숙한 인간으로서의 성숙이 결여됨으로써 그는 왕으로서도 당연히 실패할 수밖에 없는 인물이다. 대신들과의 권력 다툼에서 그는 정면으로 맞서지 못하고 광대들의 연희판을 통한 풍자를 통해서 대리만족을 느끼든가 웃지 않는다고 처벌하는 인격적으로 미숙한 인간인 것이다.

이 영화의 가장 큰 재미는 광대들이 벌이는 권력에 대한, 왕이나 대신 같은 권력자들에 대한 풍자로부터 발생한다. 그리고 우리의 기억 속에서 잊힌 광대, 줄광대와 과거의 연희판을 현대의 영화의 화면으로 재현했다는 점에서 이 영화의 의의가 있다. 현대는 복제의 시대이며, 영화는 다른 공연예술이 가질 수 없는 기술복제시대의 예술이자 상품이라는 것을 다시 한 번 느꼈다. 어렸을 적 마을 창고에서 보았던 연희판의 기억이 새롭다. 광대들을 몰아낸 것은 어쩌면 영화일지도 모르는데, 다시 그들이 영화를 통해서 부활하는 아이러니를 느꼈다.

제4장

영화로 읽는 인간 이야기

배타적 일부일처제와 가족의 의미

         〈여고괴담 두 번째 이야기〉로 데뷔한 김태용 감독의 두 번째 영화 〈가족의 탄생〉은 서로 연관이 없어 보이는 세 개의 이야기로 구성되어 있다. 즉 홀로 분식집을 운영하는 미라(문소리 분)네 집에 5년 동안 소식이 끊겼던 남동생 형철(엄태웅 분)이 무려 스무 살이나 연상의 여인 무신(고두심 분)을 데리고 오면서 벌어지는 이야기와 애인(류승범 분)과 결별 후 엄마(김혜옥 분)와 사별을 맞는 여성(공효진 분)의 이야기, 그리고 인정이 너무 많은 여자친구 채현(정유미 분) 때문에 스트레스를 받는 청년 경석(봉태규 분)의 이야기가 그것이다. 전혀 연관이 없을 듯한 세 이야기가 후반부에 연결되는 독특한 구성의 드라마로, 〈가족의 탄생〉은 비혈연적인 다양한 인간관계 속에서 맺어지는 새로운 '가족'의 의미를 그렸다.

         특히 이 영화는 슈퍼 16mm로 촬영했지만 후반 색 보정작업에 힘입어서 35mm 영화에 비해 큰 손색이 없고, 상업적인 영화를 겨냥하지는 않았지만 장기상영에 돌입한 주목받은 영화이다. 뿐만 아니라 이 영화는 제7회 부산영화평론가협회 최우수작품상을, 제45회 한국영화인협회가 주최하는 대종상에서는 작품상을 수상하는 영예도 안았다.

하지만 이 영화는 관객에게 너무 친절하지 않다. 앞의 이야기가 뒤의 이야기를 예측하는 데 전혀 도움이 되지 않아 관객들을 낯설게 하기로 몰고 간다. 서로 연관이 없어 보이는 세 개의 이야기는 일종의 옴니버스 형식의 구성을 취하고 있는가 생각했는데, 이러한 예상을 뒤엎고 결말에 가서 이야기들이 서로 연결되는 형식을 취하고 있다. 이처럼 영화는 형식적 새로움을 보여줄 뿐만 아니라 주제 면에서는 더욱 관객들을 낯설게 만든다.

이 영화의 메시지는 제목에서부터 분명하게 드러나고 있다. 즉 새로운 형태의 가족의 탄생을 관객에게 보여주고자 하는 것이 감독의 의도이다. 우리가 생각하는 전형적 가족은 아버지가 가족의 생계를 부양하고 어머니는 집에서 가사를 돌보며 자녀를 기르는 핵가족이다. 이성애를 바탕으로 한 결혼에 의해서 이루어진 가부장적인 혈연가족을 우리는 '가족'이라는 단어에서 보편적으로 떠올리지만 영화는 이러한 우리의 예상을 충족시키는 가족의 모습을 어디서도 보여주지 않는다.

뿐만 아니라 전통적인 가족의 위선적 모습과 그로 인해 피해자의 위치에 놓인 여성들의 모습을 반복해서 보여준다. 전형적 가족의 모습을 갖추고 있는 것은 김혜옥의 내연남 가족뿐이다. 하지만 이 가족은 겉으로는 행복하고 평화로운 모습을 하고 있지만 속으로는 위선으로 가득 찬 모습이다. 왜냐하면, 가장이 내면적으로 아내가 아닌 다른 여자, 즉 김혜옥을 사랑하고 둘 사이에는 아들(봉태규 분)도 있다. 이를 통해 기존의 가부장적 핵가족은 위기에 처해 있다는 것을 감독은 분명하게 강조하고 있다.

그러면 영화에서 감독이 말하고자 하는 새로운 가족은 어떤 모습일까? 영화에서 새롭게 탄생된 가족은 결혼이나 생물학적 혈연관계하고는 아무 상관이 없는, 미라와 무신 그리고 그들의 딸 채현으로 구성된 여성공동체이다. 이 여성공동체는 모계가족과도 다른 비혈연 공동체이지만 동성애 가족은 아니다. 이 공동체에서 혈연가족이 버린 아이 채현을 두 여성이 잘 길러낸다. 그리고 그 아이는 정이 많은 여성으로 성장한다. 그런데 그 너무 많은 정 때문에 남자친구(봉태규 분)로부터 '헤프다'는 비난을 받으며, 둘은 헤어질 위기를 맞는다. 하지만 채현은 '헤프다'는 것이 정말 나쁜 것인가를 남자친구에게 반문한다. 왜 사랑은 배타적이고 독점적 관계이어야 하는가, 개방적이고 자유로운 공유적 관계일 수는 없는가라고 감독은 관객에게 질문을 던지는 것이다. 영화에서 확인할 수 있듯이 배타적이고 독점적인 관계로 시작한 사랑에서 남성은 늘 여성을 배신하고 변하고 떠나가며 여성으로 하여금 눈물을 흘리게 만든다. 나아가 그들이 사랑하여 같이 만든 아이들도 책임지지 않는다. 남성들이야말로 배타적이고 독점적 관계를 요구하면서도 늘 그 룰을 깨뜨리는 파괴자들이다. 하지만 여성들은 남성중심의 섹슈얼리티와 사랑의 피해자의 위치에 서 있으면서도 그 피해자의 위치를 넘어서서 새로운 대안적 관계를 만들어간다. 여성 특유의 남을 돌보고 보살피는 모성애적 특성으로부터 새로운 가족의 대안은 탄생한다. 그것을 다시 남성들은 '헤프다'고 비난한다.

'헤프다'는 것의 의미에 대해서 감독은 매우 개성적인 관념을 나타낸다. 사랑이란 독점적이고 배타적인 소유라고 생각하는 기존관념에 대해 감독은 여러 차례 질문을 던진다. 가령, 채현은 독점적인 일부일처제의 가족제도에서는 버려진 아이였다. 그런데 피 한 방울 섞이지 않은 전 남편의 전 아내가 버리고 간 아이를 거두어 키우는 것은 무신이며, 미라이다. 무신과 미라 역시 한 가족으로 한 집안에서 살아가야 할 관계라고는 할 수 없다. 무신은 미라의 남동생(엄태웅 분)의 스무 살이나 나이가 많은 연상의 애인이었다. 그런데 남동생이 떠나간 집에서 둘은 처음에는 갈등도 겪지만 점차 가족이 되어 오순도순 살며 버려진 아이 채현의 공동의 어머니가 되어 그녀를 생부모보다도 더 넘치는 사랑으로 키워냈던 것이다.

또 다른 가족의 이야기는 선경(공효진 분), 그녀의 어머니(김혜옥 분), 그리고 그녀와 아버지가 다른 남동생 경석의 이야기이다. 선경은 정이 많고 헤픔으로써 정상적인 가족을 만들지 못하는 어머니를 비난하지만 나중에 가서는 그녀를 이해하고, 어머니의 삶이 구질구질하다고 말하는 남동생(봉태규 분)에게 어머니는 정이 많았던 것이라고 말함으로써 죽은 어머니와 화해한다. 그리고 그녀는 결혼하지 않고 연애만을 하며 살겠다고 말하는데, 이는 독점적인 일부일처제 가족과 소유적 사랑에 대한 반기를 보여준 것이다. 한 남자의 내연녀로 살아야 했던 어머니의 삶이든 독신주의자로 살겠다는 선경의 삶이든 모두 일부일처제 결혼과 가족의 그림자이며, 그에 대한 비판이다.

독점적인 일부일처제의 가족제도를 유지하면서 다른 이성을 사랑하는(혼외정사) 남자가 비윤리적인 것인지, 가족제도라는 조건을 떠나 자신을 사랑하는 남성을 받아들여 정을 주는 것이 비윤리적인 것인지 따져보아야 할 것이라고 감독은 관객에게 강하게 질문을 던지고 있다. 감독은 존 맥머리가 독점적이고 배타적인 일부일처제는 음란성과 질투 등의 문제점을 드러내기 때문에 소집단적 공동체적 가족으로 변화해야 한다고 지적했던 것처럼 새로운 가족과 사랑의 모습을 영화에서 진지하게 찾고 있다.

이 영화에서 남성들은 사랑을 할 줄은 알지만 그에 따른 책임은 질 줄 모르고, 자신의 가족을 망가뜨리지 않으면서 다른 여성을 사랑하는 위선적 모습을 보여주거나 여자친구에게 어린애처럼 자신만을 사랑해달라고 조르는 인격적으로 무책임하고 미성숙한 사람들이 대부분이다.

미라의 남동생 형철은 5년 동안 소식도 없다가 갑자기 찾아와서 자신의 연상의 애인과 전처 소생의 아이마저 누나에게 맡기고 떠나버리며, 선경의 어머니 매자의 내연남은 자신의 가족은 철저하게 지켜가면서 선경 모를 사랑한다며 그녀를 사랑이란 이름으로 착취한다. 그와 같은 무책임한 아버지로부터 아들 경석(봉태규 분)은 버려져 엄마의 손에 키워진다. 아니 누나가 함께 키웠다고 할 수 있다. 선경의 애인(류승범 분)은 그녀를 위해 아무것도 배려하지 않으며 철저히 이용만 하다가 아무렇지도 않게 배신해버린다. 채현의 선후배들도 마찬가지이다. 그들은 필요하면 언제든 채현에게 전화를 걸어 도움을 요청하지만 그녀에게 진정한 사랑은 주지 않는다. 경석은 자신의 어머니가 어떻게 남자로부터 사랑이라는 이름으로 착취당하고 배신을 당했는가를 지켜보았기 때문에 자신이 사랑하는 여자 채현이 그렇게 헤프게 사랑을 나누어주는 것에 대해서 제동을 걸지 않을 수 없다. 이유 있는 제동이다.

채현은 독점적이고 소유적인 남성중심의 가족제도 속에서는 버려진 아이였다. 하지만 남성중심의 혈연적 가족제도를 벗어난 여성들이 만든 새로운 가족 속에서 넘치는 사랑을 받고 자람으로써 오히려 사랑을 나누어줄 줄 아는 아이로 자랄 수 있었다.

남성들이 책임지지 않은 아이들을 맡아서 키워내는 것은 미라이며, 무신이고, 선경이다. 선경에게 남동생 경석은 아버지가 다른 남동생이지만 그녀는 마치 엄마처럼 역할을 대행한다. 즉 선경과 경석은 남매로만 구성된 가족이다. 선경의 어머니(김혜옥 분)는 사생아인 아들을 데리고 살아가는 편모가족의 모습을 보여준다. 그녀와 내연의 관계에 있는 남자는 그야말로 유일하게 일부일처제의 온전한 가족의 형식을 유지한다. 하지만 그 형식 속에서 그는 배우자 아닌 다른 여자, 즉 김혜옥을 사랑한다.

두 명의 엄마에게서 사랑을 받으며 자란 채현과 엄마를 점점 닮아가는 누나 밑에서 자란 경석은 연애를 한다. 다른 사람에게 지나치게 잘해주는 채현으로 인해, 경석은 연애를 하고 있지만 지독한 외로움을 느끼고 둘은 계속하여 갈등을 빚는다. 경석은 독점적인 관계를 원하고, 채현은 여러 사람에게 사랑을 나누어주며 살아가길 원한다.

전혀 다른 세 개의 이야기가 결국 얽히고설켜 연결된 하나의 이야기가 된 영화가 〈가족의 탄생〉이다. 일부일처제의 혈연가족과는 거리가 있는 대안가족의 모습을 제시하고 있는 〈가족의 탄생〉에서 가족이란 결혼이나 생물학적 혈연관계라는 형식이 아니라 진정으로 사랑을 주고받을 수 있는 인간관계라는 것을 감독은 강하게 말하고 있다.

동성애 노인들의 실버공동체

이누도 잇신 감독의 일본영화 〈메종 드 히미코〉는 동성애 문제, 노인 문제, 혈연가족이 아닌 비혈연 공동체로서의 대안가족의 문제 등 몇 가지의 문제의식을 안고 있다.

영화에서 성적 소수자인 동성애자에 대한 사회적 편견은 그들이 사회 속에서 이성애자들과 섞여 살지 못하기에 만들어진 그들만의 공동체인 〈메종 드 히미코〉라는 공간에서 이미 드러나고 있다. 정신의학에서는 더 이상 동성애를 질병으로 취급하지 않고 성적 취향(지향)의 하나일 뿐이라고 이미 1970년대에 결론을 내린 바 있다. 하지만 동성애자에 대한 사회적 편견과 법률적 차별은 여전하다. 영화에서 동네 아이들의 담장에 하는 낙서와 '메종 드 히미코' 사람들에 대한 놀림에서 이러한 편견은 잘 드러난다. 또한 나이트클럽에 갔을 때에 예전 직장의 동료가 보여준 모욕에서도 잘 확인되고 있다.

감독은 동네 아이들 중 한 명이 보여준 변화(어쩌면 그 아이는 자신이 모르고 있던 동성애적 성향을 하루히코가 그를 혼내느라 뺨을 치는 접촉에서 깨달은 것 같지만)나 히미코의 딸인 사오리가 처음에는 메종 드 히미코에 오려고 하지 않았지만 점차 아버지를 이해하게 되는 변화를 통해 동성애자들도 이성애자들과 소통 가능한 존재라는 것을 보여주고 있다. 특히 나이트클럽에서 동성애자를 모욕한 남자에게 사과하라고 울부짖는 사오리의 항변에서 그녀의 변화된 태도는 잘 드러난다. 또한 자신이 유산을 포기할 테니 그 돈으로 전문 간병인을 고용하라는 그녀의 말에서도 동성애자에 대한 그녀의 인간적 이해는 잘 드러난다. 하지만 사오리에게 줄 유산은 없었다. 이것은 사오리를 데려오기 위해 하루히코가 한 거짓말이었다.

감독은 동성애자들도 이성애자들과 다름없는 사람이며, 이성애자들과 우정을 나눌 수 있는 존재라는 것을 야단스럽지 않게 보여준다. 특히 영화의 결말에서 사오리를 가족처럼 보고 싶어 하고 반갑게 맞아들이는 메종 드 히미코 가족들의 태도나 그들에 대해 편견 없는 그리움을 보여준 사오리의 태도에서 그것을 잘 알 수 있다. 특히 사오리가 아버지의 동성애 파트너인 젊은 남자 하루히코에게 사랑 내지 우정의 감정을 느끼는 대목—하지만 둘 사이의 성애는 남자의 동성애 취향으로 인해 성공하지 못한다—에서 화해의 절정을 표현하고 있다. 뿐만 아니라 사오리의 어머니가 이혼 후에도 아버지를 찾아가 같이 사진을 찍은 사실이 밝혀지는데, 이를 통해서 어머니가 아버지를 용서했음을 보여준다. 그리고 사오리도 아버지를 조금씩 이해하기 시작한다.

그런데 영화에서는 동성애자들이 자신이 게이라는 사실을 속이고 이성애자 여성들과 결혼하여 가족을 가진 다음에 가족을 떠나기 때문에 남겨진 가족들도 그들만큼 경제적 어려움을 비롯하여 많은 정신적 상처를 입고 살아간다는 것을 보여준다. 즉 동성애자들뿐만 아니라 그들의 가족도 이성애 사회의 피해자라는 것을 어머니 수술비 때문에 많은 빚을 진 사오리, 또는 아버지 히미코에 대한 그녀의 애증의 양가적 태도에서 잘 찾아볼 수 있다. 동성애자들의 이성애자들과의 결혼은 결국 이성애만을 정상으로 취급하는 이성애적 사회의 관습과 문화적 폭력 때문이라는 점에서 이 역시 동성애에 대한 사회적 억압의 하나라고 볼 수 있는 것이다. 이 영화에서는 이미 고령사회로 접어든 일본사회의 모습 또한 잘 표현하고 있다. 말하자면 메종 드 히미코는 사설 양로원이다. 히미코는 자신의 전 재산인 살롱을 팔아서 이 집을 사들이지만 운영자금은 후원회에 의해서 겨우 유지되고 있을 뿐이다. 이곳의 가족들이 질병에 걸려 전문적인 간병인이 필요하게 되면 경비 문제 때문에 그곳을 떠나가야 한다. 영화에서 뇌중풍에 걸린 한 게이는 결국 가족에게 보내진다. 하지만 그들이 수술까지 하여 트랜스젠더가 된 게이 아버지를 끝까지 돌볼 수 있을지는 의문으로 남겨두고 있다.

결국 동성애자든 누구든 고령사회로 접어든 일본의 사회복지제도가 죽음을 목전에 둔 고령의 노인들에게까지 충분히 미치지 못하고 있음도 보여준다. 젊은 하루히코가 후원을 할 수 있는 돈 많은 동성애자와 동침하여 운영자금을 끌어오려고 하는 것도 경제적 어려움 때문이다. 메종 드 히미코가 시설운영자금의 압박에 시달리고, 시설이 언제 폐쇄될지도 모를 위기에 처한 상황 등에서 일본사회의 노인복지 문제가 자연스레 드러난다.

그런데 영화에서 '메종 드 히미코'는 이상적인 공동체로 여겨지기도 한다. 사회학자 니스벳(Nisbet)은 공동체의 특징으로 공유된 인식(shared understanding), 상호 의무감(a sense of mutual obligation), 정서적 유대(emotional bonds), 공통의 이해와 관심(common interests)을 들고 있다. 정말 이들에게는 동성애자로서의 공유된 인식이 바탕이 되어 있으며, 서로를 돌보아야 한다는 의무감과 정서적 유대, 그리고 공통의 이해와 관심이라는 공동체가 지녀야 할 덕목을 모두 보여주고 있다. 이들이 즐기는 브런치타임의 평화로운 순간, 풍금을 치며 함께 노래 부르는 모습, 나체 비치에라도 온 듯 바닷가에 나체로 달려가서 물놀이를 즐기는 광경 등에서 보듯이 경제적 어려움이 존재할 뿐 이들에게 정서적 문제는 전혀 없는 것으로 표현된다.

메종 드 히미코는 비록 동성애자들의 공동체지만 혈연가족의 폐쇄성을 넘어선 비혈연가족의 공동체요, 대안가족의 이상적인 모습을 보여주고 있다. 정서적 유대를 상실한 채 혈연이라는 울타리에서 묶여 서로를 미워하고 의무감마저 저버린 혈연가족보다 메종 드 히미코의 공동체는 분명 이상적인 대안가족의 한 모습이다. 그들은 서로 독립되어 있으면서도 서로 필요에 의해서 협력하는 인간관계의 모습을 보여주었다. 어쩌면 혈연가족은 가족이라는 이름으로 서로의 자유를 구속하고 사랑 대신에 상대방에게 의무감만을 요구하는 부자유하고 불편한 공동체일지도 모른다는 생각이 든다. 그런데 차례차례 친구의 죽음을 목격하고, 장례준비를 일상생활처럼 해야 하는 노인들로만 이루어진 공동체는 정신건강을 비롯하여 여러 문제가 있어 보인다. 역시 이상적인 공동체는 그것이 혈연가족이든 아니든 여러 세대가 자연스럽게 섞여 있는 공동체가 아닐까 생각한다.

피아노의 선율과 휴먼 스토리

　　권형진 감독의 영화 〈호로비츠를 위하여〉는 변두리 피아노학원의 원장 김지수로 등장한 엄정화의 완숙한 연기, 피아노 천재 신의재가 연기한 자폐증 소년 경민, 마음씨 착한 피자 가게 총각 박용우, 피아니스트로 성공한 청년 경민 역의 주목받는 차세대 피아니스트 김정원의 출연 등으로 많은 화제를 모았다.

　영화의 내용은 얼핏 멜로드라마로 흐를 만한 상투적인 내용임에도 감독의 절제된 영상언어에 힘입어 깊은 감동을 안겨주었다. 오랜만에 느껴보는 감동이 있는 휴먼 드라마였고, 음악 영화의 가능성을 보여준 영화였다. 감독은 영화의 내용이 자칫 상투성에 빠지지 않게 하기 위하여 인물들의 감정선을 적절히 절제시키고 있으며, 특히 마지막 시퀀스에서 피아니스트로 성공한 청년 경민의 엄정화를 향한 감사의 말씀을 한국어가 아닌 독일어로 말하게 함으로써 관객들이 센티멘

털리즘에 빠져들지 않게 하며, 격조 있는 감동의 세계를 창조한다. 특히 8분에 걸쳐 연주되는 라흐마니노프의 피아노협주곡 2번과 슈만의 〈트로이메라이〉의 실제 공연장면은 이 음악영화의 하이라이트라고 할 만하다.

자폐나 정신지체의 장애를 다룬 영화 〈말아톤〉이나 〈맨발의 기봉이〉에 이어 요즘 장애를 안고 살아가는 사람들을 소재로 한 영화가 잇달아 흥행에 성공하고 있다. 경민은 부모를 모두 잃고 시장의 쓰레기를 처리하며 살아가는 욕쟁이 할머니에게서 제대로 보살핌을 받지 못하는 동네의 말썽꾸러기이다. 이 자폐소년의 천재성을 발견하고 그를 한 명의 피아니스트로 키워내는 엄정화의 소년을 향한 사랑은 그 둘의 사이가 전통적인 의미의 혈연가족이 아님에도 이 영화가 한 편의 가족영화라는 착각을 갖게 한다. 경민의 자폐증은 부모의 교통사고로 인한 정신적 충격과 제대로 사랑을 받지 못하여 나타난 증세이다. 엄정화는 사랑으로 경민의 입을 열게 만들고, 그의 천재성을 발견하여 훈련을 시킨다. 그리고 경민의 할머니마저 죽자 자신이 경민을 가족으로 받아들이겠다고 하여 오빠의 강력한 반발에 부딪치게 된다. 그녀는 경민을 그의 연주에 감탄했던 독일인 피아니스트에게 입양을 부탁함으로써 결국 그를 피아니스트로 대성하게 만든다.

영화는 동네의 말썽꾸러기이자 말을 잃어버린 경민이 엄정화의 사랑으로 점차 정상을 되찾고 피아니스트로 성공하는 성공담이면서도 세계적인 피아니스트의 꿈을 접고 변두리에 피아노학원을 열어 자신의 생계를 책임져야 하는 엄정화가 점차 책임감 있는 훌륭한 스승으로 성숙하는 이야기이다. 감독은 엄정화를 통해 진정한 사랑이란 무엇인가를 관객들에게 보여줌으로써 깊은 감동을 자아낸다.

최근 드라마나 영화의 가족은 전통적인 가부장적 혈연가족과는 다른 새로운 측면을 보여준다. 최근 종영된 드라마 〈불량가족〉이나 영화 〈가족의 탄생〉에서도 더 이상 혈연가족은 의미가 없다. 뿐만 아니라 가족이 반드시 결혼에 의해서 맺어져야 한다는 고정관념도 해체한다. 서로 사랑하고, 서로의 발전을 격려하는 관계라면 피를 나누지 않아도, 결혼이라는 제도에 얽매이지 않아도 가족이 될 수 있다는 것을 영화는 훌륭하게 입증했다.

가족제도 밖에서 꽃피워진 모성애와 학교 밖에서 발견하게 되는 훌륭한 교사상은 우리 시대의 가족과 스승에 대해서 새로운 성찰을 하게 만든다.

팜파탈과 여교수

팜파탈(femme Fatale)이란 '운명의 여인' 혹은 '치명적인 매력을 지닌 여인'이란 뜻이다. 1912년 극작가 버나드 쇼(G. B. Shaw)가 처음 사용한 이래 이 단어는 남성을 파멸시키는 여성의 치명적 아름다움이라는 뜻으로, 아름다운 여성에 대한 남성들의 두려움을 표현하고 있다.

이하 감독의 영화 〈여교수의 은밀한 매력〉에서 이 치명적 여인이 바로 여교수(전문대학)라는 데에서 작가의 전복적 상상력을 느끼게 된다. 여교수와 팜파탈이란 전혀 어울리지 않는 설정에서 이 작품의 시니컬한 풍자도 느낄 수 있다. 또한, 그녀는 바로 수질 오염원이 될 수 있는 염색술을 가르치지만 동시에 수질오염에 관심을 가진 환경단체 임원이다. 팜파탈과 여교수가 조화롭지 않듯이 염색가와 환경운동가는 전혀 조화롭지 않다. 조화롭지 않은 것은 여기에서 그치지 않는다.

그것은 청소년기에 문제학생이었던 인물들(문소리, 지진희)이 전문대학의 교수라는 사회의 지도층의 인사가 되었다는 점이다. 영화의 부조화는 여교수가 처음 만난 방송국 피디를 유혹하여 곧바로 정사로 들어가는 설정에서도 계속된다. 게다가 환경운동가로서 방송에 나와 인터뷰를 하면서도 그녀는 자신의 차 안에 있던 쓰레기를 함부로 버리고, 환경운동단체 임원들의 미팅에서 나누는 이야기라곤 음담패설이 대부분이다. 하지만 이 모든 것은 그녀가 청소년기에 소위 노는 학생이었다는 점에서는 이해가 간다.

청소년기나 지금이나 그녀의 주위에는 많은 남자들이 그녀와 섹슈얼리티를 갖기 위해서 맴돌고 있으며, 한번 그녀와 관계를 나눈 남자들은 그녀의 치명적 매력에 사로잡혀 다른 남자와 경쟁적 관계에 빠지고, 평탄했던 가정을 깨트리는 이혼을 감행하며, 질투에 사로잡혀 그녀를 더욱 강하게 욕망하다가 죽게 된다. 극중에서는 그녀로 인해 두 명의 남자가 죽게 된다. 청소년기에 물이 빠진 야외수영장의 밑바닥에 발을 헛디뎌 죽은 소년을 비롯하여 현재에는 환경운동을 같이 하는 초등학교 교사가 그녀의 사랑을 구걸하다가 교통사고로 죽게 된다. 하지만 죽게 되는 남자들은 프로가 아니라 어설픈, 순진한 남자들이다. 수영장 바닥에 떨어질 때 나는 퍽 소리와 이어서 쏟아지는 검붉은 피는 관객을 충격에 빠뜨릴 만큼 잔인하다. 그녀가 다시 만나주지 않는다고 와서 따지던 초등학교 교사가 술이 취해 운전을 하다가 대형트럭과 부딪쳐 죽는 장면도 원경으로 처리되었지만 너무 사람을 쉽게 죽인다는 인상에서 벗어나기 어렵다.

그녀가 염색학과 교수인 소위 '색(色) 쓰는 여자'라고 하는 것은 중의적 의미를 지닌다. 이때의 색은 '염색의 색'과 '성(性)의 색'이 겹쳐 있다. 표층적 차원의 색과 심층적 차원의 색이 오버랩된 것이다.

영화의 첫 번째 시퀀스에서부터 문소리는 스커트를 입고 머리칼을 휘날리며 소위 S라인으로 인터뷰를 위해서 호숫가에 서 있고, 그 옆에는 한 명의 신부와 수십 명의 수녀들이 성(聖)스럽게 서 있어 묘한 대비를 이룬다. 한쪽은 몸의 언어를 통해 성(性)을 한껏 발산하며 성(性)스럽게 서 있고, 다른 한쪽은 검은 수녀복과 신부복 속에 성(性)을 억압하며 위축된 모습으로 성(聖)스럽게 서 있다. 즉 성(聖)은 다수이면서도 단 한 명의 성(性)스런 존재에 압도당하고 위축되어 있다. 그만큼 배우 문소리는 치명적인 아름다움을 지닌 팜파탈을 연기한다.

그리고 강인지, 호수인지 넘실거리는 물이라는 기표는 여교수의 내면에서 출렁거리고 있는 리비도라는 기의를 상징한다. 영화의 첫 시퀀스는 나름대로 영화적 기호들을 충분히 활용하면서 시작되고 있다. 하지만 영화는 지방대학 교수 및 환경운동가들의 위선적 삶에 대한 풍자가 충분하게 이루어지지 않고 있으며, 유머를 유발시키는 장치도 미약하다고 할 수 있다. 감독의 의도도 충분하게 드러나지 않고 '여교수의 은밀한 매력'이라는 제목에 기대어 관객을 끌어들이지 않았나 싶다.

특히 그녀가 즉흥시를 읊는 장면은 부조화의 극치로 보인다. 왜 하필이면 여교수인가? 여교수와 성의 매칭은 어울리지 않으며, 그녀의 부조화는 한쪽 다리를 저는 데서 상징적으로 드러난다. 방송국 피디가 일본에 가기를 열심히 갈망하는 것도 부자연스럽다. 일본 가는 것이 뭐가 그리 어렵다고 일본에 가는 것에 대한 대사를 그렇게 자주 늘어놓는가? 성자유주의자로 보이는 그녀가 피디와 결혼이라도 꿈꾸는 듯한 모호한 태도도 이상하며, 어떻게 그녀가 한쪽 다리를 저는 신세가 되었으며, 환경운동가가 되었는지도 나타나지 않아 설득력을 잃고 있다.

영화가 끝날 즈음 제목에 현혹되어 극장에 온 내가 한심해진다.

타락한 시대의 오아시스

오아시스는 사막 가운데서 샘이 솟아나고 초목이 자라는 곳이다. 삶의 위안이 되는 장소를 비유하여 이르는 말이기도 하다. 영화에서 오아시스는 한공주가 살고 있는 방의 벽에 걸려 있는 벽걸이의 그림 속 풍경이다. 한공주(문소리 분)와 홍종두(설경구 분)에게 오아시스는 사막 같은 세상으로부터 벗어날 그들만의 유토피아다. 그들은 중증의 뇌성마비와 정신지체를 가진 우리 사회의 소외받는 장애우이다. 그들은 사회로부터 격리되고 가족으로부터도 외면당하는 존재이다.

뿐만 아니라 이 두 사람은 가족으로부터 그들의 장애 때문에 철저히 이용당한다. 즉 가족마저도 그들의 보호자가 되는 대신 그들을 이용할 뿐이다. 홍종두는 형의 과실치사에다 뺑소니를 뒤집어쓰고 대신 감옥에 간다. 감옥에 가 있는 동안 가족들은 면회 한 번 오지 않고, 출소하는 날도 오지 않는다. 그는 한겨울에 맨발에다 여름옷을 입고 코를 훌쩍이며, 그가 살던 아파트를 찾아가지만 가족들은 어디론가 이사를 가버렸다. 가진 돈을 모두 털어 어머니의 카디건을 산 종두는 배가 고파 음식을 시켜 먹지만 동생에게 전화가 잘 연결되지 않는다. 무전취식으로 경찰서에 끌려간 종두는 겨우 동생에게 연락이 되어 집으로 돌아가지만 그를 반기는 사람은 아무도 없다.

그는 출소한 다음날 형이 과실치사로 죽게 만든 집에 과일을 사들고 찾아간다. 그 집은 마침 이사를 가는데, 장애인 여동생을 놓아두고 오빠 가족만 장애인용으로 분양된 새 아파트로 이사를 간다. 복지부에서는 새 아파트에 점검을 나오지만 그날만 공주를 데려다놓고 오빠 부부는 점검 나온 직원을 속인다. 이웃집에 월 20만 원에 동생을 돌봐달라고 맡겨놓지만 이웃집 여자는 공주가 지켜보는 것을 알면서도 공주의 아파트에서 남편과 성관계를 갖는다. 이때 공주는 사람이라는 인격으로 취급받지 못한다.

종두는 왜 찾아왔느냐고 공주 오빠로부터 쫓겨나는데, 첫눈에 공주에게 반한 그는 다시 찾아가 문 앞에 과일바구니를 두고 돌아온다. 다음날 꽃을 사들고 다시 찾아간 종두는 공주를 강간하려다가 완강한 저항에 부딪치고, 그는 자신의 잘못을 깨닫고 공주를 진심으로 사랑하게 된다. 공주 역시 종두를 진심으로 사랑하게 된다. 두 사람은 서로를 위하며 외출을 하는 등 즐거운 시간을 가진다. 어머니의 생일날에 종두는 공주를 데려가지만 가족들로부터 냉대를 당한다.

종두의 공주에 대한 지극한 헌신으로 서로 사랑하게 된 두 사람은 공주의 허용하에 성관계를 갖는데, 마침 생일날이어서 찾아온 오빠 부부로부터 강간범으로 오인받은 종두는 현장에서 체포된다. 나이가 스물아홉 살이지만 정신지체인 그는 자신을 변호할 말을 제대로 할 수 없고, 폭력에다 강간미수, 그리고 뺑소니 과실치사의 전과 3범이기에 의심할 여지없이 강간범으로 취급된다. 공주는 그것이 아니라고 말하려고 하지만 흥분한 그녀의 말은 오히려 성폭력에 대한 두려움과 분노로 오해를 받을 뿐이다. 이것을 계기로 공주 오빠는 합의금 2천만 원을 챙기려다 종두의 형으로부터 거절당하는데, 종두의 형은 그를 합의금으로 빼낼 의사가 전혀 없다. 오히려 골칫거리 종두를 안전하게 격리시킬 수 있는 절호의 기회라고 여길 뿐이다.

목사님이 찾아와 기도를 드리는 동안 수갑을 풀어달라고 한 종두는 그 길로 경찰서를 뛰쳐나가 공주의 아파트로 가서 창밖의 나뭇가지를 자르기 시작한다. 공주가 그의 방의 벽걸이에 어른거리는 창밖의 나뭇가지가 무섭다고 말했기 때문이다. 여기서 창은 안과 밖을 가르는 매개공간이다. 자유롭게 움직일 수 없는 공주에게 밖은 위험에 가득 차 있는 두려움의 공간이다. 공주가 무서운 것은 나무 그림자가 아니라 바로 밖의 세상이다. 종두는 그가 감옥에 가 있는 동안 공주를 지켜줄 수 없기 때문에 나뭇가지를 자르는 상징적인 행위를 통해서 세상의 위험으로부터 그녀를 지켜주고자 했던 것이다. 나아가 그들의 오아시스를 방해하고 위협하는 세상의 모든 것들을 그는 잘라내고 싶었을 것이다. 종두가 찾아온 것을 알게 된 공주는 창가로 가서 그를 보고자 하지만 그녀의 장애는 그것마저 좌절시킨다. 창가로 다가가려는 공주의 노력은 처절하다. 그녀는 라디오를 크게 틀어 자신의 존재를 알리려고 한다. 낡은 라디오야말로 공주가 세상과 소통하는 유일무이한 채널이다.

공주에게 자유는 그녀가 가지고 노는 거울이 만들어내는 새와 나비의 판타지나 그녀가 정상인이 된 모습을 상상하는 상상 속에만 존재할 뿐이다. 왜 굳이 새와 나비인가? 그것은 말할 필요도 없이 새와 나비가 날개를 가지고 있기 때문이다. 거울이 깨어지면서 새가 나비로 바뀌는 것은 점차 그녀의 자유에 대한 꿈이 깨어지고 축소되는 것을 의미한다. 장애를 가진 공주는 자유롭게 공간을 이동할 수가 없기 때문에 판타지 속에서나마 나비처럼 자유롭게 날고 싶은 것이다.

공주나 종두에게 세상이란 전혀 믿을 수 없는 곳이다. 약육강식의 세상 속에서 장애를 가진 그들은 희생양이다. 전형적으로 사회적 약자를 희생양으로 삼았듯이 그들도 장애를 가졌기 때문에 가족들로부터도 이용만을 당하는 희생양이 된다. 가족은 그들을 멸시하며 이용하고, 종교는 종두를 무조건 죄인 취급을 하며 길들이려 할 뿐이며, 국가는 종두를 범인으로 취급하며 감옥에 가둘 뿐이다. 세상은 온통 그들에게 사막과 같은 생명이 없는 죽음의 공간이다. 두 사람이 서로 사랑을 나눌 수 있는 오아시스를 막 이루려는 순간 정상인인 오빠 부부의 방해로 그곳은 도달할 수 없는 공간이 되고 말았다. 영화의 대단원이 내려질 때까지 그들은 오아시스에 함께 가지 못한다.

이창동 감독은 값싼 휴머니즘 대신에 철저한 리얼리즘을 선택했다. 그는 가족 이데올로기의 허위의식을 철저히 해부한다. 종두와 공주에게 집과 가족은 결코 그들의 피난처요 보호자가 되지 못한다. 뿐만 아니라 종교의 허위의식에 대해서도 감독은 비판적이다. 하나님의 사랑을 운운하지만 종교는 그들에게 베풀 사랑이 없다. 다만 약자인 종두를 죄인으로 취급하며 길들이려 할 뿐이다. 국가(경찰서, 감옥)도 마찬가지이다. 가족, 종교, 국가 모두가 장애를 가진 그들의 편에 서지 않는다.

하지만 종두와 공주야말로 이기심에 사로잡힌 사막과 같은 타락한 세상에서 순수하게 빛나는 오아시스와 같은 존재이다. 그들은 세상 사람들의 죄를 대속하는 우리 시대의 희생양이다. 그들은 정상인들을 향해서 사랑의 진정한 모습은 어떠해야 하는 것인가를 잘 보여주었다.

늦가을처럼 쓸쓸한 사랑 이야기

　　허진호 감독의 영화 〈행복〉은 늦가을처럼 쓸쓸한 사랑 이야기이다. 언제 죽을지도 모르는 폐질환을 앓고 있는 여자와 간경변증을 앓고 있는 남자가 나누는 사랑은 희망이라고는 하나도 있을 것 같지 않은 지점에서 시작하기에 더욱 절대적이고 순수해 보인다. 특히 여자에게 그 사랑은 생애의 마지막 경험이 될지도 모르는 것이기에 그녀는 최선을 다하여 남자를 사랑한다. 그 사랑은 마침내 남자의 간경변증을 낫게 하지만 역설적이게도 남자는 병이 나았기 때문에 그들의 순수한 사랑의 보금자리인 산골을 떠나고 만다.

　　허진호 감독의 〈봄날은 간다〉처럼 이 영화는 한쪽의 순수한 사랑과 변함없는 헌신과 다른 한쪽의 변심을 통하여 영원히 지속되는 사랑은 없다는 것을 다시 한 번 확인시켜주었다. 〈봄날은 간다〉의 남자가 여자에게 던졌던 "어떻게 사랑이 변하니"라고 물었던 대사는 〈행복〉에서는 여자가 남자에게 던지고 싶었던 대사였을 것이다.

〈행복〉은 〈너는 내 운명〉의 황정민이 남자 주연으로 출연했기 때문인지 〈너는 내 운명〉과 〈봄날은 간다〉를 섞어놓은 듯한 느낌이 들었다. 〈너는 내 운명〉과 〈봄날은 간다〉에서 변함없는 사랑을 보여주는 것은 남자지만 〈행복〉에서 변함없는 사랑을 보여주는 것은 여자이다. 여자의 사랑은 문명의 오염이라고는 하나도 없을 것처럼 보이는 산골의 아름다운 풍경을 배경으로 그 순수성을 더욱 빛나게 만들었다.

하지만 도시는 사랑을 변하게 만든다. 도시라는 공간 속에는 순수한 사랑 대신 자기를 파괴하는 쾌락과 향락만이 존재할 뿐이다. 결국 남자는 다시 건강을 잃고, 여자는 생애의 마지막 열정을 불태웠지만 남자가 떠나가버린 데 대한 충격으로 병이 악화되어 쓸쓸한 죽음을 맞는다. 남자는 죽어가는 여자의 병실을 찾지만 그들에게 다시 사랑을 할 시간은 허락되지 않는다. 남자는 너무 늦게 사랑의 소중함을 깨닫지만 그 사랑은 다시 찾아오지 않는다.

이처럼 사랑은 항시 어긋나는 것, 변하는 것, 영원히 지속되지 않는다는 것을 감독은 오염되지 않는 깨끗한 산골의 풍경과 퇴폐와 향락에 찌든 도시풍경의 대비를 통하여 보여주었다. 황정민과 임수정의 무르익은 연기가 감독의 의도를 충분하게 살려냈다고 생각되며, 특히 임수정은 맺힌 데 없는 선량한 아름다움으로 작중의 '은희' 역을 훌륭하게 연기해냈다.

문명에 전혀 오염되지 않은 산골에서 누군가와 함께 1주일만 살다 나왔으면 좋겠다는 생각을 영화를 보는 내내 했다. 역시 허진호 감독은 무겁거나 질척거리지 않는, 상큼한 멜로를 잘 만드는 감독이다.

행복의 문

제10회 부산국제영화제에서 테헤란 출신의 이란 여성감독인 마지드 마지디의 〈버드나무〉를 보았다. 마지드 마지디는 현재 이란 최고의 감독으로 불린다. 그는 이란 감독으로서는 최초로 아카데미 최고 외국영화상 후보에 올랐고, 〈천국의 아이들〉, 〈천국의 색깔〉, 〈바란〉 등으로 몬트리올 영화제의 그랑프리를 세 차례나 수상한 바 있는 국제적 지명도가 있는 감독이다.

내가 처음으로 본 이란 영화가 〈내 친구의 집은 어디인가〉라는 어린이영화였고, 그 후에도 이란 영화는 모두 어린이영화만을 보았기 때문에 이란 영화 하면 '어린이'라는 키워드가 먼저 떠오른다. 〈버드나무〉도 청소년 관람이 가능한 영화였기 때문에 혹시 어린이영화가 아닐까 생각하면서 극장에 들어섰다. 더구나 마지드 마지디 감독이 우리나라에 알려진 것은 〈천국의 아이들〉이란 어린이영화였기 때문에 나의 선입견은 어쩌면 당연한 것이었는지도 모른다. 하지만 다행이도 〈버드나무〉는 어린이영화가 아니었다.

어린 시절 이후 시력을 잃은 상태로 살던 45세의 문학 교수 유세프(Yusef)는 프랑스 파리로 가서 수술 후에 기적적으로 시력을 회복한다. 하지만 시력을 잃어버린 어둠 속의 세월이 너무 길었던 탓일까? 그는 광명을 찾은 새로운 삶에 적응하지 못하고 방황한다. 책읽기나 글쓰기가 점자로 이루어지던 때보다 더디어진 것은 물론이다. 시각장애자였던 그에게 이전에 쏟아졌을 사람들의 동정을 생각하면 그는 고통스럽다. 그렇지만 그를 가장 큰 갈등에 빠뜨린 것은 젊은 여성을 사랑하는 마음이다. 청년기를 어둠 속에서 보냈던 그가 젊은 여성에게 매력을 느끼고 사랑하는 마음을 갖게 된 것은 충분히 이해가 된다. 사춘기에도, 청년기에도 젊은 여성의 아름다움이라는 것을 모르는 채 보냈을 그가 뒤늦게 젊은 여성에 대한 욕망에 눈을 뜨게 되는 것은 어쩌면 당연한 일일지도 모른다.

그는 그 어느 것에도 적응하지 못하고 방황을 거듭한다. 마침내 아내는 아이를 데리고 집을 떠나간다. 가족들이 그의 곁을 떠난 후에도 방황을 끝내지 못하는 아들에게 실망한 어머니는 쓰러져 병원에 입원한다. 결국 그는 맹인의 상태에서 누렸던 모든 행복을 잃어버리고 다시 실명을 하게 된다. 뒤늦게 다시 한 번만 자신에게 기회를 달라고 절규하며 영화는 끝이 난다.

나는 학생들에게 문학을 강의하면서 좋은 작품의 기준의 하나로 "많은 생각을 할 수 있게 만드는 작품"이라는 조건을 꼽곤 한다. 그런 의미에서 〈버드나무〉는 많은 생각을 할 수 있는 화두를 제공하는 작품, 바로 좋은 작품이라고 할 수 있다. 이 영화는 '행복의 조건은 무엇인가'라는 화두를 던져준다. 많은 사람들이 유세프는 시력을 되찾았기 때문에 더욱 행복해질 것이라고 생각한다. 하지만 그는 안타깝게도 주변 사람들의 그와 같은 기대를 저버리고 불행의 늪에서 헤어나지 못한 채 허우적거린다.

이 영화를 보고 나서 이틀 뒤에 나는 신문에서 『화성의 인류학자』라는 올리버 색스의 신간 소개문을 읽게 되었다. 이 책은 신경병의 습격을 받고 장애로 살아가는 7명의 환자에 관해 쓴 것이다. 교통사고로 완전한 색맹이 된 화가는 색맹이 된 자신의 상태를 받아들이고 색으로 얼룩지지 않은 순수한 세상을 정제된 시각으로 볼 수 있는 특권으로 일반인이 느낄 수 없는 미묘한 질감과 무늬가 아주 뚜렷이 부각되는 새로운 화폭을 그려낸다.

시각장애인으로 태어난 사람이 수술로 광명을 찾지만 이전보다 더 장애인이 된 듯한, 즉 촉각의 세계에서 시각의 세계로 쫓겨난 망명객과도 같은 삶을 살다가 다시 시각을 잃게 되자 그것이 광명과도 같이 느껴지는 이야기도 있다. 그는 "나는 이제 빛으로 이루어진 눈부시고 어리둥절한 세계를 떠나도 좋다는 허락을 받고 본래 자리로 돌아갔다. 50년 동안 집과 같았던 정든 그곳으로, 기꺼이……."라고 독백한다. 광명의 세계에 적응하지 못하는 것은 〈버드나무〉와 동일하지만 다시 실명을 하게 되었을 때의 그의 태도는 〈버드나무〉의 유세프와는 아주 판이했다. 어떤 것이 시각장애인의 진실에 더 가까운 것인지 자못 궁금해진다.

인지심리학자인 저자는 신경이나 감각이 파손된 환자들이 아주 절망적인 상황에서 뜻밖의 발전과 진화를 이루어나가는 그 '질병의 이면'을 들여다보며, "질병과 결함, 장애는 역설적이다. 변화된 상황에 따라 새로운 조직과 질서를 탄생시키며, 마이너스를 플러스로 상쇄한다."라고 적고 있다. 하지만 장애인이든 아니든 마이너스를 플러스로 상쇄할 수 있는 지혜를 가진 사람들의 숫자는 그렇게 많지 않으리라고 생각한다.

김현승의 「지각(知覺)」이라는 시의 한 구절처럼 "우리의 행복의 문은/밖에서도 열리지만/안에서도 열리게 되어 있다." 말하자면 유세프는 밖에서 온 행복을 마음의 문으로 받아들이지 못한 채로 갈등에 빠져 인생을 허비하고, 주위의 가족들조차 불행하게 만들었다. 자신의 잘못을 뒤늦게 깨달은 그에게 다시 한 번의 기회가 주어질지는 알 수 없다. 인간에게 기회란 항상 오는 것이 아니기 때문이다. 이란에서 '버드나무'는 사랑 때문에 방황하는 사람을 상징하는 말이라고 한다.

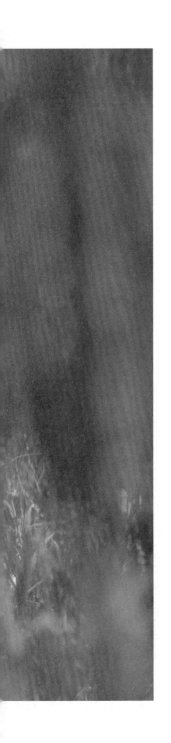

남자는 어떻게 길러지는가

프랑스의 실존주의 페미니스트 시몬 드 보부아르는 "여자로 태어나는 것이 아니라 여자로 길러지는 것"이라는 유명한 명제를 남겼다. 이와 마찬가지로 남자 역시 "남자로 태어나는 것이 아니라 남자로 만들어진다(길러진다)"는 명제로 설명할 수 있을 것이다.

『남자의 탄생』이란 책은 생물학적 남자로 태어난 남성이 사회적으로 남성이라는 성으로 어떻게 젠더화되는가를 강원도 철원에서 태어나서 자란 1958년생의 대한민국 남성 전인권 자신의 5세부터 12세까지의 경험을 중심으로 그려내고 있다. 그에 의하면 생물학적 남성이 사회적인 남성으로 성별화되는 것은 바로 5세부터 12세까지의 유년기에 이루어진다. 이 텍스트에서 다루고 있는 시기는 저자인 전인권 개인적으로는 자신의 유년기이지만 사회적으로는 우리나라의 1960년대에 해당되는 시기이다. 바로 박정희 군사정권이 맹위를 떨치던 시기이다.

따라서 여기에서의 '남자의 탄생'은 개인적 의미보다는 사십대 대한민국의 남자는 어떻게 만들어졌는가에 대한 분석이라고 할 수 있다. 그리고 개인적인 심리적 가족적 경험을 정치적 사회적 맥락과 연결시켜보는 사회학적 상상력이야말로 정치학을 전공한 정치학자 전인권이라는 저자의 개성이 돋보이는 부분이다. 이 책은 프로이트의 정신분석학이나 기존에 나온 여성학의 학문적 업적에 기대어 한국 남성의 정체성 형성에 대해서 분석하고 있는데, 여기에 부가하여 정치학자로서 그가 성장한 1960년대의 한국사회와 연결시키고 있다.

그는 어느 날 '대한민국이란 사회 전체' 또는 '한국문화의 구조적 특징'을 주제로 한 저서를 준비하기에 여념이 없었다. 그러다가 "한국은 무슨 한국이냐, 먼저 너 자신의 꼬라지나 정확히 알아라"는 양심의 목소리를 들었다고 서두에서 적고 있다. "자기 자신도 모르면서 어떻게 대한민국 전체를 이야기한단 말인가"와 같은 자기반영적 문제의식으로부터 이 책은 출발한다. 그는 자신이 비판하려고 했던 한국문화의 부정적 특징, 즉 한국적이고 권위주의적인 남성이 바로 그 자신 안에 고스란히 똬리를 틀고 있음을 자각한다. 그리고 그 문제의식을 이 책을 쓰는 동기로 삼는다. 그동안 자신만큼은 아주 민주적이라고 생각해온 것과 달리 그가 다른 한국남성들과 다를 바 없는 '동굴 속 황제'로 살아온 삶의 실패를, 한국남성의 정체성을 먼저 자신의 가족관계를 분석함으로써 설명하고자 한다.

그가 이러한 작업을 하는 데에는 권위주의에 휩싸여 자신을 분석대상으로 삼으려고 하지 않는 한국남성의 가면, 즉 페르소나를 벗어버리는 용기를 필요로 한다. 또한 그는 사회과학도로서 전형적인 사회과학의 방법론을 따르지 않고 자기 분석과 고백이란 사적이고 질적인 연구방법이 부담스러워 여러 번 붓을 꺾었다가 다시 들었다고 고백하고 있다. 나는 이러한 그의 고백을 들으면서 바로 여기에 그의 사회과학도로서의 고민뿐만 아니라 한국에서 남자로서 학문을 한다는 것과 여자로서 학문을 한다는 것 사이에는 엄청난 거리가 존재한다는 사실을 깨달았다. 왜냐하면 여자들은 자신의 사적 경험을 드러내고, 그것을 학문적으로 구성하는 일에 그처럼 고민하지 않기 때문이다. 어쩌면 여성학이야말로 사적 경험의 정치성, 개인적인 것은 집단적인 것이라는 정치학에 기대어서 학문을 구성해왔다고도 할 수 있다.

이처럼 이 책은 정치학도로서 전형적인 정치학의 방법론을 따르고 있지 않다. 마치 여성학이 사적 경험을 중심으로 한 질적 연구라는 방법론을 사용하듯이……. 그리고 여기에는 그가 「박정희 대통령에 대한 전기적 연구」로 박사학위를 받은 정치학도일 뿐만 아니라 이중섭의 예술세계를 끈질기게 탐색한 저서 『아름다운 사람 이중섭』을 펴낸 미술평론가이기도 하다는 사실과 깊은 연관이 있다고 느꼈다. 실제 그는 이번 저서의 작업에 대해 다음과 같이 밝히고 있다.

주변 사람들은 내가 그저 예술을 사랑해서 이중섭 책을 썼으려니 생각하지만, 나로서는 시종일관 정치학자의 의식을 갖고 쓴 책이다. 이 책도 마찬가지이다. 나의 정체성을 규명해보겠다고 목표를 세웠지만, 그 정체성에는 대한민국이 빠질 수 없었다. 또 대한민국을 이해하려고 할 경우, 어머니와 아버지 그리고 가족만큼 좋은 연구대상도 없다는 것이 평소의 지론이다. 한국의 가족은 우리 자신을 이해하는 데 이중섭만큼이나 좋은 연구대상이다.

그는 저서에서 어떻게 그의 집이 어머니의 공간과 아버지의 공간으로 분리되는가를 보여준다. 또한 유아기를 보내고 유년기에 접어들면서 어머니의 공간에서 아버지의 공간으로 옮겨가는 과정을 그리면서 프로이트의 오이디푸스 콤플렉스라는 개념을 원용하고, 어머니의 질서와 아버지의 질서를 대비시키면서 한국에서 남성으로 사회화되는 과정을 그려내고 있다. 결론으로 그가 제기한 '아버지 살해'라는 개념도 결국은 프로이트와 무관하지 않다.

그리고 그는 제9장 '아버지 위의 아버지들'에서는 가부장제의 원리가 어떻게 사회적 국가적 개념으로 확대되고 연결되는가를 밝히고 있다. 사적 경험을 공적 제도로 확대 연결시켜보는 데서 그의 정치학도로서의 면모는 유감없이 드러난다. 일찍부터 여성학자들은 가부장제라는 것이 한 가족의 시스템만이 아니라 우리의 사회 자체, 자본주의라는 경제체제마저도 가부장적 확대가족이라고 규정지어왔다. 따라서 사회주의 페미니즘에서는 가부장제와 자본주의라는 두 개의 시스템을 철폐해야만 여성이 해방될 수 있다는 주장을 펴왔던 것이다.

그는 결론으로 "네 안의 아버지를 살해하라"라고 말한다. 즉 권위주의로 무장함으로써 커뮤니케이션을 차단하고 있는 한국남성 안의 아버지를 살해하지 않는다면 한국남성은 결코 실패로부터 벗어날 수 없다는 것이다. 여기서 그와 프로이트는 갈 길을 달리한다. 남아가 경쟁자인 아버지를 살해하고 싶은 욕망을 숨긴 채 여성을 지배하는 또다른 아버지가 되어갔던 것과는 달리 그는 네 안의 아버지를 살해하라고 용기 있게 말한다. 그는 한국남성의 심리적 영토에 자리 잡고 있는 '동굴 속 황제'로 자신을 착각하는 권위주의를 타파하라고, 아버지를 살해하라고 크게 외친다. 그러면서 우리의 교육방식과 육아방식을 바꿀 것을 촉구한다.

하지만 개인의 심리적 혁명이나 육아방식이나 교육방식의 변화는 출발일지 모르지만 그것이 전부가 될 수는 없다. 한국의 남성과 한국적 가부장제 형성이 개인의 심리적 차원이나 교육과 육아방식에서 일정 부분 기원한다 하더라도 그것조차도 가부장적 사회구조로부터 기인하는 것이기 때문이다. 가부장적 가족제도가 잔존하며, 남녀의 임금 격차가 크게 존재하고, 여성의 정치적 지위가 낮은 나라에서 개인의 심리적 차원의 혁명이나 교육과 육아방식을 바꾼다고 해서 근본적 변화는 일어나지 않는다. 전인권 자신이 분석도구로 사용했듯이 동굴 속 황제인 한국남성은 가부장적 가족제도에서 탄생되었을 뿐만 아니라 성차별적인 가부장적 정치사회적 시스템에서 탄생된 존재이기 때문이다.

책을 처음 펼쳐 들었을 때, 나는 매우 신선한 감동을 받았다. 한국에서는 이만큼의 남성 자신의 자기분석서조차 없었기 때문이다. 나는 2000년에 『페미니스트, 남성을 말한다』라는 책을 펴내어 한국남성을 분석하고자 하였지만 정작 남성들은 자신을 노출하고 분석하는 일을 하지 않았다. 그가 매우 용기 있고 솔직한 남성이라는 점에서 찬사를 보낸다. 하지만 책장을 넘겨가자 이 책의 많은 부분이 도식주의에 빠져 있고, 정신분석학이나 여성학에서 이미 말해진 사실에 기초한 나머지 전혀 새로움이 없다는 사실도 발견하게 되었다. 그렇지만 이 책이 추상적인 학문의 이론을 개인적 경험으로 재해석해낸 가치는 매우 훌륭하다. 또한 남성 자신이 한국남성을 분석한 최초의 저서라는 점에서도 충분한 가치가 있다. 앞으로 이와 같은 작업이 남성들 자신의 목소리에 의해서 많이 이루어졌으면 한다. 내가 『페미니스트, 남성을 말한다』와 같은 저서를 페미니스트 여성학자들과 공동으로 집필한 동기도 변화된 사회구조 속에서 새로운 정체성을 확립하지 못한 채 미로 속을 헤매고 있는 한국남성들의 길 찾기에 조금이나마 도움을 주고 싶었기 때문이다.

이 책을 읽으면서 나는 줄곧 프랑스의 엘리자베트 바탱데가 쓴 『XY, 남성의 본질에 대하여』를 생각했다. 이 책이야말로 한국판 『XY, 남성의 본질에 대하여』라고 할 수 있을 것 같다. 남성 스스로에 의한 남성들의 새로운 정체성 찾기의 작업이 계속 이어지기 바란다.

서양인의 눈에 비친 이상한 나라 일본

　　　　　　　최근에 아멜리 노통브가 쓴 두 편의 장편소설을 읽었다. 『살인자의 건강법』(1992)이라는 데뷔작과 자전적 소설 『두려움과 떨림』(1999)이라는 책이 그것이다.

　벨기에 출신의 프랑스 작가 아멜리 노통브(Amélie Nothomb)는 데뷔 이후 매년 가을마다 신작소설을 발표하고 있는데, 그때마다 대부분 50만 부 이상이 팔려나가며 베스트셀러 목록을 장식한다고 한다. 그래서 "그녀가 쓰면 베스트셀러, 그녀가 입으면 패션이 된다"는 말까지 생겨났다. 현재 국내에도 노통브의 소설은 일곱 편이나 번역 출간되었다. 국내에서의 노통브의 인기를 실감케 해주는 현상일 것이다. 『두려움과 떨림』도 2000년에 초판이 발간된 이후 2002년에 신판이 나왔으며, 2004년에는 신판 5쇄를 찍을 만큼 독자들의 지대한 관심을 끌고 있다.

1967년에 태어난 아멜리 노통브는 외교관이었던 아버지를 따라 일본, 베이징, 뉴욕, 방글라데시, 보르네오, 라오스 등지에서 유년기와 청소년기를 보냈다. 특히 많은 서양인들이 오리엔탈리즘의 근원지로 선망하는 일본에서의 체류 경험이 없었더라면 『두려움과 떨림』이라는 제목의 소설은 탄생되지 못했을 것이다.

『두려움과 떨림』은 일본사회를 지배하는 수직적인 윤리의 경직성에 냉소와 경멸을 보낸 소설이다. 『두려움과 떨림』이라는 흥미로운 제목은 일본사회가 계급이 낮은 사람들에게 요구하는 태도를 한마디로 요약한 말이다. 일본인들은 상급자에게 마치 천황을 알현할 때처럼 '두려움과 떨림'이라는 초인적인 숭배, 무조건적인 복종을 보내야 한다. 이에 대해 노통브는 신랄한 야유를 보낸다.

> 나는 그녀가 엑스터시의 절정에 도달하도록 만들어 주어야 했다.
> 과거 일본 황실의 의전(儀典)에 천황을 알현할 때는 〈두려움과 떨림〉의 감정을 느껴야 한다는 규정이 있다. 나는 사무라이 영화의 인물들이 보여주는 모습에, 사무라이들이 초인적인 숭배의 감정으로 목소리가 녹아들면서 자신의 두목을 배알하는 모습에 그렇게 딱 부합하는 이 표현을 끔찍이도 좋아했다.
> 그래서 나는 두려움의 가면을 쓰고 떨기 시작했다. 나는 두려움이 가득한 눈으로 그녀의 시선을 응시하며 말을 더듬거렸다.
> 「당신 볼 때 사람들이 쓰레기 수거하는 일에는 나를 받아줄까요?」
> 「물론이죠!」 그녀는 조금 지나칠 정도로 흥분해 말했다.
> 그녀는 크게 한 번 숨을 내쉬었다. 성공이었다.

작품은 작가 자신이 실명의 주인공으로 등장하고, 결말에서 『살인자의 건강법』으로 데뷔하는 전기적 사실까지 제시함으로써 이야기의 객관성과 사실감을 극대화시킨다. 소설은 다음과 같이 시작되고 있다.

미스터 하네다는 미스터 오모치의 상사였고, 미스터 오모치는 미스터 사이토의, 미스터 사이토는 미스 모리의, 미스 모리는 나의 상사였다. 그런데 나는, 나는 누구의 상사도 아니었다.

그러니까 자전적 주인공 아멜리는 말단 계약직 직원으로 1990년 1월 8일에 회사에 입사한다. 그는 '신제품 저지방버터'에 관한 상세하고도 완벽한 보고서를 단 하루 만에 훌륭하게 작성할 만큼 매우 뛰어난 능력을 갖춘 여성이다. 하지만 회사가 그녀에게 준 일거리라곤 잘못 작성되었다고 몇 차례씩 다시 써야 하는 편지(하지만 이 편지는 끝까지 읽지도 않고 폐기된다), 복사지의 중심이 맞지 않았다고 수동으로 복사를 반복하는 일, 달력에 날짜를 제대로 맞추어놓는 일, 출장경비 명세서를 확인하는 경리업무, 마지막 7개월 동안은 화장실의 화장지를 갈아 끼워 넣는 일 등이다. 즉 창의성이라곤 전혀 요구되지 않는 불요불급한 일이거나 청소부가 해야 할 모욕적인 일을 부당하게 그녀에게 배당했던 것이다.

일본인들에게 중요한 것은 업무능력이나 효율성이 아니다. 그들에게는 단지 상하관계의 공고한(주인공이 느끼기엔 경직된) 조직 유지가 최대의 관심사다. 그래서 앞서 인용했듯이 주인공은 1년의 계약기간이 만료되었을 때, 그녀의 직속상관인 후부키가 "엑스터시의 절정에 도달하도록" 가면을 쓰고 두려움과 떨림을 연기해보임으로써 노골적인 경멸을 나타낸다. 주인공이 체험한 1년은 서양인들이 동양에 대해 막연히 가져온 동경이 허상에 불과했다는 것을 확인시켜주기에 충분한 기간이었던 셈이다.

이 소설의 주제는 명확하다. 서양인들이 일본에 대해서 갖는 신비주의, 또는 낭만적 동경의 정체를 낱낱이 까발리는 것이다. 끔찍한 복종만을 요구하는 일본인의 비인간성을, 그 비합리성과 비효율성을 낱낱이 폭로하고, 그에 대한 지독한 경멸을 표시하는 것이다. 작가에 의하면 "일본인들은 남들이 자신들의 관례를 어기면 기분이 상하면서도 정작 자신들이 다른 관습을 무시하는 것에 대해서는 절대 반감을 느끼지 않는" 오만하고 무례하고 편협한 민족이다. 아름다운 이름과 외모를 가진 직속상관 후부키('눈보라'라는 뜻)가 그녀를 비인간적으로 지독하게 모욕했듯 일본인들은 도저히 이해할 수 없는, 수직적 문화의 광기에 사로잡힌 민족일 뿐이다.

"유미모토사는 제게 능력을 발휘할 기회를 여러 번 주셨습니다. 죽을 때까지 고맙게 생각할 겁니다. 안타깝지만, 제게 과분하게 해주셨는데도 저는 걸맞은 모습을 보이지 못했습니다."라고 직속상관들을 차례차례 찾아다니며 마음에도 없는 퇴직인사를 하는 동안 그녀의 상관들은 "아니오. 아니오. 자, 봅시다. 당신은 기대에 걸맞게 행동을 했어요"와 같은 정중한 대응을 결코 보여주지 않는다. 그들은 한결같이 그녀의 말에 동조함으로써 작가가 의도한 신랄함을 극적으로 구현하고 있다. 오직 사장인 하네다 씨만이 그녀가 운이 없었을 뿐이며, 좋은 시기에 오지 않았고, 뛰어난 능력을 가진 사람이라는 것을 말해주지만 거대한 공룡처럼 굳어진 권력구조 속에서는 그마저도 무력한 존재일 뿐이다.

회사를 퇴직하고 유럽으로 돌아온 아멜리는 데뷔작이 된『살인자의 건강법』을 쓰기 시작해서 1년 뒤에 책이 출간된다. 그리고 다시 1년 뒤에 그녀는 일본의 후부키로부터 "아멜리 상, 축하해요"라는 편지를 받는다. 그녀는 아멜리에게 "솔직히 말해, 당신이 어떤 직업인들 가질 수 있겠어요?"라고 조롱했던 인물이다.

사실 오리엔탈리즘은 서양인들이 갖고 있는 동양에 대한 낭만적 동경과 우월감이란 양가감정을 담고 있는 말이다.『오리엔탈리즘』의 저자 에드워드 사이드의 비판적 견해에 의하면 동양을 지배하고, 재구성하고, 억압하기 위한 서양의 제도 및 스타일이다. 이 소설 속에 표현된 일본은 더 이상 신비한 나라가 아니다. 직속상관에게도 천황을 대할 때처럼 두려움과 떨림을 갖고 대해야 하는 이상한 나라, 서양인의 눈으로는 도저히 이해할 수 없는 수직적 윤리의 광기에 사로잡힌 나라, 외국인과 다른 문화를 용납하지 않는 매우 편협하고 열등한 나라이다.

그렇다면 이번 소설은 여태껏 서양인들이 가져온 일본이라는 나라에 대한 동경과 신비함이란 허상을 여지없이 깨부수면서 일본에 대한 지독한 경멸과 폄훼를 나타낸 작품이라고 할 수 있다. 작가는 자신의 직접체험을 강조하는 자전적 요소를 바탕으로 일본의 정체를 벗겨냈다. 아마도 이 작품은 서양의 독자들에게 그들의 동양에 대한 우월감을 충족시켜주는 독서 쾌감을 크게 제공했을 것이다. 이야기의 재미와 함께 인물의 캐릭터가 살아 있는 흥미로운 소설, 그러나 서양인의 오리엔탈리즘을 재확인시켜준 신랄하고도 경쾌한 소설이다.

느리게 좀 더 느리게

'빠르게 좀 더 빠르게'를 외치던 우리 주위에 언제부터인가 '느리게 좀 더 느리게'라는 명제가 자리 잡기 시작했다. 빠른 속도와 많은 양에 열광하던 산업사회적 삶의 방식에 대한 회의가 시작된 것이다. 좀 더 빠르게 그리고 좀 더 많이 소유하게 된다면 분명 행복도 그것에 비례하여 커질 줄 알았는데……. 그래서 끝을 모르는 속도전에 뛰어들어 옆도 뒤도 살피지 않고 앞만 보고 무한 질주하는 삶을 살아왔는데, 웬걸 행복은 어디로 달아나 버렸을까? 우리는 사유를 잃어버린 삶을 살고 있으며, 자아 상실에 빠져 있다는 자각에 도달하게 되었다.

미국의 예술문화비평가이며 큐레이터이터로서 뉴욕 휘트니 미술관 등에서 활동하고 있으며, 환경운동가이기도 한 레베카 솔닛의 『걷기의 역사』는 속도전 속에 자아를 상실하고 있는 현대인들로 하여금 천천히 걷는 '걷기'의 철학적 역사적 문화적 의미를 깨우치고, 자아를 성찰하여 볼 수 있는 기회를 제공하고 있다. 이 책은 걷기에 대한 보편적 역사를 처음으로 다룬 저서로서 '걷기와 생각하기', '정원에서 세상 밖으로', '거리의 삶', '길 너머에는'과 같은 네 개의 장으로 구성되어 있다. 저자는 저서에서 걷기와 생각하기, 걷기와 문화에 대한 관련 고리를 찾아냈으며, 또한 자동차와 속도 위주의 현대인에게 걸을 수 있는 공간의 필요성을 강조하고 있다. 또한 역사 속의 인물과 소설 속의 주인공을 통해서 인간의 진화, 도시 설계, 미로, 러닝머신, 성문화, 걷기 클럽 등 다양한 걷기라는 보편적 행위의 가능성을 그려낸다.

책에는 '철학과 예술과 축제, 혁명과 순례와 방황, 자연과 도시 속으로의 산책'이라는 부제가 붙어 있는데, 이 부제야말로 걷기의 진정한 의미를 말해준다고 할 수 있다. 저자는 걷기의 정치적 사회적 의미로부터 철학적 문화적 역사적 의미까지 밝혀냄으로써 생태주의적 삶을 강조하며 진정한 자유와 해방을 추구한다. 인간이 더 이상 걷지 않는다는 것은 결국 인간의 사유가 단축되고 오그라드는 것이라고 생각할 수 있다. 걷기는 곧 사색으로의 여행이며, 현대의 속도전으로부터 우리를 해방시키는 길이다.

> 걷기의 리듬은 사유의 리듬을 낳는다. 풍경 속을 지나는 움직임은 사유 속을 지나는 움직임을 반향하거나 자극한다. 내적 이동과 외적 이동이 기묘한 조화를 이룬다. 마음은 일종의 풍경이며, 실제로 걷는 것은 마음속을 거니는 한 가지 방법이다. 새롭게 떠오르는 생각이란 원래부터 거기 있던 풍경에서 나오는 것인지도 모르니까 그렇게 보자면 걷기의 역사는 사유의 역사가 구체화된 것이다. 마음의 움직임은

자취를 따를 수 없지만, 두 발의 움직임을 좇아갈 수 있으니 말이다. 한편 걷는 것은 생각하는 것인 동시에 바라보는 것이다. 모든 산책은 한가로운 관광이다. 경치를 구경하며 생각할 수 있고, 미지의 것을 기지의 것으로 소화할 수 있다. 사유하는 사람에게 걷기가 특히 유용한 이유는 그 때문일 것이다. 여행의 경이, 해방, 정화를 느끼기 위해서는 세계 일주를 해도 되고 한 블록만 오가도 된다. 멀리 걸어갔다 와도 되고 근처에만 갔다 와도 된다. 거닌다는 것은 어쩌면 여행이 아니라 움직임이라고 해야 할 것이다.

사실 도시공간은 무한히 넓어지고 인간은 자동차로 과거에는 생각할 수도 없는 먼 거리를 여행하게 된다. 하지만 인간의 활동영역이 무한히 넓어졌다는 것이 어떤 의미가 있겠는가? 우리가 살고 있는 도시에서 여유롭게 산책할 수 있는 거리는 점차 줄어들고 있지 않은가.

현대도시가 자동차 중심으로 기획되어 점차 보행자를 소외시키는 방향으로 변화되고 있고, 언제부터인가 우리의 삶은 자동차에 지나치게 의존되어 있어 걷기라는 동작 자체를 잊어버릴 지경이다. 그래서 만보기를 허리에 차고 걸어보지만 하루에 만 보를 걷는 일이 얼마나 어려운지는 시도해본 사람이면 잘 알 수 있다. 일부러 시간을 내어 두 시간쯤의 산책길에라도 나서지 않는다면 현대인의 일상생활에서 걷기라고 하는 것은 매우 지난한 일이 되어버리고 말았다.

게다가 부산은 집을 나서서 편안하고 여유롭게 걸을 수 있는 산책길 자체가 절대적으로 부족하다. 특히 부산은 다른 도시와도 달리 시내에 공원을 거의 갖고 있지 못하다. 그러다 보니 '100만 평 문화공원 조성운동'을 시민운동으로 전개하고 있는 실정이다.

얼마 전에 전북 전주의 덕진공원을 둘러볼 기회가 있었다. 덕진 연못을 중심으로 조성된 4만 5천 평의 공원에는 때마침 1만 3천 평의 연못에 연꽃이 만발하여 장관을 이루고 있었다. 연못 주변에선 백중놀이 공연이 벌어지고, 한여름의 무더위 속에서도 많은 시민들이 숲 그늘에 앉아 공연을 감상하는 모습은 전주가 예향으로 불리는 까닭을 한눈에 알게 해주었다. 문화의 향기가 흘러넘치는 도시라는 이미지와 시내 한가운데에 호수를 끼고 걸을 수 있는 도심공원이 있다는 사실 사이에는 큰 상관관계가 있는 듯이 보였다. 즉 걷기는 사색으로 이어지고, 사색은 문화적 창조력으로 이어진다는 사실이다.

토요일 오후 5시, 부산의 달맞이길 해월정에 와봐라. '해운대포럼'은 '작가 김성종과 함께 사색의 오솔길을 걷자'라는 현수막을 내걸고 '걷기 문화운동'을 시민들과 함께 실천하고 있다. 달맞이길 아래쪽 숲을 천천히 걷다 보면 솔숲 사이로 태평양으로 이어진 묘망한 바다풍경을 만날 수 있다. 더욱이 동해남부선을 지나는 기차의 기적소리와 시원한 파도소리를 들으며 걸을 수 있는 숲길이 어느 도시에서 가능하겠는가?

틱낫한 스님은 걷기를 수행의 중요한 방법으로 제안하며 제자들과 함께 그것을 스스로 실천하고 있다. 천천히 걷기 속에서 우리는 삶의 여유를 회복하며 진정한 자아와 만날 수 있다. 부처가 된다는 것은 바로 진정한 자아와 만나는 것과 다르지 않을 것이다. 그래서 예로부터 참선의 한 방법으로 행선(行禪)이 존재해왔던 것이다. 사색의 오솔길을 걸으면 참된 자아와 만날 수 있다.

프랑스의 사회학자 다비드 르 브르통도 『걷기 예찬』에서 "바쁜 사람들이 지배하는 세상에서 한가로이 걷는 것은 시대착오적이자 현대성으로부터의 도피요, 비웃음이지만 걷는 것은 자신을 세계로 열어놓는 것이며, 자신으로 사는 것이자 사회적 제약으로부터 해방시키는 것"이라고 말한 바 있다.

해외동포들의 뿌리 뽑힌 삶의 르포

동서 이데올로기가 만들어낸 냉전체제가 세계사적 종식을 고해버린 시대에 아직 우리 한민족만이 이데올로기가 구축해놓은 분단의 모순을 극복하지 못한 채 살아가고 있다. 분단으로 인한 민족사적 모순과 갈등은 비단 남과 북이라는 서로 다른 체제하에서 민족적 동질성을 상실해온, 이 한반도에 살고 있는 사람들의 몫만이 아니라는 점을 이번에 읽은 소설『유역(流域)』을 통해 생생하게 확인할 수 있었다.

『유역』을 쓴 이회성(李恢成)은 재일(在日)작가로서는 처음으로 일본 최고의 문학상인 '아쿠타가와상'을 수상한 소설가이다. 우리나라의 독자들에게 이미『금단의 땅』이란 작품으로 널리 알려진 그는 소설 『유역』에서 해외동포, 즉 재일동포와 재소동포가 겪는 민족적 정체성 (identity)에 대한 혼란과 고민의 문제를 다루고 있다. 특히, 세계사적

격동기이며, 한반도 내에서도 서울 올림픽과 평양세계청년학생축전이 개최된 1980년대 말의 시대적 분위기를 생동감 있게 반영하며, 한반도 주변인 유역에서 역시 주변적 존재로 살아가는 재외동포의 문제를 진지한 문제의식으로 그려내고 있다.

1989년 여름 한 달 동안 재일작가 춘수와 강창호 두 사람은 카자흐공화국 작가동맹의 초청으로 연해주(원동)에서 중앙아시아로 강제 이주당한 고려인(한민족)의 뼈아픈 역사 취재여행에 나선다. 작가의 자전적 체취가 강하게 풍겨지는 이 작품은 자전적 모델로 보이는 인물 '춘수'의 시각과 느낌, 생각 등에 주로 의존하여 전달되고 있다. 1937년에 러시아의 정치적 목적에 의하여 폭력적으로 강제이주를 당한 고려인의 문제는 재일동포의 문제와도 연결되어 있음을 취재자는 인식하게 된다.

소련에 살면서 소련인으로서도, 일본에 살면서 일본인으로서도 정체성을 부여받지 못한 채 각종의 불이익과 차별을 감수해야 하는 한민족의 후예들……. 더구나 그들의 조국인 한반도조차도 일제강점기의 불행한 역사에 이어 분단이란 자체의 모순에 휩싸여 있다. 즉 남도 북도 그들에게 진정한 조국과 마음의 고향으로서의 정체성을 확립시켜주지 못하고, 겉으로만 통일을 선전하며 상호간에 체제유지에 급급한 상황이다. 작중의 안내자인 '유진'은 "조국이란 희망을 주는 존재가 아니면 안 됩니다"라고 말하고 있다. 그런데 정작 조국은 이들에게 희망을 주지 못하고 정신적 무국적자로 뿌리 뽑힌 삶을 살아가도록 만들고 있다.

특별한 소설적 플롯이 없는 르포적 성격의 이 작품은 재외동포에 의하여 남과 북의 문제가 균형감각을 유지하고 객관적으로 관찰되고 있어 흥미와 함께 국내의 독자들에게 분단에 대한 새로운 인식 지평을 열도록 시야를 넓혀주고 있다.

우리에게 고향은 무엇인가

     이청준 · 김영남 · 김선두, 『옥색 바다 이불 삼아 진달래꽃 베고 누워』라는 책은 지난해 추석에 읽으려고 했던 책인데, 읽지 못하고 있다가 설을 앞둔 지금에야 읽게 되었다. 이 책을 지난 추석에 읽으려고 했던 것은 추석이나 설은 한국인들에게 고향의 의미를 새롭게 되새기게 만들기 때문이다.

    나는 명절을 맞아 귀향하는 길고 긴 행렬을 볼 때마다 한국인에게 고향은 대체 무엇이며, 조상은 어떤 존재인가라는 질문을 던져보지 않을 수 없다. 이 책을 굳이 추석에 읽으려고 했던 것도 그런 것과 관련이 있다. 조상과 그 조상을 차례 지내는 명절이야말로 한국인에게는 유교, 불교, 기독교를 넘어서는 민족 신앙과 같은 것이라고 생각한다. 일본인은 신사를 두어 왕실이나 국가에 공로가 큰 조상을 신으로 모시지만 한국인은 집집마다 그들만의 조상을 신으로 모신다. 아니 신이라는 개념 자체가 생경할 만큼 조상은 죽어서도 자손들과 함께 살아간다. 예전에는 사당을 집 안에 두고 조상을 모셨지만 이제 그러한 사당은 우리의 주위에서 사라졌다. 그러나 조상을 모시는 전통은 제사나 차례라는 의식을 통해서 여전히 살아남아 있다. 명절은 한국인을 지배하는 집단의식을 가장 명확하게 보여주는 날이다. 또한 정보화 시대를 살아가고 있는 첨단의 외양 속에 감추어진 전통사회의 집단 무의식을 드러내는 날이기도 하다.

『옥색 바다 이불 삼아 진달래꽃 베고 누워』의 공동저자인 소설가 이청준, 시인 김영남, 화가 김선두도 한국인의 집단 무의식으로부터 전혀 자유롭지 못한 사람들이다. 아니 그들은 예술을 하는 사람들이니, 더욱더 집단 무의식에 강렬하게 사로잡힌 사람들이다. 이 책은 전라남도 장흥을 고향으로 두고 있는 세 사람의 합작품이다. 만약 그들이 장흥을 고향으로 두지 않았더라면 결코 씌어졌을 리 없는 책인 것이다. 그들이 이처럼 고향 장흥을 테마로 한 책을 공동집필한 것도 자신들을 지배하고 있는 '고향'이란 무의식의 정체를 자신들의 예술을 통해서 의식화하고 싶었기 때문일 것이다. 그래서 이청준은 이렇게 말한다.

우리의 삶에 그 숙명의 그림자와도 같은 '고향'이란 무엇인가. 이후 근 3년 동안 우리가 거듭해온 고향 길 화두는 물론 '그 고향의 참모습이 무엇이며 우리가 그 깊은 속살을 어떻게 읽어내야 하느냐'였다. 나아가 '우리는 어떻게 그 땅의 비의(秘意)와 마주할 수 있으며, 우리 삶과 예술이 진정 그 땅의 계시와 사랑에 얼마나 가까이 다가설 수 있느냐'였다.

자연히 우리는 끊임없이 그 모토(母土)와의 염원 어린 대화를 시도했고, 세 사람도 서로 같은 성질의 대화를 계속했다. 김영남은 그것을 시로 쓰고, 김선두는 그림으로 그리고, 나는 기왕의 내 소설 장면들에 몇 편의 산문을 덧붙였다.

이청준이 말한 고향이라는 "숙명의 그림자"는 바로 그들을 지배하는 집단 무의식의 그림자이다. 고향 땅은 그들에게 생명을 준 어머니의 영토, 즉 "모토(母土)"이다. 그리고 그들은 평생 자신들의 예술로서 고향 땅의 "비의(秘意)"를 풀어가야 할 운명적 존재인 것이다. 그 숙명을 이청준은 "우리 셋은 이를테면 각기 그 고향 풍물과 사람들에 대한 동질의 정서 지도를 지녀온 셈이다"라고 말한다. 그 동질의 정서 지도를 토대로 이청준은 "고향 동네를 무대로 여러 편 소설을 써온 내겐 항상 그 고향풍물과 사람들에 대한 마음속 지도가 마련되어 있었기 때문이다"라고 자신의 문학적 상상력의 원천이 바로 고향에 있다고 밝히고 있다. 그런데 그는 같이 장흥을 고향으로 두고 있는 김영남의 시에서도, 김선두의 그림에서도 동질의 고향 정서를 느끼고, 같은 정서지도를 발견한다. 같은 고향 사람만이 확인할 수 있는 동물적 감각이라고 할 수 있다.

그런데 수삼 연하로 서울에 올라와 같은 글 길을 가고 있는 김영남 시인 역시 그 시어들이 늘 고향 하늘과 바다 빛에 젖어 있고, 목소리엔 어릴 적 오가던 산길 들녘 길의 푸나무 향내가 묻어나는 걸 읽곤 했다. 뿐만 아니라 김 시인과 엇비슷한 연배의 한국화가, 한국 현대화의 새 길을 열어가는 김선두 화백의 그림들에도 고향의 산과 들녘 빛, 그 땅

의 삶을 사는 사람들의 정겨운 땀 냄새와 소망과 그리움이 밑그림으로
자리해 있음을 느끼곤 했다.

고향은 그들에게 단지 눈으로 드러나는 풍경으로 다가오지 않는다.
고향에는 그들의 가슴 아픈 가족사가, 고향 사람들의 이야기가, 추억
이 생생하게 살아 숨 쉬고 있다. 김영남은 「그리운 옛집」이라는 시에
서 이렇게 노래한다.

> 옛집은 누구에게나 다 있네. 있지 않으면 그곳으로 향하는 비포장길
> 이라도 남아 있네. 팽나무가 멀리까지 마중 나오고, 코스모스가 양 옆
> 으로 길게 도열해 있는 길. 그 길에는 다리, 개울, 언덕, 앵두나무 등이
> 연결되어 있어서 길을 잡아당기면 고구마 줄기처럼 이것들이 줄줄이
> 매달려 나오네.
> 문패는 허름하게 변해 있고, 울타리는 아주 초라하게 쓰러져 있어야
> 만 옛집이 아름답게 보인다네. 거기에는 잔주름 같은 거미줄과 무성한
> 세월, 잡초들도 언제나 제 목소리보다 더 크게 자리 잡고 있어서 이를
> 조용히 걷어내고 있으면 옛날이 훨씬 더 선명하게 보인다네. 그 시절
> 장독대, 창문, 뒤란, 웃음소리…… 그러나 다시는 수리할 수 없고, 돌
> 아갈 수도 없는 집. 눈이 내리면 더욱 그리워지는 집. 그리운 옛집.

> 어느 날 나는 전철 속에서 문득 나의 옛집을 만났다네.
> 그러나, 이제 그녀는 더 이상 나의 옛집이 아니었네.
> —「그리운 옛집」 전문

김영남이 노래했듯 잡아당기면 고구마 줄기처럼 줄줄이 매달려 나
오는 고향에 대한 세 사람의 굽이굽이 사연들을 이청준은 "고향 속살
함께 읽기"라고 표현하며, 김영남은 "고향의 젖가슴 만지기와 아랫도

리 만지기"라는 감각적인 언어로 표현한다. 김선두는 자신의 그림 속에 고향의 풍경들이 자연스럽게 스며들었다고 고백하기도 한다.

고향 마을 뒤에는 넉넉하고 인자한 천관산이 산자락을 펼쳐 우리 마을을 감싸고 있고, 앞으로는 득량만의 푸른 바다가 비단을 깔아놓은 것처럼 아득하다. 산과 바다 사이에는 제법 넓은 들판이 있다. 내가 어렸을 적에 들판 한가운데에는 작은 둠벙 두 개와 늙은 전나무 한 그루가 있었다. 전나무는 여름이면 아이들 때문에 몸살을 앓았지만 우리에게는 인자한 할아버지였다. 어느 해인가 마을 앞 들판이 경지 정리되었을 때, 들판의 명물인 그 전나무와 둠벙이 사라졌다. 둠벙에서 만났던 붕어와 피라미, 미꾸라지도 모두 사라졌다. 네모반듯하게 구획된 무표정한 들판 한가운데 둠벙과 전나무가 살아 있다면 더욱 좋았을 텐데……. 그것들을 생각할 때마다 한없는 아쉬움이 밀려온다. 이는 내 유년의 소중한 사진 한 장이 빛바래 누런 인화지 속으로 사라져버린 것이나 다름없었다.

김영남이 노래한 "다시는 수리할 수 없고, 돌아갈 수도 없는 집. 눈이 내리면 더욱 그리워지는 집. 그리운 옛집", 김선두가 말한 "사라져버린 유년의 삽화"들은 모두 상상력의 원천이 되어 그들의 소설과 시와 그림으로 온전히 복원되어 있다. 이번 책을 더욱 값진 것으로 만들고 있는 김선두의 동심이 그득 담긴 자유분방한 한국화는 바로 사라진 고향 풍경에 대한 그리움을 퍼 올려 그려낸 그림이며, 그의 무의식에 똬리를 틀고 있는 고향의 다양한 모습이다.

장흥사람들의 고향에 대한 각별한 애정은 변호사 박형상의 발문에서도 뚜렷하게 확인된다. 법조인으로서 문학과 예술에 대한 해박함을 넘어서는 탁월한 식견은 단편적인 지식을 늘어놓는 수준이 결코 아니다. 그는 자신의 고향 장흥이 전국적인 명승지가 있는 것도 아니며, 유명 정치인이나 재벌을 배출한 장소도 아니라고, 게다가 변호사가 하나도 없는 무변촌의 장흥지원이 있는 곳이라고 말한다. 그러면서도 그는 조금도 꿀릴 것이 없다는 어투이다.

다만 한 가지 방법이 있다면 이청준, 송기숙, 서종택 그리고 젊은 이승우라는 이름을 대고 다리를 놓는 것이다. 시인 곽재구는 장흥 땅을 '열애처럼 쏟아지는 끈적한 소설의 비'가 내리는 곳이라 하였다. 시인 위선환, 김영남, 이대흠도 있다. 김석중, 백성우, 정해천, 신동규 등 지역에서 활동하는 소설가와 시인들은 또 얼마나 많은가. 그리하여 이들 작품 속 시·공간을 「선학동 나그네」처럼 전남 장흥 땅으로 환치해볼 수도 있다. 광주나 서울 등 대처로 공부하러 나온 속사정이 있는 촌놈끼리라면 이청준의 「눈길」이 한층 각별해진다(곽재구가 말한 23번 국도가 이청준의 '눈길'이요 '살아 있는 늪' 길이다). 바다 그 출렁거림과 갯내음에 익숙한 사람이라면 한승원의 「그 바다 끓어 넘치며」 「안개바다」에 더 가까워진다(한승원의 작업은 세잔이 생 빅투아르 산을 매번 다시 그리던 것과 같다).

박형상의 마음속에는 고향 장흥이 훌륭한 예술가를 많이 배출한 곳이라는 자부심이 한껏 자리하고 있다. 그는 단지 작가들의 이름을 꿰는 수준이 아니라 그들의 작품을 읽고 고향의 흔적을 추적할 정도의 깊이 있는 독서를 하고 있다. 그 정도라면 고향에 대한 그의 유난스런 자부심에 충분히 공감이 간다. 고향 사랑은 그렇게 해야 하는 것이라고 그는 웅변하는 것만 같다. 이청준, 김영남, 김선두의 유별난 고향 사랑도 다 이유가 있는 것이라고 고개가 끄덕여지는 것이다.

한국인에게 고향은 타향을 떠돌면서도 항시 마음에 품고 있는 장소이다, 수구초심이라는 옛말처럼 언젠가는 다시 돌아가야 할 근원이다. 고향이 그들에게 생명을 주었듯이 그들은 죽음도 고향에서 맞고 싶다. 더욱이 예술가에게 고향은 그들의 영혼이 사로잡힌 상상력의 원천이다.

조선시대 궁녀는 어떻게 살았을까

　　최고의 시청률을 자랑하며 인기리에 방영되었던 MBC 텔레비전 드라마 〈대장금〉의 열풍이 출판계에까지 영향을 미쳤다. 다름 아닌 궁녀를 소재로 한 책이 연달아 발간된 것이다. 신명호의 『궁궐의 꽃 궁녀』와 박영규의 『환관과 궁녀』가 그것이다.

　　부경대 사학과 교수인 신명호는 조선시대사가 전공이며, 특히 군주제와 왕실문화에 남다른 관심을 가지고 있는 젊은 사학자이다. 〈대장금〉의 인기로 궁녀에 관한 관심이 사상 유례가 없이 치솟은 시기에 발간된 책이라서 나는 그에게 물었다. "이 책의 기획과 드라마 〈대장금〉은 관계가 있습니까?" 그는 지난해 출판사로부터 집필 요청을 받고 책을 썼는데, 출판사의 기획 단계에서 아마도 영향이 있었을 것이라는 답변을 했다.

　　『궁궐의 꽃 궁녀』는 조선시대의 궁녀에 대해서 쓰고 있다. 즉 궁녀

바로 알기, 궁녀 열전, 궁녀 선출, 궁녀 조직, 궁녀의 일과 삶, 궁녀의 성과 사랑 등의 소제목에서 알 수 있듯이 이 책은 궁녀에 대한 독자들의 호기심을 불러일으키기에 충분하다. 하지만 우리는 그동안 궁녀라는 존재에 대해서 깊은 관심을 가져본 적이 없다. 궁녀에 대해서 우리가 알고 있는 것이라고 해봐야 기껏 텔레비전 사극에 비춰진 궁녀의 이미지가 고작이며, 백제 의자왕이 거느렸다는 3천 궁녀 이야기가 전부였는지도 모른다. 그런데 드라마 〈대장금〉 한 편이 궁녀를 세인들의 관심의 대상으로 바꾸어버렸다.

궁녀는 우리 역사에서 삼국시대부터 조선시대까지 적어도 2천 년간 존재했었다. 하지만 이처럼 긴 역사 동안 분명 존재했던 궁녀는 공식적인 역사에서 의도적으로 배제된 채 공식적인 기록이나 자료를 찾아보기가 매우 어렵다고 한다. 저자는 조심스럽게 그 이유를 왕과 관련된 심각한 금기를 건드리는 것은 위험천만한 일이었기 때문이었을 것이라는 추정을 하고 있다. 따라서 오늘날 궁녀에 대해 알기 위해서는 궁녀 자신의 증언과 제한적이지만 공식적인 역사기록이라는 두 가지에 의존할 수밖에 없다.

하지만 증언을 해줄 궁녀는 지금 모두 이 세상 사람이 아니다. 더욱이 남겨진 증언과 공식적인 역사기록 또한 궁녀의 실체를 알기 어렵게 하는 걸림돌이 된다는 알쏭달쏭한 말을 저자는 한다. 즉 증언을 증언 그대로, 공식적인 역사기록을 기록 그대로 수용할 수 없다는 말이다. 증언은 증언이 가진 강한 호소력 때문에 신중하게 재검토해야 하며, 역사기록과 대조하여 바로잡을 것은 바로잡아야 한다는 것이다.

그리고 공식적인 역사기록은 단편적이고 산발적이기 때문에 증언을 충분히 활용하여 복원해내야 한다는 것이다. 또한 조선시대 역모사건의 기록인 『추안급국안』이나 궁중문학인 『계축일기』, 『인현왕후전』, 『한중록』과 같은 자료를 곁들여 해석하면 단편적이었던 역사기록은 생생하게 살아 있는 완벽한 정보로 되살아나게 된다고 말한다. 아마 이 책의 저자인 신명호 교수도 이와 같은 방법으로 역사에서 배제돼 왔던 궁녀의 삶을 복원해냈을 것이다.

우리는 문학은 허구적 상상력의 산물이고, 역사는 사실에 대한 기록이라고 알고 있다. 하지만 역사를 읽고 복원해내는 데에도 상상력이 필요하다는 것을 이번 기회에 알게 되었다. 단편적이고 산발적으로 남아 있는 자료들을 연결하여 보다 완전한 역사로 복원하기 위해서는 상상력이라는 장치를 빌리지 않고서는 불가능할 것이다.

나는 궁녀에 대한 기록이 역사에서 의도적으로 배제된 것이 반드시 왕과 관련된 금기 때문이라고만은 생각하지 않는다. 그것은 바로 남성사가들의 역사기록에 대한 태도와 관련되어 있다. 다시 말해서 궁녀는 여성으로서 왕실의 생활문화를 담당했던 존재들이다. 바로 여기에서 여성과 생활문화를 공식적인 역사에서 의도적으로 배제시켜온 남성사학자들의 남성중심적 태도를 읽지 않을 수 없는 것이다. 분명 여성도 인류의 절반을 차지하며, 역사 발전에 기여해왔지만 역사책의 어디를 보아도 역사의 주역은 모두 남성이다. 인류의 역사에서 여자들은 쌀이나 축내며 빈둥빈둥 놀고먹기만 했다는 말인가? 아니다. 남성사가들의 정치중심의 역사만을 기록하는 남성중심적인 사관이 문제였던 것이다. 여성의 입장에서 역사를 다시 보고 기술했다면 분명 인류의 역사는 지금과 같은 모습으로 기술되었을 리 없다.

페미니즘은 사학에도 영향을 미쳐 역사의 전면에서 배제되었던 여성과 여성이 담당했던 일상생활을 역사 속에서 복원해낸다. 그리고 역사를 여성의 시각으로 다시 기술하는 것을 목표로 한다. 여기에 시대사조로서 포스트모더니즘이 영향을 크게 미쳤음은 물론이다. 페미니스트를 자처하지 않는 신명호 교수지만 그가 취한 태도는 바로 여성사학자들의 태도를 그대로 수용하고 있다.

조선왕실에는 정치와 사상만 있었던 것이 아니라 일상생활도 있었다. 먹고 입고, 또 아이를 낳아 기르는 일상이 있었다. 이렇게 먹고 입고, 또 아이를 기르는 일들을 도맡은 사람들이 궁녀였다.

근사하게 말한다면 조선왕실의 음식, 옷, 육아 등을 담당한 사람들이 궁녀였다. 왕실 음식은 그 자체로서 조선시대 최고의 음식문화였다. 왕실의 옷은 최고의 복식문화였으며, 왕실의 육아도 최고의 육아문화이며, 유아교육문화였다. 현재의 우리들에게 조선왕실의 음식문화, 복식문화, 그리고 육아문화와 유아문화는 조선시대의 정치와 사상 이상으로 중요하다. 그런 면에서 조선 시대의 궁녀를 정확히, 또 깊이 이해하는 일은 한국의 역사를 올바로 이해하는 열쇠이기도 하다.

참으로 세상은 많이 변했다. 의녀 장금을 조선시대 최고의 전문직 여성으로 그려낸 드라마도 그렇거니와 남성사학자가 궁녀를 주제로 한 저서를 펴낸 것도 과거라면 있을 수 없는 일이었을 것이다.

이번 책에서 독자들의 호기심을 가장 크게 불러일으키는 대목은 '궁녀의 성과 사랑'이다. 경우에 따라 네 살이라는 어린 나이에 입궁

한 궁녀들, 그리고 모시던 주인이 세상을 떠나 출궁한 궁녀들마저도 성을 금지당해야 했다. 저자는 "궁녀들의 성은 구체적으로 어떻게 금지되었을까? 그 강렬한 인간의 본능인 성욕을 무슨 방법으로 금지했을까?"라는 질문을 던진다.

궁녀 자신이 충성심과 사명감으로 기꺼이 성욕을 포기한 경우가 아니라면, 이들의 성은 실낱같은 희망과 무시무시한 공포로 억제되고 금지되었다고 볼 수 있다. 실낱같은 희망이란 승은을 입을 수 있다는 희망이었다. 그야말로 하늘의 별을 따는 것처럼 어렵고도 어려운 가능성이지만, 그 가냘픈 희망에 궁녀들은 성욕을 참고 참았다.

그러나 승은을 입는다는 것이 말 그대로 하늘의 별따기처럼 어려운 일이기에 궁녀들의 성은 사실상 강제적으로 금지되었다. 즉 무시무시한 법으로 금지된 것이었다.

이처럼 무시무시한 법으로 금지된 성욕을 궁녀들은 자발적인 수절, 동성애, 궁중 동료인 내시와 별감들과의 스캔들, 짝사랑 등의 방법으로 대리만족을 꾀했음을 사례들을 통해 저자는 소개하고 있다. 누구보다 백성을 사랑했던 세종마저 어린 시절부터 궁에서 같이 지내온 궁녀 내은이 세종이 쓰던 청옥관자를 내시 손생에게 준 하찮은 사건에 두 사람을 참형으로 다스렸다고 한다. 얼마나 궁중의 성 금지 법도가 엄격했던가를 잘 알 수 있는 사례의 하나이다.

인간의 기본적 욕구마저 비인간적인 엄중한 법으로 금지당했던 궁녀들은 '궁궐의 꽃'이 아니라 왕실이라는 화려한 꽃을 피우기 위해 그들 자신은 희생을 강요당했던 뿌리요, 어둠 속에 갇힌 그림자라고 할 수 있다. 2천 년 동안 구중궁궐의 어둠 속에 잠겨 있던 궁녀들의 삶을 빛 밝은 세상으로 불러냈다는 데 이번 저서의 가장 큰 의의가 있을 것이다.

저자인 신명호 교수는 이번 저서에서 역사책도 재미있고 흥미롭게 읽힐 수 있다는 가능성을 보여주었다. 이것은 무엇보다도 문학적 감수성이 뛰어난 문장력과 상상력에서 기인한다고 생각한다. 이제는 학자도 전공영역에서 학술논문을 통한 학문적인 성취와 함께 대중적인 글쓰기 또한 잘할 수 있어야 평가받는 시대가 되었다. 학문적 글쓰기뿐만 아니라 대중적 글쓰기도 함께 고민해야 하는 시대의 학자의 길은 갈수록 어렵다는 생각을 하게 된다.

자민족에 대한 사랑인가, 국수주의인가

부경대학교의 김창경 교수가 번역한 『중국인의 정신』을 읽어 내려가면서 나는 오래전에 읽었던 임어당을 생각하지 않을 수 없었다. 내가 왜 고홍명의 책을 읽으면서 임어당을 떠올렸는지를 생각해보니, 그것은 두 사람이 공유하고 있는 중국인의 정신과 중국문화에 대한 거의 국수주의에 가까운 높은 자긍심 때문이라 생각됐다.

한때의 쇠락과 하강의 역사를 청산하고 중국은 현재 세계 수위의 강국 대열로 눈부신 발전을 거듭하고 있다. 그것은 다민족 다언어 사회이며, 인구 13억의 큰 나라인 중국의 무한한 잠재력과 자본주의를 수용한 개혁개방정책의 결과일 것이다. 하지만 그 배경에는 중국인들의 자기 민족과 문화에 대한 높은 자존심도 크게 작용했을 것이란 생각을 『중국인의 정신』을 읽으면서 하지 않을 수 없었다.

고홍명(1857~1928)과 임어당(1895~1976)은 여러 면에서 닮은 점이 많은 것 같다. 둘 다 중국인으로서 서구의 근대교육을 받고 영어로 저술했다는 점, 중화주의자라고 불릴만한 중국의 지식인이었다는 점, 독일의 라이프치히대학에서 40년의 간격을 두고 공부했다는 점, 귀국하여 북경대학의 교수를 역임했다는 점, 외무부의 관료로 일했다는 점 등이 그것이다.

임어당은 1970년에 국제펜클럽대회에 참석하기 위해 우리나라에 왔었다. 그 때문인지 당시 국내에서 임어당 전집이 발간되었고, 특히 『생활의 발견』이란 책은 많은 사람들이 읽었던 것 같다. 나도 그 시절 임어당 특유의 풍자와 유머에 매료되어 그의 저서를 열심히 탐독하다가 그만두었는데, 그 이유는 그의 천편일률적인 중화주의에 질려버렸기 때문이다.

고홍명은 청나라 말기에 말레이시아 화교의 아들로 태어났다. 그는 중국에 근대화의 물결이 휘몰아칠 때, 대부분의 중국 지식인들과는 달리 근대화를 반대하고 전통문화로의 회귀를 주장한 극단적인 문화보수주의자였다. 하지만 그는 영국 에든버러대학을 졸업하고 9개 국어에 능통했으며, 13개의 박사학위를 취득했다. 그는 영어로 중국의 정신과 동양문명의 가치를 강조하는 수많은 저술을 하였으며, 그의 책은 유럽에 커다란 영향을 끼쳤다.

그는 이번 책에서 중국의 유학이야말로 기독교가 도덕적 역량을 상실한 상태의 군국주의를 무력화시킬 유일한 대안이라는 확신을 표명하고 있다. 그는 책의 서두에서 유럽의 문명이 자연에 대한 정복에서부터 시작됐다고 진단한다.

> 오늘날 유럽의 현대문명은 자연을 정복하는 데 성공했으며, 지금까지 다른 어떤 문명도 이런 상태에 이르지 못했다. 그러나 세상에는 자연적인 힘 이외에도 그것보다 훨씬 더 무서운 힘이 있다. 그것은 바로 인간의 마음속에 내재한 욕망이다. 자연계에 존재하는 물리적인 힘이 인류에게 끼칠 수 있는 피해는 인류의 욕망에 의해 야기되는 피해와 비교할 수 없다. 따라서 인간의 욕망을 적절하게 조절하고 통제하지 않는다면, 문명의 존재뿐만 아니라 인류의 생존조차도 불가능할 것은 분명하다.

그는 유럽인들의 마음속에 내재한 욕망이 제1차 대전이란 군국주의 전쟁을 일으켰으며, 전쟁은 기독교가 더 이상 효력을 잃어버렸음을 드러낸 현상으로 파악한다. 그는 유럽문명의 오류는 인간의 본성에 대한 잘못된 인식, 즉 '인간의 본성은 원래 악하다'는 관념으로부터 비롯되었으며, 유럽사회의 전반적 구조는 항상 무력에 의존하여 유지되어왔다고 진단한다. 유럽인이 사회질서 유지를 위해 의존한 것은 종교와 법, 그리고 군인과 경찰이라고 그는 비판한다. 따라서 파산 직전에 직면한 유럽문명을 구하기 위해서는 유학이라는 중국의 문명적 자산과 진정한 중국인의 정신이 필요하다고 역설한다.

그는 유학은 종교가 아니지만 종교를 대신할 우량시민의 종교라고 주장하는데, 그 이유는 종교처럼 유학이 안전감과 영원성을 가져다줄 수 있기 때문이라는 것이다. 뿐만 아니라 유럽인의 종교는 인간을 가르쳐 좋은 '사람'으로 만드는 데 비하여 유학은 더 나아가 인간을 가르쳐 좋은 '시민'이 되도록 만든다고 주장한다. 그는 신은 마음속에 있으며, 말로 정의되는 것은 도덕적 이상이 아니라고 말한다. 유럽의 종교가 교주에 대한 개인숭배와 교회의 종교라면 유학은 공자 개인에 대한 숭배를 불러일으켜서 도덕규범을 따르게 하지 않는 사회적 종교이며, 국교라고 칭할 수 있다는 것이다.

또한, 그는 유교의 가장 중요한 규범은 "군주에 대한 절대적 충성"이며, "공자의 가장 큰 공헌은 국교가 널리 전파시킨 군주에 대한 절대적 충성원칙"이라고 유교의 본질을 파악한다. 이 대목에서 고홍명이 말한 '우량시민'이라는 관념이 근대화된 민주시민이 아니라 군주에게 충성을 바치는 전근대적인 신민 개념임을 잘 알 수 있다. 여기서 그의 사상은 단순한 중화주의를 넘어서서 근대화를 반대하는 극단적 보수주의자로서의 면모를 여실히 드러내게 된다. 이런 극단적 보수주의는 중국의 전통적인 것은 무조건 좋은 것이라는 무비판적 관념으로 이어진다. 즉 축첩과 전족, 그리고 변발도 중국인의 전통이기 때문에 무조건 좋다라는 편견과 만나게 된다. 이로 인하여 그는 유럽의 정신과 중국의 정신을 잘 조화시킨 보편적이고 세계적인 지식인이 아니라 단지 중화주의자이며, 보수주의자일 뿐이라는 강한 인상을 독자에게 각인시킨다. 번역자인 김창경 교수도 지적했듯이 "서양문명에 대한 편협한 이해, 근대 서양의 선진문명에 대한 배척, 전통 유가문화에 대한 고집" 등은 그의 피할 수 없는 한계이다.

그가 말하는 중국인의 정신, 즉 순화된 동물의 온화함(gentle)이란 "중국인을 생존하게 만드는 것이자 중국 민족 고유의 심리상태, 성정, 그리고 정서"이다. 그것은 무기력하거나 연약하게 복종만 하는 것을 의미하지 않으며, 잘 제련된 금속제품에서나 볼 수 있는 온화하고 평온하며 장중하고 어른스러운 태도이고, 동정과 지능이 결합된 온화함이다. 또한, 그는 중국인의 정신을 침착함과 평온함에서 찾게 되는데, 워즈워스의 시 「틴턴 수도원」을 인용하며, 사물의 이미지에 내재한 생명을 통찰하는 침착함과 평온함, 즉 천상의 은혜를 입은 심경은 상상력이 풍부한 이성이자 중국인의 정신이라고 말한다.

책을 덮고 생각해볼 때에, 과연 고홍명이 유학(유교)의 본질을 제대로 파악했었는가에 대해 의문을 갖지 않을 수 없다. 특히 군주에 대한 절대적 충성을 나타내는 국교로 유학의 본질을 파악한 것에는 거부감마저 든다. 물론 공자 당시라면 그와 같은 해석도 가능할지 모른다. 하지만 유교의 현대적 해석은 그와는 달라야 할 것이다. 그의 말대로 유학이 군주에 대한 절대적 충성을 나타내는 국교라면 결코 유럽의 군국주의의 대안이 될 수 없을 것이다. 중국인의 정신—온화함, 침착함, 평온함—에는 동의할 수 있는 부분이 있지만 유학에 대한 그의 주장은 동의하기 어려운 점이 정말 많다.

아무튼 이번 저서를 읽고 가장 선명하게 남은 인상은 고홍명의 조국인 중국에 대한 거의 맹신에 가까운 사랑이라고 할 수 있다. 그는 오랜 기간 유럽에 유학했으면서도 그의 서구체험은 단지 중국의 전통사상을 영어로 저술하기 위한 언어를 익히는 수준에 머물렀다는 것은 아주 놀라운 일이다. 그는 괴테, 라이프니츠, 아널드, 에머슨, 테니슨, 워즈워스를 자주 인용하고 있지만 그 인용은 그들의 정신에 진정 감화된 데서 나온 것이기보다는 그의 중화주의를 뒷받침하기 위한 자의적 인용이라는 느낌을 지울 수 없다.

고홍명의 태도는 근대화의 시기에 일본에 유학했던 우리의 유학생들의 그것과 크게 비교된다. 우리 유학생들은 단지 몇 년간의 유학을 하고 돌아와서 근대화라는 이름으로 전통을 파괴하고, 우리의 관습을 버려야 할 폐습으로 쉽게 규정지어버렸다. 이광수의 「민족개조론」에서 보듯이 국권을 빼앗겼던 어려운 시기에 민족을 격려하기보다는 일제가 만든 식민사관을 토대로 민족성의 도덕적 타락이 민족을 불행에 빠뜨렸다는 자학적인 민족성론을 폈다. 고홍명과 임어당도 중국의 국력이 약화되었던 시기에 자국의 문화와 정신에 대해서 다분히 의도적으로 민족적 자부심을 환기시켰다는 점에서 일제치하의 우리의 지식인들의 태도와 여러모로 비교되는 것이다. 우리 지식인들은 너무 객관적이었든지, 객관이 지나쳐 자학적이었다는 느낌마저 드는 것이다.

아무튼 세계사에서 중국의 국가적 위상이 날로 커지고, 지정학적으로도 한반도에 대해서 영향력이 막강해진 중국에 대해서 우리는 더 잘 알지 않으면 안 된다. 그런 측면에서 고홍명의 책은 중국인의 내면을 알 수 있게 하는 의미 있는 저서라고 할 수 있다.

인생을 바꾼 연금술의 비밀

나는 최근 브라질의 작가 파울로 코엘료의 작품을 두 편 접하게 되었다. 그중 한 권은 『연금술사』(1987)이며, 다른 한 권은 『베로니카, 죽기로 결심하다』(1998)이다. 코엘료는 마르케스 이후 남미 최고의 작가이며, 보르헤스 이후의 '마술적 리얼리즘'의 전통을 이어가는 작가로 평가받고 있다. 『연금술사』가 120여 개국에서 번역되어 3천만 부가 판매되는 대성공을 거둠으로써 코엘료는 그야말로 세계적인 작가의 반열에 오르게 되었다.

현재 우리나라에서 베스트셀러 1위를 차지하고 있는 『연금술사』는 동화, 또는 우화라고 할 수 있는 성격의 작품이다. 그 내용은 대중적 흥미 위주이라기보다는 명상적 철학적이라고 할 수 있다. 즉 작품은 한 소년의 자아 찾기의 여정을 다룬 성장소설의 구조를 갖고 있다. 책 읽기를 좋아하는 소년 '산티아고'는 신부가 되기를 바라는 아버지에게 "세상을 두루 여행해보고 싶다"고 하며 집을 떠나 양치기가 된다. 그는 양에 관한 모든 일들—양들이 좋아하는 풀이 어디에 있는지, 언제 양을 팔아야 제값을 받을 수 있는지 등—에 익숙해졌을 무렵 한 아이가 나타나 그를 이집트의 피라미드로 데려가는 꿈을 연달아 두 차례나 꾸게 된다. 노파는 그 꿈이 그가 이집트의 피라미드에 가서 보물을 찾게 될 꿈이라고 해몽을 한다. 또한 그는 살렘의 왕인 노인을 만나게 되는데, 그는 '자아의 신화'에 대해서 말해준다. 그리고 그는 "무언가를 온 마음을 다해 원한다면, 반드시 그렇게 된다는 거야"라고 산티아고를 격려한다. 그는 "양들과 그의 양털가게 주인의 딸, 그리고 안달루시아의 평원은 그에게 단지 자아의 신화를 이루어가는 과정에 불과했다"는 사실을 깨닫고 그것들과 결별을 하고 길을 떠난다.

책에서 말했듯이 삶을 산다는 것은 어쩌면 "이미 익숙해져 있는 것과 가지고 싶은 것 중 하나를 선택"하는 일일 것이다. '익숙해져 있는 것'을 선택하는 사람에게는 안정적이지만 권태로운 삶이 주어질 것이다. 반면에 '가지고 싶은 것'을 선택하여 새롭게 도전하는 사람에게는 늘 신선한 모험, 때로는 위험도 뒤따르게 된다. 하지만 그들은 새로운 욕망을 추구하여 나아가는 도전 그 자체를 즐기는 사람들일 것이다. 결국 현재의 안정을 계속 추구할 것인지 '자아의 신화'를 추구하는 편력의 여정에 나설 것인지를 결정하는 것은 그 사람의 인생관일 것이다.

이 작품에서 안정지향적 삶을 대표하는 인물로는 크리스털 가게의 주인을 찾아볼 수 있다. 그는 실패를 두려워한 나머지 판매를 촉진하기 위해서 가게 바깥에 진열대를 설치하는 일을 산티아고의 권고에도 불구하고 미루는가 하면, 크리스털 잔에 차를 파는 일도 시행하지 않으려 한다. 뿐만 아니라 그는 그 자신이 그토록 원하는 메카 순례마저 끝없이 미루어둔다. 왜 메카에 가지 않느냐는 산티아고의 질문에 그는 다음과 같이 대답한다.

> "왜냐하면 내 삶을 유지시켜주는 것이 바로 메카이기 때문이지. 이 모든 똑같은 나날들, 진열대 위에 덩그러니 얹혀 있는 저 크리스털 그릇들, 그리고 초라한 식당에서 먹는 점심과 저녁을 견딜 수 있는 힘이 바로 메카에서 나온다네. 난 내 꿈을 실현하고 나면 살아갈 이유가 없어질까 두려워. 자네는 양이나 피라미드에 대한 꿈을 가지고 있고 그걸 실현하길 원하지. 그런 점에서 자넨 나와 달라. 나는 오직 메카만을 꿈으로 간직하고 싶어. 마음속으로는 벌써 수천 번 사막을 가로질러 성스러운 반석이 있는 광장에 도착하고, 율법에 따라 그 바위를 만지기 전에 광장을 일곱 바퀴 돌고 있는 나 자신을 눈앞에 그려보았지. 나는 이미 내게 일어날 일이며 내 앞에 기다리고 있는 일, 그리고 함께 나눌 대화와 기도까지 상상해보았어. 다만 내게 다가올지도 모르는 커다란 절망이 두려워 그냥 꿈으로 간직하고 있기로 한 거지."

그는 일상의 권태를 견딜 수 있는 힘을 꿈으로부터 얻기 위해서 끝없이 '메카 순례'라는 꿈의 실현을 유예해둔다는 것이다. 또한 꿈을 이루었을 때에 다가올지도 모르는 커다란 절망이 두려워서 그냥 꿈을 꿈으로 간직한다고 대답한다. 화자는 "모든 사람이 같은 방식으로 꿈을 보는 것은 아니었다"라고 논평한다. 즉 어떤 사람에게는 꿈이 실현해야 할 목표이지만 다른 사람에게는 그냥 간직해야 될 영원한 대상일 뿐이다. 산티아고와 크리스털 가게의 주인은 상반되는 양상의 삶을 대조적으로 보여주고 있다.

산티아고는 자아 찾기의 모험과 편력의 여정에서 여비로 쓸 돈을 사기당하는가 하면, 운명의 여인 파티마를 만나게 되고, 연금술사와도 만나게 된다. 또한, 죽을 고비를 여러 차례 넘기고 드디어 피라미드에 가서 보물을 찾게 된다는 것이 이 작품의 스토리 라인이다.

그가 나선 길은 이제까지 경험해보지 못한 새롭고, 불확실하며, 불안정한 세계이다. 때로는 사기를 당하고, 목숨까지 위협을 당하는 위험으로 가득 찬 세계이기도 하다. 하지만 일상의 안정에 도취되어 새로운 세계로의 모험을 선택하지 않았다면 그는 연금술의 진리도, 황금도, 사랑도 얻을 수 없었을 것이다. 그는 그저 평범한 양치기에 불과했을 것이다. 아니 아버지가 원하는 대로 신부가 되어 있을지도 모른다.

이 작품의 목적은 한 소년의 자아 찾기의 결과보다는 그 여정에서 만나게 되는 어려운 시련을 어떻게 극복하며 자아의 신화를 성취하는가를 보여주려는 데 있다. 첫째, 자아를 실현하기 위해서는 먼저 자기 스스로 동기를 부여해야만 한다. 그는 연달아 피라미드로 가는 꿈을 꾼 이후 그 꿈의 실현을 자신이 이루고자 하는 인생의 목표로 설정한다. 동기를 확고히 하는 과정에서 그는 살렘의 왕을 만나 도움을 받게 되지만 그의 언어를 제대로 알아들을 수 있는 것은 역시 그 자신의 지혜라고 할 수 있다.

둘째, 자아 찾기의 여정에서 중요한 것은 결정이다. 살렘의 왕은 산티아고에게 '우림'과 '툼밈', 즉 '예'와 '아니오'를 뜻하는 흰색과 검은

색의 보석을 주며, 표지들을 식별하기 어려울 때 도움이 될 것이라고 한다. 하지만 부득이한 경우가 아니면 스스로 결정을 내려야 한다고 말한다. 그렇다. 우리의 인생에는 수없이 '예'와 '아니오'를 선택해야 할 중대한 기로에 놓일 때가 많다. 선택에 대한 결정은 대부분 스스로 해야 한다. 하지만 어려운 결정을 내려야 할 때에 살렘의 왕과 같은 스승으로부터 도움을 받을 수도 있다. 이 작품이 보여주듯 살렘의 왕이나 연금술사와 같은 영적인 스승과의 만남은 우리의 인생에서 만남의 중요성을 일깨워준다. 우리의 인생을 이끌어줄 참된 스승을 만날 수 있다면 그야말로 행운이다.

셋째, 중요한 것은 피라미드에 이르기까지 닥치게 되는 시련을 극복하여나가는 도전정신과 불요불굴의 의지일 것이다. 어려움에 부닥쳤을 때 포기하지 않고 계속 꿈을 추구하여나가는 도전정신이야말로 꿈을 성취하는 데 없어서는 안 될 필수적인 태도이다. 자아 찾기의 여정은 바로 납을 금으로 바꾸는 연금술에 비유할 만한 어렵고도 힘든 여로이다. 작품에는 연금술사가 산티아고의 스승으로 직접 등장하기도 하지만 자기 인생을 납에서 금으로 바꾸는 연금술은 그 누구도 대신할 수 없는, 스스로 노력하여 터득해야 할 자신만의 몫이다.

그리고 보면 연금술사는 만물의 언어를 알고, 납을 금으로 변하게 하는 법을 알고 있으면서도 사막에서 계속 살고 있었다. 연금술사는 자신의 학문과 기술을 그 누구에게도 과시할 필요가 없었던 것이다.

이 구절은 자아의 신화를 완성한 사람은 그 누구에게 과시할 필요가 없다고 말한다. 우리가 자아 찾기의 신화를 성취하는 것은 어디까지나 자기완성일 뿐 타인지향적인 과시욕의 표출은 아니라는 것이다.

그런데 남자들이 자아 찾기의 여로의 끝에서 만나게 되는 것이 황금과 여자의 사랑이라는 것은 여러 가지 생각을 갖게 한다. 남자들이 결국 이 세상을 통해서 꿈꾸고 얻고자 하는 것은 부와 여자의 사랑이라는 것인가? 물론 '황금'은 하나의 상징이다. 하지만 황금과 여자는 세속적인 남성들이 꿈꾸는 보편적인 목표라는 점에서 좀 더 특별한 것을 기대했던 독자에게 실망을 주는 것도 사실이다.

작가는 자아의 신화라는 위대한 업은 누구에게나 열려 있지만 결코 하루아침에 이루어지지 않는다는 것을 강조한다. 즉 노력을 해야 한다는 뜻이다. 또한, 그것은 정형화된 것이 아니라 스스로 만들어나가는 것이라는 것도 역설한다. 작가 코엘료가 꿈꾸는 '위대한 업', 즉 '자아의 신화'는 세속의 황금이 아니라 독자의 영혼을 감동시키는 '영혼의 연금술'일 것이다.

> '위대한 업'은 하루아침에 이루어지는 게 아니었다. 그것은 하루하루 자아의 신화를 살아내는 세상 모든 사람 앞에 조용히 열려 있었다. '위대한 업'은 달걀 모양의 어떤 것 혹은 플라스크에 담긴 액체 따위가 아닐 터였다. 만물의 정기 속으로 깊이 잠겨 들어가 만나게 되는 '하나의 언어', 그것일 터였다. 그리고 그 순간 우리는 영혼의 연금술사가 되지 않겠는가.

청소년기에 있는 독자들에게 『연금술사』는 한마디로 꿈을 어떻게 발견하고, 성취하는가라는 비밀을 말해주는 작품이다. 하지만 이미 청소년기를 넘겨버린 독자들에게라면 지나간 자기실현의 여정을 돌이켜보는 유의미한 시간을 제공할 것이라고 생각한다.

제6장

시를 읽는 행복한 시간

스러지고 사라지는 것들에 대한
애잔한 감수성

.

      가을이다. 저녁으론 제법 쌀쌀한 기온이 몸과 마음을 긴장시킨다. 먼 곳으로 여행을 떠나고 싶은 충동에 휩싸이기도 하고, 늦은 밤 한 권의 시집을 읽고 감동에 젖어보길 바라는 계절이 되었다.

      『사라진 손바닥』(2004)은 나희덕의 다섯 번째 시집이다. 1989년 중앙일보 신춘문예를 통해 등단한 나희덕은 네 번째 시집 『어두워진다는 것』(2001) 이후의 작품들을 모아 새로운 시집 『사라진 손바닥』을 엮었다. 나희덕은 새로운 시집 『사라진 손바닥』에서 집중적으로 스러지고 사라지는 것들에 대한 안타까움과 쓸쓸함을 노래하고 있다. 그는 〈시인의 말〉에서 '도덕적인 갑각류'에서 벗어나길 바란다고 적고 있다. 하지만 그는 이번 시집에서 충분하게 갑각류의 딱딱한 도덕성에서 벗어나고 있다. 오히려 C.D. 루이스가 시인을 가리켜서 지극히

상하기 쉬운 감수성을 가진 자라고 말했듯이 지나치리만큼 예민한 감성의 시인, 너무 슬픈 시인이 되어버린 것처럼도 보인다. 금방 사라지는 것들에 대한 안타까움은 「입김」 같은 시에 적절히 포착되어 있다.

> 구름인가 했는데 연기의 그림자였다
> 흩날리는 연기 그림자가 내 머리 위로 지나갔다
> 아직 훈기가 남아 있었다
> 한 줄기는 더 낮게 내려와
> 목련나무 허리를 잠시 어루만지고 올라갔다
> 그 다문 입술을 만지려는 순간
> 내 손이 꽃봉오리 위에서 연기 그림자와 겹쳐졌다
> 아, 누구의 입맞춤인가
>
> ―「입김」 전문

나는 이제껏, '입김'을 시적 소재로 삼은 시를 읽어본 것 같지 않다. 그것도 금방 사라지는 것들에 대한 안타까움이라는 시적 주제로 형상화한 시를 결코 읽어보지 못했다. 그는 '입김' 같은 순간적으로 존재하다 스러지고 사라지는 것들, 보일 듯 들릴 듯 말 듯한 존재들에 대한 사랑과 연민을 이번 시집의 시적 소재로 삼아 노래하고 있다.

예를 들면, 「풍장의 습관」이란 시에서는 마른 도토리 껍질 안에서 들리는 말라가는 열매의 들릴 듯 말 듯한 소리를 "흔들어보니 희미한 종소리가 난다"라고 포착해낸다. 이 시는 마른 꽃들과 마른 열매들에서 들려오는 소리를 듣는 시인의 예민한 감수성을 보여주는 작품이다.

> 오늘 아침 방에 들어서는 순간

후욱 끼치던 마른 꽃 냄새, 그 겹겹의 입술들이,
한 번도 젖은 허벅지를 더듬어본 적 없는 입술들이
일제히 나를 향해 외치는 소리를 들었다.
나비처럼 가벼워진 꽃들 속에서.

— 「풍장의 습관」에서

그는 왜 꽃이나 열매들을 말리는 습관을 가지게 되었는가? 그것은 "싱싱한 꽃이나 열매를 보며/스스로의 습기에 부패되기 전/그들을 장사지내 주어야 한다는 생각" 때문이다. 이 드라이플라워의 습관을 시인은 '풍장의 습관'으로 명명하고 있다. 그것들을 영원히 죽게 하기보다는 일찍 향기를 잃는 대신 영생을 얻기 바라면서 꽃과 열매를 말리는 데 그토록 열심인 것이다. 즉 시적 화자의 죽음에 대한 안타까움과 조바심이 결국은 드라이플라워의 습관으로 자리 잡은 것이다.

그러나 그가 방안에 들어섰을 때 마른 꽃들이 일제히 외치던 소리는 과연 무슨 소리였을까? 시들기도 전에 너무 일찍 영생을 얻게 해주어서 고맙다는 인사였을까? 시를 다 읽고 났을 때 나는 그 꽃들이 외치던 소리가 무슨 소리였을지 궁금해진다. 나 역시 드라이플라워로 만들어서 좀 더 오래 꽃을 즐길 것인가, 싱싱한 꽃을 며칠 더 감상하다가 버릴 것인가에 대해서 고민할 때가 있다. 하지만 나는 드라이플라워보다는 며칠 간이라도 꽃이 싱싱하고 아름다운 상태로 좀 더 지속되는 것이 더 자연스러운 일이라고 생각하며 선택에 고민을 하지 않는다.

「가을이었다」라는 시에서는 가을이 되어 동면으로 들어가는 뱀이 사라지는 소리를 노래했다. 죽는 것도 아니고 내년 봄이 올 때까지 긴 동면에 들어가는 뱀의 울음소리는 가을이 깊어지자 지상에서 사라지는 존재들의 들릴 듯 말 듯한, 시인이 아니라면 결코 들을 수 없는 가을이라는 계절의 고별사이다. 이 시에서 징그러운 뱀의 이미지는 전혀 사라진다. 서정주가 노래했던 '화사(花蛇)'의 관능적 이미지도 사라진다. '뱀'은 가을이 되어 지상에서 스러지는 애잔한 존재들에 대한 상징이다. 바로 그 존재들이 그에게 말을 걸고 있다. 아니 말을 거는 것은 뱀이나 마른 풀이 아니라 시적 화자이다. 결코 스러지는 그것들에 대해 무심할 수 없는 시인의 시적 감성이 그것들을 쓰다듬고 있는 것이다.

심지어 시인은 이미 허리가 잘려 트럭에 실려 가는 나무라는 대상을 향해서도 연민을 나타낸다. "실려 가는 나무, 트럭이 흔들릴 때마다/입술을 달싹여 무슨 말을 하는 것 같다"라고 노래하고 있는 것이다. 실려 가는 나무를 따라가다가 출근길을 놓쳐버리기도 한 시인에게 들려오는 소리는 둔탁한 도끼에 찍혀 내는 나무의 신음소리이며, 그 나무를 심던 인부의 뒷모습이며, 누군가로부터 다쳐본 적이 있는 사람들의 아픔이며, 그리고 언어의 도끼에 다쳐본 적이 있는 시인의 아픔이다. 그런 아픔이 있었기에 시인은 스러지고 사라지는 것들, 다치고 죽어가는 것들에 대해 무심할 수가 없었던 것이다. 유독 그것들이 마음을 끄는 시적 소재로 포착될 수 있었던 것이다. 그리고 그런 아픔은 시인으로서의 삶을 끌고 오게 하는 시적 동력으로 작용한다.

시인은 마치 검은 점이 생겨 몸이 썩기 시작하자 잠실 밖으로 내던져진 '검은 점이 있는 누에'라는 대상에 시적 자아를 동일시한다.

허물러지는 몸을 이끌고 마른 흙에 뒹굴고 있던,
끝내 섶에 올라 羽化도 못하고
한 올의 명주실도 풀어낼 수 없게 된 그들이
어린 내 눈에는 왜 잠실의 누에들보다 더 오래 머물렀을까

어느 날 내 등에도
검은 점이 있다는 것을, 그 點指가
삶을 여기까지 끌고 오게 했다는 것을 깨달았을 때
나는 낯선 골목에서 저녁을 맞고 있었다
— 「검은 점이 있는 누에」 부분

　잠실에서 정상적으로 우화(羽化)의 과정을 거치는 나비가 아니라
잠실 밖으로 내던져진 검은 점이 있는 누에의 신세에 시인은 감정이
입을 한다. 온전하고 정상적인 것들로부터 소외된 존재를 보듬고 쓰
다듬는 시인의 마음이 아름답다 못해 아프다.

　또한, 시인은 땅 속에서만 꽃을 피우는 난초의 향기를 맡고 그 꽃을
찾아들 수 있는 흰개미처럼 보통사람들의 눈에는 보이지도 들리지도
않는, 그래서 "현상되지 않은 필름처럼 끝내 지상으로 떠오르지 않
는"(「땅 속의 꽃」에서) 대상을 포착해 시를 쓰고, 바로 그 보이지 않은
대상, 잘 들리지 않는 대상, 스러지고 사라지는 것들에 대한 깊은 연
민을 사랑으로 퍼 올려 이번 시집을 만들었다.

　깊어가는 가을, 현악기의 팽팽하게 긴장된 현처럼 우리의 감성이
예민하고 투명하게 울려지길 원한다면 나희덕의 시집 『사라진 손바
닥』을 읽으라고 권하고 싶다.

한시(漢詩)로 가는 오솔길

　　　　　　　정민 교수의 글솜씨에 늘 탄복해오던 나는 벚꽃
잎이 눈처럼 흩날리던 봄날, 봄기운에 나도 모르게 취했던 것일까. 매
화꽃이 예쁘게 그려진『정민 선생님이 들려주는 한시 이야기』를 서점
에서 사 가지고 집으로 돌아왔다. 그러고 나서 나는 책을 곧바로 읽지
못하고 봄날을 아쉽게 다 보내고 말았다. 봄에서 여름으로, 여름에서
가을로, 그리고 가을에서 겨울로 계절이 여러 번 바뀌는 동안에도 나
는 책을 읽지 못한 채 책이 꽂힌 서가에 때로 한 번씩 눈길만을 보내
곤 했다. 시를 읽을 만한 마음의 여유가 없었기 때문이다.

　나는 시를 읽기 위해서 특별히 마음의 여유가 필요하다. 산문으로
쓰인 글들은 그것이 학술적인 글이든 평론이든 소설이든 마음의 여유
같은 것을 따져가며 읽지 않지만, 시를 읽을 때는 특별히 마음의 여유
를 갖지 않으면 되지 않는 버릇이 나에겐 있다. 사실 시집 한 권을 읽

는 데는 많은 시간이 필요하지 않다. 내가 원하는 것은 단지 시집 한 권을 읽는 시간이 아니라, 시 한 편 한 편을 천천히 음미하며 시적 감흥에 마음껏 빠져들 수 있는 마음의 여유 같은 것이다. 말하자면, 나는 지난 봄 이래로 그러한 마음의 여유를 갖지 못한 삶을 살아왔다는 것을 아직 읽지 못한 정민 교수의 책을 바라보며 안타까워했다.

그러다가 한 해가 다 지나가는 연말에 서울까지의 여행길에서 읽을 책을 고르다가 바로 정민 교수의 책을 가방에 넣고 가게 되었다. 나는 서울로 가는 몇 시간 동안 이 책을 천천히 음미하며 읽을 수 있기를 바랐다. 한 해 동안 갖지 못한 마음의 여유를 연말의 기차 여행길에서 찾을 수 있기를 소망하며 책장을 펼쳤다. 나는 이 책이 그저 한시에 얽힌 일화를 재미있게 소개하는 책일 것이라 생각하며 책장을 넘겼다. 그런데 책은 나의 예상을 비껴서, 훨씬 많은 것을 아주 쉬운 언어로 전달하고 있었다. 그것도 주 독자층을 이제 막 한자를 하나둘 깨우쳐 가는 초등학생을 대상으로 한 데에 놀라움을 금할 수 없었다. 아니, 초등학생에게 한시를 읽힐 생각을 다 하다니, 그 발상의 의외성과 신선함이 산뜻하게 다가왔다.

그는 에필로그에 해당되는 마지막 장 「도로 네 눈을 감아라」에서 자신의 저술 의도를 다음과 같이 밝히고 있다.

> 아빠가 왜 이렇게 어려운 한시를 네게 가르쳐주려고 하는지 생각해 보렴. 너도 느꼈겠지만 한시 속에는 우리 선인들의 체온과 삶의 지혜가 풍부하게 녹아 있단다.
> 그렇지만 한시의 오솔길은 이제 가시덤불로 우거진 막힌 길이 되고

말았구나. 아무도 이 길을 가려 들지 않는다. 하지만 가시덤불을 헤치고 나면 이 오솔길에는 아직도 향기로운 꽃들이 피어나서, 새들이 노래하고 나비가 춤을 추지, 바람결을 따라 옛사람들의 목소리가 소곤소곤 들려오고, 까맣게 잊었던 기억들이 어제 일처럼 새록새록 되살아난단다.

한자(漢字)를 한 자 두 자 깨쳐나가는 어린 자녀에게 아빠가 들려주는 19편의 한시(漢詩) 이야기, 이 책에는 모두 43편의 아름다운 한시가 소개되고 있다. 하지만 이 책은 한시를 알기 쉽게 한글로 번역하여 수록하고, 그 시에 얽힌 일화만을 적고 있는 것은 아니다. 이 책은 한시를 소재로 하여 시를 읽는 법, 시를 쓰는 법을 그 어떤 시 해설서나 시작법서보다도 알기 쉽게 설명하고 있다. 즉 시에 관한 모든 것을 누구보다도 잘 설명하고 있다. 「첫 번째 이야기 말하지 않고 말하는 방법」, 「두 번째 이야기 보이는 것이 전부가 아니다」, 「세 번째 이야기 진짜 시와 가짜 시」, 「네 번째 이야기 다 보여주지 않는다」, 「열다섯 번째 이야기 울림이 있는 말」, 「열여섯 번째 이야기 한 글자의 스승」, 「열일곱 번째 이야기 간결한 것이 좋다」와 같은 이야기는 바로 시작법에 대해서 굳이 현대시 이론을 빌리지 않고도 잘 말하고 있다. 하지만 예로 든 이야기만이 아니라 책 전편이 시를 읽는 방법, 시를 쓰는 방법에 대해서 머릿속에 속속 와 닿도록 말하고 있다.

「열여섯 번째 이야기 한 글자의 스승」에서는 김부식에 대해서 적고 있다. 문장으로 이름이 높았던 정지상에 대해서 늘 라이벌 의식을 가지고 있던 김부식은 정지상이 죽은 뒤, 「봄날」이라는 시를 지었다.

버들 빛은 천 개의 실이 푸르고
복사꽃은 만 점의 꽃이 붉다

柳色千絲綠 桃花萬點紅

라는 시이다. 이 시를 짓고 김부식은 기분이 매우 기분이 좋았는데, 갑자기 공중에서 정지상의 귀신이 나타나 뺨을 철썩 때리면서 "천 개 실과 만 점의 꽃이라니, 네가 그것을 직접 세어보았느냐? 이렇게 고쳐라!"라고 했다 한다. 그래서 고친 시가 아래의 시이다.

버들 빛은 실마다 푸르고
복사꽃은 점점이 붉다

柳色絲絲綠 桃花點點紅

이 일화는 글자 한 자를 고쳐서 어떻게 시의 분위기가 확 달라질 수 있는가에 대한 훌륭한 예이다. 시에서 시어 하나가 환기하는 뉘앙스의 중요성을 일깨워준 일화라고 하겠다. 시는 이처럼 글자 한 자에 모든 명운을 걸기도 한다.

이 책에서 나는 권필이라는 조선 선조 때의 시인에 대해서도 알게 되었는데, 책에는 「매화」라는 시를 소개하고 있다. 그런데 그 시가 피라미드 형태로 씌어졌다. 그 시절에 피라미드 형태의 시라니, 그 첨단성에 놀라움을 금할 수 없다. 1930년대 이상의 모더니즘 시나, 1980년대 초의 해체시에서나 선보일 법한 시적 기교가 이미 1500년대에 시도되었다니, 정말 세상에 새로운 것은 없다는 생각이 든다.

이 책의 장점 중의 하나는 주로 "우리 선인들의 체온과 삶의 지혜가 풍부하게 녹아 있는" 우리의 한시를 대상으로 하고 있다는 점이다. 대체로 한시라고 하면 중국의 두보나 이백 등의 시를 예로 들기 쉽지만, 정민 교수의 국문학자로서의 주체성 있는 시 선정에도 박수를 보내고 싶다.

　요즘 학교에서는 시를 지나치게 분석적으로 어렵게 가르치는 바람에 학생들은 시를 난해하고, 골치 아프고, 정말 피하고 싶은 장르쯤으로 여기게 되었다. 정민 교수가 말한 "가시덤불로 우거진 막힌 길"은 한시에만 해당되지 않고, 우리의 문학 전반에 해당된다. 우리의 문학 교육이 문학을 즐겁고 친숙한 것으로 여기게끔 만들기는커녕 기피해야 할 것으로 만든 장본인이 되고 만 현실에 정말 안타까움을 금할 수가 없다. 인터넷서점의 독자서평란에서 많은 사람들이 이번 저서를 통해서 한시와 가까워지는 계기가 되었다고 적고 있었다. 누군가 문학을 쉽고 친근하며 즐겁게 접할 수 있도록 계기를 만들어준다면, 결코 우리의 독자들은 문학을 외면하지 않을 것이다. 작가는 물론이지만 문학교사나 평론가가 그런 역할을 맡아야 한다. 그런데 가뜩이나 멀티미디어에 문학 독자를 빼앗겨가는 현실에서 문학교육이 앞장서서 문학을 독자로부터 멀어지게 하다니…….

　한용운의 「님의 침묵」이 한국시사를 빛낸 뛰어난 시이지만 시의 깊이 면에서는 오히려 만해의 한시가 더 탁월하다고 나는 느낀다. 또한 한시의 읽는 맛을 현대시가 결코 따라갈 수 없다는 생각을 나는 평소에 해왔다. 오랜만에 읽어본 한시는 다시 한 번 나의 생각을 재확인하게 해주었다. 선인들의 아름다운 한시에 비하면 요즘의 현대시는 너무 화려하거나 군더더기가 많다는 느낌을 지울 수 없다. 즉 시상의 깊이나 압축미도 떨어지고 전체적으로 느슨하다.

달리는 기차의 창밖으로 잎을 다 떨군 채 간결한 모습으로 서 있는 겨울나무나 녹색을 모두 버린 무채색의 겨울 숲 빛깔처럼 한시가 주는 감동은 화려한 것이 아니라 본질에 다가서 있는 듯이 그 맛이 깊고 여운이 오래간다. 이것이 바로 고전의 힘이라는 생각을 하게 된다.

어머니의 두레밥상

정일근 시인의 『둥근, 어머니의 두레밥상』을 읽고 있으니, 나도 모르게 어머니가 차려주시는 두레밥상에 가족들이 빙 둘러앉아 밥을 먹던 어린 시절이 아련히 떠오른다. 불현듯 나도 시의 화자처럼 어머니의 두레밥상을 다시 한 번 받아보고 싶다는 강렬한 욕망에 사로잡힌다. 그것은 아직 거친 세상의 풍파 속으로 나아가기 전의 충분히 보호받던 유년기의 평화와 안온함에 대한 향수 같은 것일지도 모른다.

옛날에는 잔칫날 쓰는 교자상으로부터 두레밥상, 책상반, 개다리소반, 팔각반 등 다양한 상들이 선반 위에 올려 있다가 용도에 따라 쓰이었다. 그 옛날 고향집 대청마루의 선반에도 여러 종류의 상들이 올려져 있었는데, 그 상들은 지금 다 어디로 갔을까?

모난 밥상을 볼 때마다 어머니의 두레밥상이 그립다.
고향 하늘에 떠오르는 한가위 보름달처럼
달이 뜨면 피어나는 달맞이꽃처럼
어머니의 두레밥상은 어머니가 피우시는 사랑의 꽃밭.
내 꽃밭에 앉은 사람 누군들 귀하지 않겠느냐,
둥글게둥글게 제비새끼처럼 앉아
어린 시절로 돌아간 듯 밥숟가락 높이 들고
골고루 나눠주시는 고기반찬 착하게 받아먹고 싶다.
세상의 밥상은 이전투구의 아수라장
한 끼 밥을 차지하기 위해
혹은 그 밥그릇을 지키기 위해, 우리는
이미 날카로운 발톱을 가진 짐승으로 변해버렸다.
밥상에서 밀리면 벼랑으로 밀리는 정글의 법칙 속에서
나는 오랫동안 하이에나처럼 떠돌았다.
짐승처럼 썩은 고기를 먹기도 하고, 내가 살기 위해
남의 밥상을 엎어버렸을 때도 있었다.
이제는 돌아가 어머니의 둥근 두레밥상에 앉고 싶다.
어머니에게 두레는 모두를 귀히 여기는 사랑
귀히 여기는 것이 진정한 나눔이라 가르치는
어머니의 두레밥상에 지지배배 즐거운 제비새끼로 앉아
어머니의 사랑 두레 먹고 싶다.
          ─「둥근, 어머니의 두레밥상」 전문

    여기서 어머니의 두레밥상은 그 모양의 원형으로 하여 모난 밥상과
대조를 이룬다. 뿐만 아니라 두레밥상에는 서열이 없다. 그래서 둥근
두레밥상은 여럿인 자식 하나하나를 골고루 평등하게 사랑하시는 어
머니의 사랑으로 표상된다. 또한 두레밥상은 이전투구의 아수라장으
로 변해버린 세상과 대조를 이룬다. 세상은 치열한 정글의 법칙이 지

배하는 생존경쟁의 전쟁터이다. 하지만 두레밥상은 내가 살자고 남을 죽이는 세상과는 달리 사람을 키우고 살리는 정신, 즉 상생과 공존의 정신을 상징한다.

두레의 평화로운 나눔과 진정한 사랑이 점차 사라져갈 뿐만 아니라 치열한 적자생존의 법칙에 지배된 남성적 세계를 향하여 시인은 둥근 두레밥상의 정신을 촉구한다. 그것은 바로 모성성이다. 모성성이란 죽임이 아니라 살림의 정신이며, 공평한 분배와 평등, 그리고 사랑의 정신에 다름 아니다. 시인은 모성성이야말로 파괴적이고 공격적이며 적대적인 남성적 원리의 세계를 구원할 대안적 원리임을 거듭 천명하고 있다. 모성성은 적자생존의 남성적 원리에 지배되는 세상을 치유하는 영성이다. 여기서 모성성이란 여성만이 가져야 할 정신이 아니라 인류 모두가 회복해야 할 정신이라는 것은 새삼 말할 필요가 없다.

정일근은 18회 소월시문학상을 수상한 시인이다. 나는 수상작 「둥근, 어머니의 두레밥상」을 읽으면서 정일근 시인이 모성을 영성의 차원으로 끌어올리는 시적 세계에 도달했음을 단번에 알아챘다. 그리고 그러한 시적 세계는 그의 개인적 체험의 보편화라고 생각했다. 그는 수상소감에서 다음과 같이 두 여성에게 수상의 영예를 돌리고 있다.

> 저에게 몸을 주고 피를 주고 시를 주신 어머님과 가난한 시인의 아내인 김숙영에게 제가 받은 영예를 돌립니다. 어머님은 진해 옛집에 혼자 사시고, 아내는 저 대신 가장이 되어 일을 하고 있습니다. 두 사람 덕분에 저는 은현리 산골에서 편안하게 시를 씁니다. 이 불효를, 이 무위를 이 상으로 대신했으면 합니다.

그에게 어머니, ·아내는 생명을 주고, 시를 주고, 생명을 유지시키며 현실적 삶을 떠받쳐주는 두 개의 기둥이다. 두 여성의 존재가 없었다면 그는 결코 이 세상에 태어날 수도, 시인이 될 수도, 뇌종양으로 두 번의 뇌수술을 받고 살아날 수도 없었을 것이다. 그가 체험한 모성(여성)이란 생명, 탄생, 양육과 보호 등의 원리로 파악된다. 어찌 그것이 그만의 개인적 경험일 것인가? 우리 모두(특히 남성)는 어머니로부터 생명을 부여받고 어머니로부터 키워지다가 성인이 되어 또 다른 젊은 어머니(즉 아내)에게 기대어 살아가고 있지 않은가? 바로 그 지점에서 그의 시적 주관성은 보편성을 획득한다.

하지만 모성성은 단지 인간에게만 존재하는 것이 아니라 생명을 가진 모든 존재들이 두루 가지고 있는 위대함이라고 시인은 파악한다.

> 눈 내리는 성탄(聖誕) 아침
> 우리 집 개가 혼자서 제 새끼들을 낳고 있다
> 어미가 있어 가르친 것도 아니고
> 사람의 손이 돕지도 않는데
> 새끼를 낳고 태를 끊고 젖을 물린다
> 찬바람 드는 곳을 제 몸으로 막고
> 오직 몸의 온기로 만드는 따뜻한 요람에서
> 제 피를 녹여 젖을 물리는 모성(母性) 앞에
> 나는 한참이나 눈물겨워진다
> 모성은 신성(神性) 이전에 만들어졌을 것이니
> 하찮은 것들이라 할지라도, 저 모성 앞에
> 오늘은 성탄절, 동방박사(東方博士)가 찾아와 축복해주실 것이다
> 몸 구석구석 핥아주고
> 배내똥도 핥아주고

핥고 핥아서 제 생명의 등불 밝히는
저 모성 앞에서

　　　　　　　　　　　　　　—「저 모성(母性)!」 전문

　인간을 초월하여 동물의 세계에서도 찾아볼 수 있는 모성의 위대함
은 신성 이전에 만들어진 것, 즉 신성 이전의 것으로 시인은 파악한
다. 이 시에서 모성은 본능이다. 그렇지만 본능이기에 열등한 것이 아
니다. 우리 인간은 타고난 위대한 모성의 본능을 망각했을 뿐만 아니
라 그 본능에 역행하는 삶을 살아가고 있다. 하물며 개조차도 잊지 않
고 실천하고 있는 모성의 위대함을 만물의 영장이라는 인간만이 잊어
버린 채 날이 갈수록 각을 세운 남성적 세계를 공고하게 구축하고 있
는 것이다. 그래서 모성성을 상징하는 '둥근, 두레밥상'의 정신을 시
인은 촉구했던 것이다. 모성의 본능에 반하여 살고 있는 우리 자신들
의 추악한 모습을 이 시는 돌아보게 하고 부끄러움에 사로잡히게 만
든다.

　마지막으로 사랑이란 무엇인가를 우리로 하여금 일깨워주는 시
「쑥부쟁이 사랑」을 읽으며 이 글을 끝맺는다. 사랑은 우리로 하여금
보이지 않는 것들을 다 볼 수 있게 만든다. 사랑의 마음으로 세상을
다시 바라볼 때, 숨어서 전혀 보이지 않던 쑥부쟁이 꽃이 지천으로 피
어 있다는 것을 발견할 수 있게 된다. 이처럼 사랑은 세계를 새롭게
인식하도록 만드는 위대한 창조정신을 지녔다.

　　사랑하면 보인다. 다 보인다

가을 들어 쑥부쟁이 꽃과 처음 인사했을 때
드문드문 보이던 보랏빛 꽃들이
가을 내내 반가운 눈길 맞추다 보니
은현리 들길 산길에도 쑥부쟁이가 지천이다
이름 몰랐을 때 보이지도 않던 쑥부쟁이 꽃이
발길 옮길 때마다 눈 속으로 찾아와 인사를 한다
이름 알면 보이고 이름 부르다 보면 사랑하느니
사랑하는 눈길 감추지 않고 바라보면, 모든 꽃송이
꽃잎 낱낱이 셀 수 있을 것처럼 뜨겁게 선명해진다
어디에 꼭꼭 숨어 피어 있어도 너를 찾아가지 못하랴
사랑하면 보인다, 숨어 있어도 보인다

　　　　　　　　　　　　　　　 ―「쑥부쟁이 사랑」 전문

화사한 봄날 슬픔에 빠지게 하는 시

나희덕의 네 번째 시집 『어두워진다는 것』(2001)에서 가장 가슴을 울리는 아름다운 시 한 편을 꼽으라면 나는 「너무 늦게 그에게 놀러간다」를 꼽는 데 주저하지 않을 것이다.

집에 놀러와. 목련 그늘이 좋아.
꽃 지기 전에 놀러와.
봄날 나지막한 목소리로 전화하던 그에게
나는 끝내 놀러가지 못했다.

해 저문 겨울날
너무 늦게 그에게 놀러간다.

나 왔어.
문을 열고 들어서면
그는 못 들은 척 나오지 않고

이봐, 어서 나와.
목련이 피려면 아직 멀었잖아.
짐짓 큰소리까지 치면서 문을 두드리면
弔燈 하나
꽃이 질 듯 꽃이 질 듯
흔들리고, 그 불빛 아래서
너무 늦게 놀러온 이들끼리 술잔을 기울이겠지.
밤새 목련 지는 소릴 듣고 있겠지.

너무 늦게 그에게 놀러간다.
그가 너무 일찍 피워 올린 목련 그늘 아래로.
　　　　　　　　　　　　—「너무 늦게 그에게 놀러간다」 전문

　　우리 학교의 교정에는 이른 봄에 정문에서 걸어 들어오다 보면 어김없이 목련꽃을 볼 수 있다. 그 목련꽃이 나에게는 가장 먼저 봄이라는 메시지를 전달해준다. 그런데 그처럼 환하게 피어나던 목련은 미처 일주일을 넘기지 못하고 뚝뚝 지고 말아 봄날의 덧없음과 시간의 허망함과 아름다운 것들은 너무 빨리 사라진다는 등 여러 가지 상념들에 사로잡히게 만든다.

　　나희덕의 시 「너무 늦게 그에게 놀러간다」를 읽고 난 그 봄날부터는 목련꽃에서 죽음과 후회라는 새로운 상념까지 꼬리를 물고 일어나서 화사한 봄날이 왠지 우울해진다. 나는 목련꽃이 핀 봄날, 하얀 꽃 그늘 밑으로 다가가 엷은 향기를 맡아보다가 연구실로 들어와서도 멍하니 슬픔에 잠겨 있을 때가 있다. 그리고 나희덕의 시를 떠올려보고 너무 가슴이 아프고 좋은 시라며 학생들에게 복사해서 나누어주기도 여러 번이다.

"우리 집에 놀러와. 목련 그늘이 좋아./꽃 지기 전에 놀러와./봄날 나지막한 목소리로 전화하던 그에게/나는 끝내 놀러가지 못했다."라고 화자는 깊은 후회와 회한에 빠진다. 왜일까? 봄날 나지막한 목소리로 화자를 초대하던 그가 죽었다는 부음이 왔기 때문이다. 아마 화자는 그의 목련꽃 핀 날의 초대를 받고도 쓸데없는 일들에 하릴없이 바빠 그의 초대에 응하지 못했을 것이다. 그리고 '다음에 놀러 가지', 또는 '다음 해 봄에 목련 필 때 놀러 가면 되지' 하면서 그를 찾아가는 일을 미루었을 것이다.

우리는 항상 우리에게 시간이 많이 남아 있다고, 언제든지 기회는 있다고 생각하며 소중한 사람, 소중한 것들을 영영 잃어버리고 나서야 후회한다. 화자는 그가 살아 있을 때는 가보지 못하고, 결국 그가 죽은 다음에서야 그의 집에 가본다. 이제 화자를 반기는 것은 다정한 그의 목소리나 목련꽃이 아니라 쓸쓸히 흔들리는 조등(弔燈)뿐이다.

시에서 결코 마침표를 사용하지 않는 시인 나희덕은 「너무 늦게 그에게 놀러간다」에서는 거의 행이 바뀔 때마다 마침표를 찍고 있다. 왜인가? 그것은 다시는 그의 전화를 받을 수 없다는 단절감, 다시는 목련꽃이 피어도 그의 집에 놀러갈 수 없다는 단절감, 그래서 영영 그를 다시 만날 수 없다는 단절감, 도저히 화해할 수 없는 삶과 죽음의 분리를 마침표로써 표현하고 있는 것이다.

마지막 연의 "너무 늦게 그에게 놀러간다./그가 너무 일찍 피워 올린 목련 그늘 아래로."에서 목련꽃의 이미지는 조등과 오버랩되고 있다. 봄날 화사하게 핀 하얀 목련꽃을 보고 '조등'의 이미지, 죽음의 이미지를 떠올린 시인 나희덕을 한 번 만나고 싶다.

사랑의 쉼표, 그 여유

　　정선기 시인이 『당신은 어느새 종이학으로 떠나가고 나는 오선지 위에 쉼표로 남아 있다』란 매우 긴 제목의 연시집을 발간했다. 그의 첫 시집 『경부선 그리고 호남선』(1992)을 기억하고 있는 독자들은 그가 1991년에 늦깎이로 데뷔한 이후, 매우 왕성한 시적 창작열을 불태우고 있음을 짐작할 수 있다. 게다가 첫 시집이 보여주었던 대사회적인 치열한 시적 관심은 『당신은 어느새…』에 와서 보다 개인적이고 서정적인 사랑의 언어로 바뀌어 있음에 다시 한 번 주목하게 될 것이다. 이러한 변화는 그가 자신의 시적 세계를 확대시키고 심화시키기 위한 노력을 엄청나게 기울이고 있는 증좌라고 해석할 수 있다.

　　『경부선 그리고 호남선』에 수록된 「무서운 세상」의 연작시에서 정 시인은 이미 1930년대 이상(李箱)의 초현실주의시나 1980년대 초반의 황지우의 해체시에서 보여주던 실험적인 새로운 기법들을 훌륭하게 자기의 것으로 소화낸 바 있다. 기존의 시문법을 해체하고 파괴하는 시적 장치들을 비롯하여 정 시인이 추구하고 있는 시적 기교의 다양성은 결코 우연히 얻어진 것은 아니다. 우리 현대시문학사의 중요한 시적 흐름들을 그가 충실히 공부하고 있는 것으로 필자는 알고 있으며, 자신의 시 창작 작업 역시 일련의 시사적 연속선상에서 수행하고 있는 것으로 이해하고 있다.

따라서 『당신은 어느새…』에서 보여준 서정적 세계로의 새로운 변화는 리얼리즘 시를 비판하고 새로운 서정의 회복을 주장하는 신서정주의의 시사적 맥락에서 해석할 수 있을 것이다. 아무튼 이번 시집에서 정 시인이 보여준 변화는 그의 시적 세계를 확대 심화시켜나가기 위한 발전적 변화의 한 과정이라고 여겨지며, 이런 변화의 추구는 시인 개인이나 우리 시의 발전을 위해 고무적인 현상으로 받아들여진다.

만남 사랑 이별 추억의 사랑의 전 과정이 담겨 있는 시집 『당신은 어느새…』는 '당신'이란 대상에게 바치는 내밀하고도 진솔한 사랑의 밀어로 전편이 구성되어 있다. 우리 시사에서 연시(戀詩)는 모윤숙의 『렌의 애가』를 비롯하여 김초혜의 『사랑굿』, 도종환의 『접시꽃 당신』 등을 얼른 떠올릴 수 있다. 정선기의 『당신은 어느새…』는 90년대의 연시의 목록으로 시사적(詩史的) 기록을 할 수 있지 않을까 생각된다.

이 시집에서 시인은 그리움, 사랑의 기쁨과 충만감, 사랑의 상실에 대한 좌절감, 떠나간 당신에 대한 원망보다는 그와의 재회를 기다리는 승화된 사랑의 경지를 절제된 언어로 노래한다.

너를 바라보기만 해도
나는
우주를 안은 것 같다

너의 눈은 태양으로 타오르고
너의 입술은
비인 가슴을 채운다

눈부신 너의 하늘이 열리는
푸른 들판을 달려
나는 한 마리 야생마 되어
너에게 달려간다

네가 내 앞에 가만히 있기만 해도
나는 깊은 심연에 젖는다

———「꽃에게」전문

「꽃에게」는 사랑의 일체감과 충만감을 노래하고 있다. 움직이지 않는 꽃처럼 고요한 '너'를 통하여 시적 화자는 우주적 충만감을 느낀다. 또한 "눈부신 너의 하늘이 열리는/푸른 들판을 달려"가는 '야생마'의 역동적 이미지를 통하여 사랑하는 대상에 대한 남성적 적극성은 강렬히 표출된다. '우주', '태양, 하늘', '들판', '야생마'와 같은 우주적 자연을 환기시키는 이미지들은 이 시에 신선감 넘치는 긴장감과 생명감을 불어넣고 있다.

그러나 많은 경우에 사랑은 합일의 감정과 충만감보다는 그리움과 쓸쓸함을 동반하는 감정의 상태에 사랑하는 사람을 빠뜨린다. 그래서 이 시집의 많은 부분은 사랑하는 사람에 대한 그리움과 불확실한 사랑에 대한 쓸쓸함에 대해서 노래한다. 「그리움 1」에서는 "보고 싶어 기웃거리며/발돋움하여 애타게 불러도/너를 향한 그리움은/잡을 수 없는/바람인 것을"이라고 사랑하는 이에 대한 그리움을 호소하는 것이다.

　　잡을 수 없는 바람과 같은 감정, 그것이 사랑이고 그리움이다. 또한, 「그대를 만나도 쓸쓸하다」에서 독백하고 있는 사랑의 쓸쓸함이다. 그래서 화자는 "만나면 채워질 줄 알았는데……/더욱 비워지는/마음 한가운데 뚫린 터널로/스치는 허허로움"(「만나면 채워질 줄 알았는데」 제1연)이라고 사랑의 공허함과 쓸쓸함에 대해서 진술한다. 사랑에 대한 끝없는 갈망은 결국 확인할 수 없고 소유할 수 없는 사랑에 대해 쓸쓸함과 공허함을 빚어낼 수밖에 없다. 그것이 바로 남녀 간의 사랑의 이치가 아닐까.

　　불확실하고 소유되지 않는 사랑은 마침내 이별이란 극단적 상황을 초래하고 만다. "나는 캄캄한 밤을/휘청거리며 걷는다//그대는 빛마저 데리고 갔나/마음은 어둠에 가려/그대 없는 시간은 정지신호에 걸렸다//빛으로 오라 그대여/나는 아무것도 볼 수 없다"(「빛 되어 오리니, 그대」 전문)에서는 사랑의 상실에 대한 좌절감과 절망감이 캄캄한 밤의 이미지를 통해 구체화된다. 또한 그대와의 사랑의 소통이 단절된 상태가 '정지신호'와 같은 현대적이고 도시적인 이미지로 비유

되기도 한다.

그러나 정 시인의 시는 단지 사랑의 상실감과 절망감만을 노래하고 있는 것이 아니다. 그의 시는 이별의 좌절감 속에서, 떠나간 당신을 원망하기보다는 "그대, 내 곁에 돌아와 고즈넉한 이 저녁 하늘가에 /둥지를 틀고 잠 드려므냐"(「돌아 오려므냐」)와 같은 격 높은 사랑의 경지로 승화되고 있다. 즉 화자는 이별이라는 절박한 상황 속에서도 그대의 안식과 휴식을 준비하고 기다리는 정신적 여유를 보여주고 있다. 사랑의 상실, 당신과의 이별이 종결되고 단절된 마침표로써가 아니라 여운을 남긴 쉼표로써 표현 가능한 것은 다시 사랑을 회복할 수 있으리라는 가능성에 대한 믿음과 사랑하는 이에 대한 지속적 사랑을 가지고 있기 때문이다. 정 시인의 시에서 보이는 이와 같은 정신적 여유는 한용운의 『님의 침묵』에서 보여주는 "아아, 님은 갔지마는 나는 님을 보내지 아니하였습니다"와 같은 존재와 부재의 변증법적 통합과 동양적인 순환론적 세계관에 연결되는 시정신으로 해석된다. 즉 한국시의 전통적 시정신의 계승을 정 시인의 시에서 발견할 수 있는 것이다.

『당신은 어느새…』에서 독자들은 청년기의 맹목적 열정에만 사로잡힌 사랑과는 차원이 다른, 보다 성숙한 사랑의 경지를 '쉼표'의 여운과 여유를 통하여 체험할 수 있을 것이다. 정선기 시인이야말로 사랑조차도 소유로써만 확인하려 드는, 그래서 결국은 진실한 사랑을 체험할 수 없는 현대인들에게 사랑의 진정한 의미가 무엇인가를 시로써 일깨워주고 있다.

시인 자신의 주관적 정서에만 집착하는 읽히지 않는 시집들이 범람하고 있는 시대에 오랜만에 잘 읽히는 시집을 읽는 즐거움을 정 시인의 시집을 통해 만끽하였다. 더욱이 사랑이라는 인류 보편의 정서에 호소하고 있는 이번 시집에서 독자들은 모처럼 사랑의 풍요로운 감정을 한껏 경험할 수 있을 것이다.

아스팔트길처럼 척박해진 현대인의 가슴에 시집 『당신은 어느새…』는 촉촉한 사랑의 꽃비를 내려 어느 날 갑자기 눈부신 사랑의 꽃송이를 황홀하게 피워낼 것이라 확신한다.

독도와 시적 상상력

울릉도에서 뱃길로 3시간 정도 소요되는 '경상북도 울릉군 울릉읍 도동리 산42번지~75번지'라는 행정구역상 주소를 가진 독도는 해발 98m의 동도와 해발 168m의 서도라는 두 개의 주요 섬과 주변에 흩어져 있는 89개의 바위섬으로 이루어진 화산섬이다.

1881년(고종18)부터 '독도'라고 부르게 된 이 섬이 주목받는 이유는 한국 동해의 가장 동쪽에 있는 섬이라는 전략적인 위치뿐만 아니라 한·일 양국 간 영유권 분쟁의 대상이 되고 있기 때문이다. 한마디로 독도는 우리 땅이다. 역사적으로나 지리적으로, 그리고 국제법상 엄연히 우리의 국토임에도 불구하고 일본인들은 1905년 한국령 독도를 일본령 '다케시마'로 개명하여 시마네현 오키시마의 소관으로 편입한 이래 터무니없이 자국 영토라고 주장함으로써 한일 간의 영유권 분쟁을 벌이고 있다.

더욱이 자국 해안으로부터 200해리 범위 내의 수역을 의미하는 배타적 경제수역(EEZ)이 1994년 11월 발효되고, 1998년 새로운 한일어업협정이 독도의 영유권을 명시하지 못한 채 타결됨으로써 독도는 새롭게 분쟁지화되고 말았다.

이제 독도문제는 강제 동원된 위안부에 대한 부정, 식민통치의 정당성 주장, 재일동포에 대한 차별정책에 이어 한일 간에 해결해야 할 현안의 하나이며, 외교 마찰의 새로운 불씨가 되고 있다.

독도의 경제적, 군사적, 해양과학적, 지질학적 가치에 대해서는 논외로 하고, 여기서는 '독도'를 대상으로 한 시인들의 시를 살펴봄으로써 문학적, 또는 시에 표현된 우리 민족의 독도에 대한 정서가 어떤 것인가를 알아보고자 한다.

무엇보다도 독도에 관한 시인들의 시는 매우 드물다. 그 이유는 독도의 경제적, 군사적, 해양과학적, 지질학적 중요성에도 불구하고 그곳이 거의 무인도화되어 시인들의 시적 정서를 환기할 만한 경험을 제공하지 못한 데서 기인하는 것으로 생각된다.

'섬'의 시인 이생진은 「독도 · 고독한 침묵」, 「독도 · 혼자 남았을 때」의 두 편에서 독도를 고독한 섬으로 형상화하고 있다.

　　도시의 고독은 아이스크림을 먹으며 에스컬레이터를 타는 수가
있다
　　허나 독도의 고독은 어디서나 직강하
　　얼마후 풍덩 빠지는 소리와 함께 거품이 유서를 띄운다
　　그 순간에도 고독은 또 한 번 박살이 나고

독도는 그런 식으로 천년 만년 고독을 학대한다.

— 「독도 · 고독한 침묵」

다 떠나고 혼자 남아 있을 때
사람이기보다 흙이었으면
돌이었으면
먹고 버린 굴껍데기였으면
풀되는 것만도 황송해서
오늘 하룻밤을 지내기 위해
돌 틈에 낀 풀을 잡고 애원하는 꼴이

— 「독도 · 혼자 남았을 때」

「독도 · 고독한 침묵」에서 독도는 고독의 섬이다. 그런데 그 고독은 도시에서의 고독과는 비교할 수 없는 직강하하는 절대고독이다. 천년 만년 세월 동안 독도는 자기학대적인 고독의 섬이다. 마치 시인의 내면세계 속에 자리 잡은 절대고독처럼 고독을 표상하는 심리적 공간으로 독도가 형상화되고 있음을 볼 수 있다. 이런 고독은 독도가 사람이 살지 않는 섬(무인도)이었다는 데서 기인한다고 본다. 현재 거주자 2명(김성도 김신열 부부)과 경비대원 34명이 거주하고 있는 것으로 알려졌지만 독도 영유권 분쟁과 관련하여 우리는 독도에 거주하는 주민을 늘림으로써 모름지기 유인도로서 독도를 만들어나간다면 도움이 될 것으로 생각한다. 이에 대한 방안으로 울릉도와 독도를 관광권역으로 묶어 관광자원화하면 우리 민족의 삶과 밀착된 땅으로서 그 의미를 더해갈 수 있을 것이라고 본다. 국가의 정책적 개발이 필요한 곳이다.

동해 기슭 삼척 주문진 낙산사에 널린 오징어들아
다시 눈부신 물오징어로 헤엄쳐서
너희들의 자유와 슬기의 관능으로
울릉도 독도 근해 해조음의 햇빛을 받아라
아 나라의 죽은 것들아
죽어서 집 없는 무주고혼들아
저마다 가엾게 살아나서
동해 기슭을 달밤의 모래알들로 사랑하고
너희들은 백의민족 인산인해의 춤으로 춤추어라.
동해 창망하라. 북과 쇠북아 울어라.

　　　　　　　　　　　　　　　　　　— 고은의 「부활」에서

이 시에서 울릉도와 독도는 동해바다와 함께 "이 나라의 죽은 것들"과 "죽어서 집 없는 무주고혼들"을 부활시키는 재생과 부활의 생명력을 일깨우는 생명 이미지로 형상화되고 있다. 동해와 울릉도 독도는 단순한 지리적 공간이 아니라 백의민족의 잠든 민족혼을 불러일으키는 창망(蒼茫)한, 즉 넓고 아득한 민족적 상상력의 공간이다. 따라서 우리나라 영토의 동쪽 끝에 위치한 독도는 신라의 이사부 이래 온 국민의 가슴속에 살아 숨 쉬는 소중한 국토이며, 후손에게 길이 물려줘야 할 땅이다. 따라서 일본과의 영유권 분쟁은 단순한 영토상의 분쟁에 그치는 것이 아니라 우리 민족의 민족의식에 심각한 타격을 불러일으킨다.

독도의 영유권 분쟁을 해결하고, 영유권을 공고히 하는 일은 국민들의 민족의식과 관련된 문제로서 정부의 중요한 민족적 숙제라고 하지 않을 수 없다. 마치 우리 민족의 의식 속에 백두산이 민족정기를 상징하는 영산으로 자리 잡았듯이 동해의 독도 역시 우리 민족의 민족의식을 환기시키는 중요한 상징성을 띤 섬이라는 점을 심각하게 인식할 필요가 있다.

> 어쩌다 살점 떨어져
> 서로 그리운 본능으로
> 규칙적인 박동소리
> 긴 역사의 혈맥을 타고
> 물보다 진한 핏빛으로
> 내 분신이 묻힌 터
>
> 내 땅 네 땅 우기다가
> 중간수역에 넣던 날
> 발 굴러 목청껏
> 구원을 요청해도
> 육지는 깊이 잠들어
> 깨일 줄을 모른 시대
>
> — 박정선의 「독도」에서

이 시는 우리의 고유영토인 독도의 영유권을 명시하지 못한 채 '중간수역'에 포함시킨 1998년의 한일어업협정에 대한 국민적 억울함과 분노를 노래하고 있다. 시인은 독도를 "긴 역사의 혈맥을 타고/물보다 진한 핏빛"의, 즉 우리 민족의 오랜 역사의 숨결이 배어 있는 민족의 땅으로 인식한다. 그런데 그 소중한 국토가 어처구니없는 영유권 분쟁으로 중간수역에 포함된 사실에 대한 국민적 분노와 일부 어민과 관련자를 제외한 국민적 무관심에 대해 관심을 촉구한 시이다.

몇 편의 시를 고찰한 데서도 드러났듯이 독도는 우리 민족의 민족혼을 일깨우는 소중한 민족의 영토로서 우리가 당당하게 지키고 소중하게 가꿔 후손에게 길이 물려줘야 할 땅임을 확인할 수 있었다. 정부는 이러한 국민적 소망을 외면하지 말고 독도의 영유권 문제 해결에 적극적이고 현명한 자세로 나서기를 촉구한다.

제7장
이런저런 생각들

작고 하찮은 것들에 대한 관심을

5월은 연보랏빛 등꽃처럼

생각이 바뀌어야 행동이 바뀐다

부산의 문화를 경작하는 사람

작고 하찮은 것들에 관심을

신문을 펴보나 텔레비전을 켜보나 요즘 세계화 국제화라는 단어가 우리 사회를 풍미하고 있다. 단지 정치적 구호에서만이 아니고 우리가 일상생활에서 소비하고 있는 물건들을 조금만 주의 깊게 살펴보면 이미 세계화 국제화의 시대에 살고 있음을 깨달을 수 있다. 이제 국제무역기구(WTO)까지 출범한 마당이니 세계와의 무한경쟁은 더욱 가속화될 것이다. 하지만 이런 때일수록 세계화와 함께 내실을 더 잘 다지며, 일상의 작은 문제들에 대해서 더 큰 관심을 기울여야 한다고 생각한다. 사실 세계화니 남북통일이니 하는 거창한 거대담론에 비하면 우리를 둘러싼 매일매일의 일상적 삶이란 사소하고 진부한 것으로 여겨질 수도 있다. 하지만 우리가 살아온 역사를 살펴보면 거창한 계획과 이론들이 실은 보잘것없는 일상 속에 잠적되고 말았음을 쉽게 확인할 수 있지 않은가.

이탈리아의 사회학자 프랑코 페라로티는 현대에서 주체로서의 거대한 역사는 더 이상 존재하지 않으며, 오히려 일상의 잡다하고 다양한 삶의 이야기들의 역사만이 있을 뿐이라고 『비역사주의적 역사성』에서 말한 바 있다.

남북분단과 한국전쟁의 장본인이었던 북한 김일성의 사망은 동구권의 몰락과 소련의 붕괴에 이어 북한사회의 어쩔 수 없는 개방과 변화 가능성을 예고하는 매우 상징적인 죽음이었다. 김일성의 죽음은 우리 사회에서 남북 간의 냉전체제와 동서 이데올로기의 대립이 종식되고, 탈이데올로기의 시대에 접어들 것이라는 전망을 갖게 했다. 또한, 오랫동안 합의점을 찾지 못하던 북한 핵문제가 타결되어 한반도에서의 전쟁 가능성에 대한 불안감을 씻어주는 데에 일조했다.

지난해를 돌이켜보건대, 우리나라도 거창한 역사사회적 사건이 문제되는 시대가 지나고, 이제는 탈정치적이며 일상적이고 잡다한 삶의 문제들이 우리 삶의 중심문제로 떠올랐음을 여러 사회현상을 통해 볼 수 있다. 최근에 통계청이 발표한 자료는 우리나라 사람들이 정치민주화 같은 문제보다는 물가, 환경, 공해, 교통과 같은 일상적 사회문제에 더 큰 관심을 나타내고 있음을 수치로써 드러내주고 있다.

지난해에 우리는 일상적이라면 일상적이랄 수 있는 수많은 사건 사고로 인한 불안감에 끝없이 시달려야 했다. 하루에도 여러 번씩 지나다녀야 하는 다리를 건너면서 언제 이 다리가 무너져 내려 불시에 죽게 되는 운명을 맞게 될지 불안해했다. 성수대교가 무너져 내린 장면은 6·25 때 한강다리가 폭파된 사실을 기억하고 있는 수많은 사람들에게 6·25가 재현됐나 하는 당혹감을 갖게 했다. 그동안 세계가 주목하여온 눈부신 경제성장과 국가발전의 신화가 다리의 상판이 무너져 내리면서 일시에 붕괴되어버린 느낌이었다. 또한, 가스가 폭발하여 멀쩡하던 동네 일대가 초토화되어버린 아현동 도시가스 폭발사고는 하루하루를 살아가는 일이 살얼음판을 건너듯 마음 놓을 수 없도록 만들었다. 그런가 하면 다시 떠올리고 싶지 않은 지존파의 흉악 살인사건은 아무런 필연적 이유가 없이도 재수 없으면 이유도 모르는 채 죽을 수도 있다는 끔찍한 사실을 확인시켜주기에 충분했다. 어찌 그뿐이겠는가. 우리는 몇 년째 교통사고 세계 제1위의 불명예를 떨치지 못하고 있다.

옛날에 기(杞)나라 사람이 하늘이 내려앉지나 않나 하고 쓸데없는 걱정을 했다는 고사가 있지만 지난 1년 내내 우리는 일상적 삶 그 자체가 불안과 걱정의 연속이었다. 전쟁이나 폭동과 같은 거창한 역사적 사건 때문이 아니라 우리는 언제 어디서 다리가 무너져 내릴지, 어느 순간 가스폭발로 죽는지도 모르고 죽을지, 유람선을 타고 구경을 하다가 아예 저승구경으로 직행할지도 모르는 사건 사고 속에서 한 해를 보냈던 것이다.

김영삼 대통령은 93년 취임시에 생활정치를 표방했지만 이 구호는 93년에는 개혁과 신한국 창조란 단어 속에 파묻혀버렸고, 지난 94년 어느 때부터인가는 세계화 국제화란 슬로건 사이로 실종되어버렸다.

그사이에 사소한 일상적 문제들에 대한 무관심이 사건 사고로 연결되지 않았나 싶다.

김영삼 대통령은 금년(1994)을 세계화 정착의 원년으로 선포하며, "우리 민족이 세계로 뻗어나가 세계의 중심에 서는 유일한 길"이라고 세계화 추진의 역사적 당위성을 강조했다. 하지만 전쟁이 아닌 때에도 목숨 걸고 다리를 건너야 한다든지, 택시를 타는 데에도 불안감을 느껴야 하는 사회 속에서 세계화 국제화란 추상적인 구호는 아무런 감동을 주지 못한다. 불안감 없는 일상생활이 영위될 수 있고, 시민이 낸 세금이 도둑맞지 않고 국가와 지역사회 발전을 위해서 공평하게 쓰이고 있다는 신뢰가 형성된 사회를 만들어야 한다.

다행히 김 대통령은 연두기자회견에서 〈통합의 정치〉, 〈경쟁력 있는 정치〉와 함께 〈민생의 정치〉를 강조했다. "이제 국가와 국민이 무엇을 원하는가를 생각하는 정치가 돼야 한다"나 "국민생활의 구석구석에까지 손길이 미치는 정치가 돼야 한다"라고 한 회견의 내용을 볼 때에 생활정치를 재표방한 셈인데, 부디 이것이 헛구호에 그치지 않기를 간절히 바란다.

작고 하찮은 것들의 중요성을 깨닫고, 일상성에 대해 관심을 기울여야 한다. 마냥 세계화니 국제화니 하는 거대담론에만 매달린 채 실현된다는 보장도 없는 환상적인 비전 제시보다는 평범한 국민들의 일상적 욕구를 구체적으로 파악하여 실천하는 정치감각이 필요한 때이다. "우리 시대에 있어서 성스러운 것은 환상일 뿐이며, 범속한 것 그것이 진실이다"라고 한 포이어바흐의 말을 4대 지방자치 선거를 앞둔 현시점에서 정치인들은 곰곰이 되새길 필요가 있다고 생각한다.

5월은 연보랏빛 등꽃처럼

이제 봄도 절정에 도달해 계절의 여왕 5월이 되었다. 산은 온통 초록빛깔로 부풀려진 양감으로 눈을 압도하며, 양팔을 벌린 넓은 가슴으로 우리를 향해 유혹의 손짓을 하고 있다. 모란은 찬란한 슬픔의 봄을 안타까워하며, 김영랑의 시혼을 불태우듯 진홍빛으로 피었다가 점점이 지고 있다. 그리고 연보랏빛 등꽃은 좌절에 젖은 인간에게 아직 절망하기엔 이르다, 희망을 잃지 말라고 일깨우듯 주저리주저리 희망의 꽃망울을 피워내고 있다.

영국의 모더니즘 시인 T.S. 엘리엇은 "4월은 가장 잔인한 달/라일락 꽃을 죽은 땅에서 피우며,/추억과 욕망을 뒤섞고,/봄비로 활기 없는 뿌리를 일깨운다."라고 노래했다. 시인 엘리엇은 역설적인 의미에서 4월을 가장 잔인한 달이라고 노래했지만 이 지구촌의 사람들에게 4월은 사실적 의미로 정말 잔인한 달이었다. 일본 도쿄의 지하철 독가스 테러사건, 미국 오클라호마의 연방정부 건물 폭탄 테러사건에 이어 아프리카 르완다에선 정부군에 의해 8천여 명의 난민이 살해된 경악스런 사건이 발생했다. 이 모두가 잔인한 달 4월의 이미지를 만들어 낸 사건들이었다.

지금 일본과 미국에서의 잇단 테러사건으로 국제사회는 테러비상에 걸려 있다. 특히 일본의 사린 독가스 테러 사건은 사랑과 평화를 표방하고 실천해야 할 종교집단에 의해서 자행되었다는 점에서 더 큰 분노를 자아냈다. 도대체 종교라는 이름으로 아무런 죄도 없는 불특정 다수의 생명을 저당 잡는, 유사종교의 광신성과 정신적 황폐성을 뭐라 정당화할 수 있다는 말인가. 또한, '르완다 정부군은 마치 살인을 즐기듯 웃으면서 방아쇠를 잡아당겼고 학살은 곧 유쾌한 오락인 듯한 모습이었다'고 전해지는데, 르완다 후투족 집단학살사건은 후투족과 투치족의 오랜 반목과 내전의 연장선상에서 이루어진 광란의 대학살극이었다.

옴진리교가 어떠한 종교적 유토피아를 제시하며 테러를 정당화하고 있으며, 르완다 정부군이 그들의 학살극에 어떤 합리화의 구실을 내세우고 있는지 모르지만 그 명분이 정당화되기 위해선 기본적으로 보편적인 도덕성과 사회적 정의가 갖추어져야 한다. 그리고 도덕성과 사회적 정의의 가장 밑바탕의 뿌리에는 당연하게 사람에 대한 사랑과 존중과 생명에 대한 외경이 전제되어야 할 것이다. 인간의 생명을 파리 목숨 여기듯이 함부로 테러하고도 눈 하나 끔적하지 않는 태연함을 보이는 광신적 종교집단과 종족 이기주의로 인간사냥조차 정당화하는 르완다 정부군을 생각할 때, 하찮은 풀 한 포기, 벌레 하나의 생명까지도 소중하게 여기도록 사랑과 연민을 가르치고 실천한 석가를 그리워하지 않을 수 없다.

사랑과 평화와 정의를 표방하면서 사랑과 평화와 정의를 배반하는 현대사회와 인간의 이율배반과 잔혹성에 절망하며, 4월 내내 우울하고, 참혹한 심정으로 보냈는데, 그 4월의 끝에서 잔인한 4월을 다시 한 번 실감하지 않을 수 없는 사고가 발생했다. 대구의 지하철 공사장에서 도시가스가 폭발하여 100여 명의 학생과 시민이 어처구니없이 사망한 것이다. 불과 넉 달 전의 서울 아현동 가스 폭발사고가 기억에서 채 사라지지도 않았는데, 세계화 시대에 사고인들 어찌 세계화되지 않을 것이냐는 듯이 대형 사고들이 최근 몇 년째 육지와 하늘과 바다와 지하에서까지 계속되어 불특정 다수의 무고한 시민을 죽음으로 몰아넣고 있다. 과연 언제까지 이런 사고가 계속될 것인가. 누구를 향한 것인지도 모를 경악과 분노와 삶에 대한 불확실성이 이 시대를 살아가는 사람들을 무겁게 짓누르고 있다.

그리고 최근 몇 년 사이 연달아 계속되는 대형 사고에 매스컴만 요란한 보도경쟁을 벌일 뿐 해당부처의 최고행정책임자들과 관계자들이 반복해온 그때그때의 사과와 안전관리에의 약속은 그저 책임회피와 국민 무마용의 의례적 제스처에 불과했음이 다시 한 번 판명되었다. 그들의 방만한 안일과 무책임성에 국민들이 얼마나 분노하며, 깊게 절망하고, 배신감에 빠져 있는지 알아야 한다.

우울하고 잔인한 4월 너머 5월로 달이 바뀌고 보니, '제발 5월은 아무런 사고 없이 지나가주었으면' 하고 종교를 갖지 않은 보통사람들마저 기도하는 심정이 된다. 더욱이 5월은 가정의 달이다. 어린이날이 있고, 어버이날이 있고, 스승의 날도 있으며, 게다가 크고 넓은 자비를 중생의 가슴에 심어준 석가탄신일까지 겹쳐 있다. 5월은 사랑과 존경과 자비를 나누어야 할 달인 것이다.

그러나 하루하루의 삶이 불확실성에 침윤된 상태에서 무슨 날을 제정하고, 사랑과 존경과 자비를 외쳐본들 무슨 의미가 있겠는가. 아름다운 산과 나무와 풀과 꽃이 한순간의 기쁨과 미적 감동을 준다고 하더라도 그것이 무슨 소용인가. 대구 가스폭발사고에서 자식을 잃고 통곡하는 어머니의 모습과 스승을 잃고 오열하는 제자들의 모습에서 우리는 일상적 삶의 안전이 보장되지 않고서는 온전하게 사랑과 존경과 자비를 실천할 수 없으며, 자연의 아름다움과 감동조차 제대로 향유하고 찬미할 수 없음을 깨닫게 된다.

연보랏빛 등꽃처럼 희망을 주저리주저리 엮을 수 있는 5월, 우리가 살아 숨 쉬는 현재와 앞으로 살아갈 미래에 대해서 확실성이 보장되는 사회를 간절히 소망한다.

생각이 바뀌어야 행동이 바뀐다

1.

　　새해 벽두가 되었다. 새해 새 아침을 맞아 사람마다 새로운 계획과 각오와 결심이 많을 것이다. 무언가 새로이 계획하고 각오를 다지고 결심하는 동안 우리의 가슴은 희망에 부풀고 발걸음은 기운에 넘칠 것이다. 전날 밤에 깊은 좌절과 시름에 빠져 있다가도 잠을 자고 일어나 아침에 떠오르는, 눈부신 태양을 바라보면 자신도 알지 못하는 사이에 새로운 희망이 샘솟고, 어젯밤엔 도저히 생길 것 같지 않던 용기도 생기고 온몸에 생기가 넘쳐나는 것을 경험했을 것이다.

　지난해에 우리는 유별나게 어두운 사건들을 많이 겪었다. 지존파 사건, 성수대교 붕괴, 유람선 화재, 아현동 도시가스 폭발사고 등 대형사건이 연달아 뉴스를 장식하는 동안 아직 초등학교 저학년인 필자의 아들이 "엄마, 우리나라에는 왜 이렇게 큰 사고가 많이 터지는 거예요?" 하고 물었다. 그 말이 기성세대에 대한 힐난처럼 들려 정말 뭐라고 대답해야 할지 부끄러움에 할 말을 잃었다.

지난해에 어두운 일들이 많았기 때문에 새로 맞은 올해는 밝고 희망찬 한 해가 되기를 간절히 소망해본다. 어젯밤의 어둠이 유난히 짙었던 것은 새날 새 아침의 태양을 더욱 눈부시게 만들기 위한 것이라고 자위하며, 박두진이 「해」를 노래했던 심정이 되어본다.

해야 솟아라. 해야 솟아라. 말갛게 씻은 얼굴 고운 해야 솟아라. 산 넘어 산 넘어서 어둠을 살라 먹고, 산 넘어서 밤새도록 어둠을 살라 먹고, 이글이글 앳된 얼굴 고운 해야 솟아라.

2.

'W이론을 만들자'란 특이한 제목을 가진, 서울대 이면우 교수가 쓴 책을 읽어본 사람이 있을 것이다. W이론이란 이론의 실체가 있는 것이 아니라 우리의 독자적 경영철학을 의미하는 상징적 이름이다. 우리 산업의 있는 그대로의 현실, 문화적 역사적 토양, 기술 패권주의 또는 기술민족주의의 시대적 상황에 대응하여 우리 겨레의 창조력에 불을 댕기는 새로운 틀로서 W이론이 만들어져야 할 것을 이 책은 강조하고 있다. 그는 우리나라의 경제발전은 선진국에서 도입한 기술—설비에 의한 후발생산, 저임금—양산조립에 의한 가격경쟁력, 주문자의 상표를 부착한 얼굴 없는 수출로 실속 없는 산업팽창에 안주하여왔다고 혹평한다. 최근에 겪고 있는 무역적자와 수출경쟁력 취약현상을 극복하고자 한다면 우리의 독자적 경영철학을 세워야 한다는 것이다. 그는 "우리의 경영철학이 없이 선진국 대열에 합류하기를 기대한다면, 이는 마치 카우보이 복장에 일본도를 차고 판소리를 어설프게 흉내 내는 3류 광대가 세계적인 배우가 되기를 바라는 것과 같다"라고 말한다.

그의 솔직한 혹평은 진퇴양난에 빠진 부산의 신발산업에도 그대로 적용된다고 보아진다. 부산의 신발산업이 처한 경영난과 수출경쟁력 취약 현상을 타개하기 위해선 경영자는 물론이며, 전 종사자가 사고의 혁신, 발상의 혁명적 전환이 필요하다. 요즘 너도나도 세계화 국제화를 외쳐대고, 세계화를 지향하기 위해서 외국어 교육을 강화해야 한다고 야단이다. 그렇지만 외국어를 술술 잘 말한다고 어찌 세계화가 이루어질 것이며, 다른 나라를 모방하는 방식으로 어떻게 국제화를 달성할 수 있다는 것인가.

세계화란 고지를 점령하기 위해선 W이론을 세워야 한다. 우리의 문화적 역사적 토양과 현실에 맞는 독창적인 경영철학이 세워졌을 때에야 세계화란 목표도 달성될 수 있는 것이다. 경영에도 정말 얼마 전의 유행어처럼 신사고가 필요한 것이다. 생각이 바뀌어야 행동이 바뀐다. 일체유심(一切唯心)이란 불가의 가르침이 아니더라도 모든 것이 마음으로부터 나오고, 생각으로부터 출발하고 있음을 새해 새 아침이기에 새롭게 생각하지 않을 수 없다.

부산의 문화를 경작하는 사람

올 가을 나는 문화의 바다에 풍덩 빠져 풍요롭고
행복한 시간들을 보냈다. 내가 행복감을 느끼며 사람답게 살아 갈 수
있는 것은 해운대의 푸른 바다 때문만이 아니라 체험하고 즐길 수 있
는 문화가 있기 때문이다. 10월부터 부산국제영화제를 비롯하여 부산
비엔날레, 그리고 세계사회체육대회 등 국제문화행사가 잇달아 개최
되어 항구도시 부산을 문화가 있는 국제도시의 세련된 이미지로 만들
어주었다.

내가 처음 부산에 왔던 1980년대 초만 하더라도 이곳 사람들은 스
스럼없이 부산은 문화의 불모지라는 자학적 표현을 사용하는 데 조금
의 주저도 없었다. 정말 1980년대 초반의 부산은 제대로 된 공연장도
전시장도 갖추어져 있지 않은 문화적으로 사막과 같은 척박한 도시였
다. 하지만 부산시민들이 스스로 부산을 문화의 불모지라고 거리낌

없이 말하는 데에는 놀라지 않을 수 없었다.

그런데 1989년에 봉생병원의 젊은 병원장인 정의화 원장(2014년 국회의장)은 부산의 문화를 가꾸겠다는 열정과 사명감을 갖고, 봉생문화재단을 설립하고 봉생문화상을 제정했다. 오늘날 부산이 자타가 공인하는 문화의 불모지에서 문화도시로 탈바꿈하게 된 데에는 봉생문화상과 이 상을 제정한 정의화 의장의 공로도 초석의 하나가 되었다고 말해도 좋을 것이다.

그는 굴지의 재벌기업 총수도 아니었고, 부모로부터 막대한 재산을 물려받은 상속자도 아니었다. 그는 단지 성실하게 일하는 병원의 전문의이자 보통 규모의 종합병원의 병원장이었다. 그럼에도 그는 자신의 당대에 그것도 불과 사십의 젊은 나이에 노블리스 오블리제를 실천하는 특별한 사람이 되었다.

문화를 뜻하는 영어인 'culture'의 원뜻은 '경작(耕作)'이고, 독일어의 'Bildung'은 '형성'이라는 뜻에서도 알 수 있듯이, 문화에는 밭을 갈아서 농사를 짓는 사람의 마음처럼 인간정신을 개발하여 풍부한 것으로 만들고 완전한 인격을 형성해간다는 뜻이 내포되어 있다.

미당 서정주 선생이 노래했듯이 한 송이 국화꽃을 피우기 위해서도 봄에는 소쩍새가 울어야 하고, 여름에는 천둥이 먹구름 속에서 울어야 하고, 가을밤에는 무서리가 내리고, 잠 못 드는 밤이 계속되어야 한다. 이와 마찬가지로 문화를 꽃피우는 데에는 오랜 시간의 투자와 인내와 기다림이 필요하다. 하물며 소수의 엘리트들이 만들고 향유하는 고급문화를 육성하는 일은 더 말할 필요가 없다.

그는 봉생문화재단에 이어 1997년에는 '어려운 이웃을 위해 보다 살기 좋은 세상을 위해'라는 슬로건을 내걸고 봉생사회복지회라는 복지재단도 만들었다. 문화와 복지라는 두 개의 깃발을 높이 들고 밭을 갈고 씨를 뿌리는 힘든 농부의 길을 자청한 것이다. 이제 그가 뿌린 씨앗들은 20년의 성년을 맞아 여기저기서 풍요로운 꽃을 피워내고 있다. 그 꽃향기를 부산시민의 한 사람으로서 나는 즐기고 있다.

　브라보 봉생!

제8장

문학에 대해 생각하다

시대 변화와 문학인의 위상

　　미국의 비평가이자 소설가인 레슬리 피들러(Leslie A. Fiedler)가 1960년대 초반에 한 말을 군이 인용하지 않더라도 문학의 죽음, 또는 문학의 위기에 대한 담론은 우리 문학계에 널리 퍼져 있다. 오늘날 우리 현실에서 그것은 문화상품으로서의 문학 출판물의 위기를 의미하는 말이 되었다. 즉 시집과 수필집과는 달리 어느 정도 구매력을 갖추었다고 여겨온 소설마저 시장에서 팔리지 않게 된 것이다.

　　소설이 죽었다는 생각은 이미 20세기 초반부터 모더니스트들 사이에서 싹트기 시작했지만 소설의 죽음이 하나의 현실로 인식되고 중요한 비평적 관심사로 떠오르게 된 것은 1960년대 미국의 사회적이고 문화적인 환경의 변화와 관련되어 있다. 즉 TV나 만화, 혹은 영화와 같은 대중문화의 번성으로 인해 이야기 형식으로서의 소설이 누리던 특권을 상당 부분 상실하게 되었기 때문이다. 올여름 수백만 이상의 관객이 본 영화는 수도 없이 많았지만 출판계에서는 유명작가의 소설마저도 2, 3천 부를 팔기 어려워진 우리나라의 현실은 소설의 죽음을 확인하기에 충분하다.

문학의 위기는 엉뚱하게도 대학의 구조조정에 직격탄을 날렸다. 문학과 예술 관련 학과가 통폐합되거나 폐과가 되는 날벼락이 맞은 것이다. 대학마저 철저한 시장논리에 지배된 나머지 취업이 잘 되지 않는 학과는 폐과의 수순을 밟게 된 것이다. 벌써 오래전부터 철학과와 같은 순수 인문 관련학과가 폐과되기 시작하더니만 그 파장이 설마 자국어를 교육하고 연구하는 국어국문학과의 통폐합이나 폐과로 이어지리라고는 전혀 예상하지 못했기에 충격이 크지 않을 수 없다.

대학에서 문학이나 예체능 관련 학과를 폐과하기에 이른 것은 자본주의적인 시장논리뿐만 아니라 교육부의 잘못된 정책 탓이다. 왜냐하면 그동안 교육부는 취업률 등을 근거로 대학에 대한 정부 재정지원과 경영부실 여부를 판단해왔기 때문이다. 이에 따라 대학은 취업률 부풀리기로, 급기야는 취업률이 낮은 학과를 폐과하기에 이른 것이다. 나라의 일자리를 만들지 않은 채 대학보고 취업률을 높이라는 것은 도대체 대학보고 일자리를 만들라는 것인지 뭔지……. 우리나라의 일자리가 정규직이 감소하고 계약직과 프리랜서가 늘어나는 추세에서 취업률에 정규직만을 산정하라는 시대에 맞지 않는 논리는 또 무엇이란 말인가.

대학 측의 항의로 뒤늦게 교육부는 2014학년도 정부 재정지원 제한 대학 및 경영부실 대학 평가계획에서 인문과 예체능 계열의 취업률은 평가지표에서 제외한다고 발표했다. 이는 인문과 예체능 계열의 경우 계열의 특성상 취업률이 낮거나 파악이 어려워 취업률 산정에서 제외해야 한다는 대학 측의 주장을 반영한 것이다. 경영부실 대학으로 선정되면 정부의 대학에 대한 재정지원이 취소될 뿐만 아니라 학생들의 국가장학금도 제한을 받기 때문에 이만저만 큰 타격이 아니다. 하지만 국어국문학과의 교수로 재직하고 있는 필자에게는 예체능과 인문계열 학과의 취업률을 대학평가의 대상에서 제외하기로 했다는 뉴스는 반가움보다는 서글픔을 불러일으키기에 충분하다. 그만큼 국어국문학과가 열외의 학과가 되어버렸다는 의미이기 때문이다.

충청도의 어느 대학은 국어국문학과에서 문화콘텐츠학과로 학과명을 바꾸었더니 취업률이 올라갔다는 소식도 들리고, 부산에서도 국어국문학과와 문예창작과를 통폐합한다는 뉴스도 들려와 국어국문학과 교수로서의 밥벌이가 결코 마음이 편하지 않다. 나도 금년(2013)부터 '문예창작론'이란 과목을 '문화콘텐츠스토리텔링'으로 바꾸어서 학생들에게 실용적인 글쓰기를 훈련시키고 있다. 이 과목은 순수창작의 글쓰기를 바탕으로 다양한 문화콘텐츠 글쓰기를 훈련시켜 학생들의 취업에 도움을 주고자 하는 의도로 만든 것이다.

미래학자 롤프 옌센(Rolf Jensen)은 미래사회를 드림 소사이어티 (dream society), 즉 이야기를 기반으로 한 감성에 의해 전개되는 사회로 파악했다. 드림 소사이어티는 정보화 사회의 뒤를 잇는 사회로서, 미래의 상품은 이성이 아니라 인간의 감성에 호소할 수 있어야 한다. 따라서 감성에 호소할 수 있는 이야기(story)의 중요성이 커지고 있다.

최근 스토리텔링은 각종 문화콘텐츠뿐만 아니라 광고와 디자인, 상품 개발과 마케팅 등의 기획과 창작분야에서 핵심적인 역할을 담당하고 있다.

문학의 위기에 문학인들은 위축당할 것이 아니라 순수창작에서 실용적인 문화콘텐츠 글쓰기로 영역을 확장함으로써 그간 문학을 통해 축적된 글쓰기의 능력을 발휘하고 작가로서의 몸값을 높일 수 있어야 한다. 『해리 포터』의 작가 조앤 롤링은 이 한 작품만으로 갑부의 반열에 올라섰다. 스코틀랜드의 민담을 소재로 한 이 작품은 67개 국어로 번역되어 4억 5천만 부가 판매되었으며, 영화로도 제작되어 7조 8천억 원의 수입을 올렸고, 영국 미국 일본 등 여러 나라에 테마파크가 만들어졌다. 원작으로서의 스토리의 중요성이 커짐은 물론이거니와 스토리를 쓸 수 있는 스토리텔러로서의 능력도 재평가되고 있다. 문학인은 시대 변화에 능동적으로 대처함으로써 문학의 위기에 대처하고, 문학인으로서의 위상을 스스로 높여야 한다.

독자와 소통하는 대화적 수필

총선과 대선을 한꺼번에 치러야 하는 선거의 해, 2012년이야말로 소통이라는 단어가 가장 많이 사용된 해일 것이다. 총선이든 대선이든 출마자는 유권자와의 소통을 강조한다. 4대강 사업을 비롯하여 일방통행식의 밀어붙이기로 국민들에게 각인된 이명박 대통령조차도 가장 희망한 것은 국민과의 소통이 아니었을까.

소통이란 요즘에 가장 가치 있게 사용하는 단어 중의 하나이다. '소통의 리더십', '소통경영', '소통의 날'이라는 말이 나온 것도 요즘의 일이다. 소통이란 막히지 아니하고 잘 통한다는 의미, 뜻이 서로 통하여 오해가 없다는 뜻을 가지고 있다. 소통을 강조하는 시대란 어떤 의미에서 물 흐르듯이 막힘없는 소통을 희망하지만 그 어느 때보다도 소통이 잘 안 되는 시대라는 의미로도 읽힌다.

우리가 문학작품을 읽는 이유는 독자의 입장에서 보면 글을 쓴 작가와 소통하고 싶은 욕구 때문이다. 작가의 입장에서도 작품을 써서 발표함으로써 독자와 소통하고 싶은 욕구 때문에 글을 쓴다고 할 수 있다. 결국 문학이라는 것은 작가와 독자 사이의 소통을 전제로 한 예술양식이라고 할 수 있다. 국민과 소통하지 못하는 통치자가 결국 국민으로부터 인기를 잃어버리고 외면을 당하듯이 독자와 소통되지 않는 문학작품은 결국 독자로부터 외면을 당하게 된다.

문학은 근본적으로 작가의 독백의 표출이 아니라 독자와의 대화이며, 상호소통을 지향하는 예술양식이다. 즉 글쓰기는 자기표현을 넘어서서 타인과의 커뮤니케이션을 지향한다. 흔히 수필 장르가 지닌 사적이고 자기고백적인 성격으로 말미암아 수필을 편협한 자기고백의 문학, 사적 체험을 기술하는 독백적인 문학으로 오해하는 경우가 많다. 하지만 수필이 자기고백적인 신변잡기에 그쳐버릴 때, 그 글은 독자로부터 외면을 당할 것이 뻔하며, 문학성 높은 예술이 될 수 없다는 것은 자명한 사실이다.

특히 수필이 삶의 여유에서 우러나오는 문학이라고 한다면 한 작품 속에서 표방하는 가치도 단성적인 가치에서 벗어나서 나와 다른 타자성을 포용하는 대화성을 나타내야 할 것이다. 오늘날 작가들이 자칫 잊기 쉬운 문학의 본질 가운데 하나는 문학이 자기표현을 넘어서서 독자와의 소통을 지향한다는 본질이다. 그 소통을 위하여 러시아의 문예이론가 바흐친(M.M.Bakhtin)이 제안했던 대화성, 다성성이라는 개념을 수용하는 것이 매우 바람직하다는 점을 말하고 싶다.

대화라는 개념을 매우 확장된 개념으로 사용했던 바흐친에 의하면

대화는 '차이 있는 것들의 동시적 현존'이다. 대화적 관계는 이것이냐 저것이냐의 상호배타적 관계가 아니라 상호포용적 관계이다. 반면 단성성이란 여러 목소리나 의식들이 작가의 목적이나 의도에 엄격히 통제되어 작가가 의도하는 하나의 신념체계만이 존재할 따름이다. 바흐친은 대화적인 다성성을 독백적인 단성성에 비하여 더 훌륭한 문학적 자질로 평가하였다.

수필이 사적인 자기고백적이고 독백적 문학이라고 해서 수필에서 나타내고 있는 가치마저 바흐친적 의미에서 독백적인 것이 바람직하다고 할 수 없다. 현대의 독자들은 작가의 가치관이나 생각을 일방적으로 받아들이기보다는 문학이라는 매체를 통하여 작가와 소통하고 대화하고자 원하며, 필요에 따라서는 독자도 문학에 참여하기를 원하는 욕구를 가지고 있다. 그것은 문학적 의사소통으로서의 대화성이라고 할 수 있다.

그런데 대화는 두 사람의 대화자만 있다고 해서 성립하는 것이 아니다. 한쪽이 다른 한쪽의 타자성을 인정하고 받아들일 의사가 있을 때에만 대화는 성립한다. 진정한 대화란 나의 생각과 경험이 남의 생각과 경험에 의해서 수정되고 확장될 때 비로소 성립하는 것이다.

따라서 대화성이라는 것은 열린 개방성과 통한다. 오늘날 수필가는 자신의 일방적인 신념체계나 가치를 독자에게 주입하고 설득하기보다는 독자와 대화하고 소통할 실마리를 던져놓는 수준에서만 자신의 가치를 드러내야 한다. 즉 타인이나 다른 문화에 대하여 배타적인 태도에서 벗어나는 열린 태도가 필요하다. 또한, 직접적인 주장보다는 객관적인 보여주기 방식 등의 간접적인 방식에 의존하여 자신의 가치를 감추면서 드러내고, 독자와 대화를 적극적으로 유도하는 문학적 전략이 필요하다.

경험을 넘어선 주제의 힘이 필요하다

요즘은 수필 전문지들도 월간, 격월간, 계간 등 다양하게 발행되고 있다. 게다가 예전에는 상상할 수 없는 많은 수필가들이 여러 단체를 중심으로 활발히 활동하고 있다. 수필 인구가 많아진 것은 바람직한 일이다. 많은 사람들이 글로써 자신을 표현하면서 살아가는 일이 어찌 반가운 일이 아니랴. 더욱이 요즘은 자기 표현시대를 넘어서서 자기 선전시대가 아닌가.

나는 한 권의 수필집이나 수필 전문지를 읽고 났을 때, 과연 이 책에서 주제화가 제대로 되어 있는 수필이 몇 편이나 있는가를 따져보는 무의식적 습관이 있다. 그런데 어떤 경우에는 그야말로 단 한 편의 수필도 주제화가 제대로 안 된 경우가 있어 마음이 허탈해질 때가 있다.

아직도 많은 수필가들이 글은 왜 쓰는가라는 본질적인 질문들을 생략한 채 자신이 겪은 경험만을 나열한 채 그것을 수필이라고 생각하는 경향이 간혹 있는 것 같다. 그것은 아마도 자신의 경험을 주제화하는 힘이 아직 부족하기 때문일 것이다. 수필이 문학이 되기 위해서는 체험한 사실을 열거하는 것이 다가 아니다. 그것은 아직 요리되지 않은 재료와 같은 것이다. 체험한 사실을 적는 것, 그것은 에피소드의 나열에 불과하다. 에피소드는 그저 글의 소재일 뿐, 그 소재가 문학이라는 형식으로 형상화되기 위해서는 주제가 반드시 담겨야 한다. 주제는 산만하게 흩어져 있는 소재들을 통일시키는 힘이며, 작가가 그 글을 통해서 궁극적으로 드러내고자 하는 의도이다.

널리 알려진 수필 가운데 피천득의 「인연」이라는 글이 있다. 이것은 피천득이 직접 체험한 '아사꼬'라는 여성과의 세 번의 만남에 관한 이야기이다. 그런데 거기에는 '인간의 묘한 인연과 그리움'이라는 주제가 녹아 있다. 문제는 많은 수필들이 '아사꼬와의 만남'이란 소재까지만 적고 '인간의 묘한 인연과 그리움'이라는 주제가 없이 글을 끝맺는다는 것이다.

우리가 살아가면서 겪은 다양한 경험들이 다 수필의 소재로서 가치를 지니는 것은 아니다. 그리고 그것을 나열했다고 해서 수필이 되는 것은 더욱 아니다. 글을 쓸 때는 쓰고자 하는 소재, 즉 경험의 내용이 다른 사람과 공유할 만한 가치 있는 것인지를 먼저 따져보아야 한다. 사실 많은 사람들이 공감할 수 있는 흥미로운 소재는 글에 절반 이상의 성공을 가져다준다.

그러면 수필이 될 만한 가치 있는 소재인지의 판단은 무엇에 근거하여 이루어지는가. 그것은 결국 작가의 인생관과 예술관에 좌우된다고 할 수 있다. 작가의 인생과 예술에 대한 해석(인생관과 예술관)으로부터 소재가 될 수 있는지의 여부는 판정된다. 그리고 글의 주제도 결국은 인생관과 예술관으로부터 나온다. 한 편의 수필이 주제화된 작품이 되기 위해서는 쓰려고 하는 소재 가운데서 독자와 공유할 수 있는 가치가 무엇인가를 발견하는 재해석과 지적 사색이 뒤따라야 하는 것이다. 그것은 삶의 가치와 의미를 드러낼 수 있는 소재를 찾아내서 이에 대한 지적 사색이 이루어진 다음에 글을 써야 한다는 말에 다름 아니다. 주제의 형상화는 바로 이러한 토대 위에서만 가능해지는 것이다.

　물론 삶의 가치와 의미가 설교조의 교훈을 의미하지는 않는다. 그러니 가치니, 의미니 하는 말을 너무 거창하게 해석할 필요는 없다. 오히려 수필의 묘미는 작고 하찮은 것들에 관한 관심과 사랑에 있고, 작은 것을 통해서 큰 것을 말할 수 있다는 데에 있다.

국제화시대 한국문학

1. 국제화란 무엇인가

지구 전체가 하나의 권역으로 묶여버린 지구촌 시대에 국제사회의 점증하는 상호의존성을 통칭하는 일반적 용어가 국제화, 세계화, 지구화 등이다. 물론 이 말은 영어의 글로벌리제이션(globalization)의 역어이다.

'국제'라는 용어가 국가(state)를 가장 기본적이고도 중요한 행위자로 전제하고 그들 간(inter-)의 관계에 주목하는 한편, '세계'라는 용어는 생산과 금융 등 경제활동의 초(trans-)국가화에 강조점을 두어 경제적 통일성에 초점을 맞춘다. 즉 '국제화'가 최소한 민족국가를 전제한 위에 그들 간의 관계에 주목한다면, '세계화'는 국가를 초월하는 데에 강조점을 둔다.

세계화가 초국가화에 강조점을 둔다고 하더라도 단일하고 거대한 지구사회(a global society)의 형성을 지향하는 것으로 그 개념을 이해하는 것은 잘못이다. 실제 글로벌 시대의 지구촌은 하나의 문명권으로 통일되기보다는 그 어느 때보다도 심각한 문명 간의 충돌이 존재하며, 초국적 자본주의 체제나 새로운 형태의 세계질서가 더욱 공고해지고 있다. 또한, 얼마 전 아프가니스탄의 불상 파괴사건에서도 볼 수 있었듯이 그 어느 때보다도 민족분리주의나 종교상의 원리주의가 위세를 떨치고 있다. 글로벌 시대의 국가는 기존에 국가가 담당해왔던 역할을 재조정할 것이지만 국가들로 이루어진 국제사회의 질서는 여전히 엄존할 것이다.

특히, 지난 시대 김영삼 정부에서는 '세계화'를 국정의 지표 내지 정치적 구호로 내세웠던 만큼 세계화란 개념은 우리들에게 '국제화시대', '국가경쟁력 제고', '개방화'라는 개념들을 강하게 연상시킨다. '국제화시대'라는 개념은 국가 간의 경계가 무너져버린 오늘의 국제관계의 현실을 환기시켜준다. 하지만 '국가경쟁력 제고'라는 개념을 통해서는 국제화시대가 됨으로써 겉으로는 국가주의적 경계가 사라진 것처럼 보이지만 안으로는 국가 간의 경쟁이 더욱 치열해진, 그야말로 무한경쟁체제에서 살아남기 위한 생존경쟁이 더욱 가혹해진 현실을 실감할 수 있다. '개방화'는 우리의 상품시장 및 자본시장을 개방한다는 의미로서, 무한경쟁의 개방시대를 맞아 모든 분야를 세계적 수준으로 발전시키지 않는다면 생존할 수 없다는 냉혹한 경제현실을 인식시켜준다.

사회적 관계의 국제화는 일차적으로 우리 삶의 시간과 공간을 재질

서화하게 된다. 시간과 공간의 원격 또는 압축과 같은 개념에서 드러나듯이 국제화는 사회적 삶에서 시간과 공간의 범위가 확장되는 한편으로 관계가 심화 내지는 가속화하는 현상을 촉진한다. 우리는 이미 교통 통신의 발달에 힘입어 경험의 지평이 전 지구적인 범위로 확장되고, 전 세계적으로 정보의 공유가 실시간에서 가능해진 글로벌 시대를 살아가고 있다. 또한, 우리들의 삶은 우리가 원하든 원하지 않든 일상적 삶을 살아가는 사회적 맥락과는 멀리 떨어져 있는 활동이나 사건들로부터 더욱 영향을 크게 받게 될 것이다. 아무튼 오늘날의 국제관계는 베이징의 나비의 미세한 날갯짓이 다음 달 뉴욕의 폭풍을 불러올 수 있다는 '나비효과'라는 개념에서도 확인할 수 있듯이 상호 의존성이 더욱 증대되고 있다.

우리가 오랫동안 막아왔던 일본의 대중문화에 문호를 개방하지 않을 수 없었던 사실에서도 확인할 수 있듯이 문화적 차원에서도 국가 간의 장벽이 사라지고 문화개방이 적극 이루어지고 있다. 위성통신이나 컴퓨터와 인터넷을 통해서 우리는 안방에서 세계 각국의 문화를 아무런 여과장치 없이 그대로 수용하고 있다. 문화의 복수성과 다양성을 홍수처럼 실감하지 않을 수 없는 상황에서 우리는 역설적으로 다른 문화와 변별되는 우리 문화의 정체성 찾기와 같은 과제에 직면하지 않을 수 없다.

우리는 결국 영토와 같은 물리적 조건이 국가를 경계짓는 시대를 벗어나 수많은 다원주의적 복수요인에 의해서 국제질서가 재편되는 오늘날의 급변하는 상황을 의미하는 용어로 국제화와 세계화를 이해해야 할 것 같다.

본고의 '국제화시대 한국문학'이란 주제도 국제화시대, 즉 국가 간의 교류가 확대된 또는 우리 문학의 경쟁대상이 수많은 다른 나라들로 확대된 시대를 맞아 한국문학의 진정한 정체성은 무엇인가, 한국문학을 국제무대에 소개하고 판매하기 위한 전략은 무엇인가와 같은 내용을 요구하는 것 같다. 다시 말해서 국제사회에서 한국문학의 경쟁력을 높일 수 있는 방안은 무엇인가와 같은 주제를 요구하는 것으로 받아들여진다. 국제적인 문인들의 네트워크인 펜클럽과 같은 단체라면 국내적 차원을 넘어서서 국제사회로 확대된 공간 속에서 한국문학의 위상을 제고하고 싶은 욕망을 갖는 것은 지극히 당연한 것으로 보인다.

2. 국제화시대 문학인의 태도

국제화시대를 맞아 우리의 문학인들에게 가장 크게 요청되는 태도는 보다 확대된 세계를 받아들일 열린 마음, 열린 사고, 열린 경험일 것이다. 그동안 우리 민족은 단일민족임을 내세우며 거의 배타적 수준의 국수주의적 민족주의에 빠져 있었다. 특히 35년간의 일제 식민지 체험은 우리 민족으로 하여금 세계인과 공존하려는 태도를 크게 위축시켰다고 할 수 있다. 뿐만 아니라 6·25 전쟁과 남북분단, 그리고 오랜 군사정권하에서의 외국여행의 제한과 같은 역사적 정치적 특수성은 우리 민족이 남북으로 분단된 한반도라는 좁은 공간에서 폐쇄적인 삶을 살아가도록 작용해왔다. 더구나 사회주의 국가인 러시아, 중국, 북한 등 대륙으로 통하는 길이 차단되고, 삼면이 바다로 둘러싸인 지리적 조건은 우리 민족으로 하여금 국제화시대의 세계시민으로서의 공존의 지혜를 습득할 경험의 절대부족 현상을 초래했다. 이는 단순히 경험의 결핍에서 그치는 것이 아니라 정신적 폐쇄성으로 이어지고, 다른 나라를 인지할 인맥과 정보의 부재, 국제어인 영어사용능력의 부족 등 세계시민으로서 살아가는 데 여러 가지 문제와 부작용을 빚어냈다. 그러다 보니 지난 98년에는 복거일이라는 소설가가 민족어인 한국어를 버리고 영어를 공용어로 사용해야 한다는 어처구니없는 주장을 제기해 사회적 파문을 일으키기도 했다.

이제 국제화시대가 된 만큼 우리는 보다 다양한 언어권의 문학을 받아들여 이질적인 문화에 대한 이해와 경험의 폭을 넓혀가야 한다. 문학이 문화의 다원적 공존에 매우 중요한 역할을 담당한다는 것은 새삼 지적할 필요가 없는 일이다. 그리고 이것은 단순히 외국문학과 문화를 일방적으로 받아들이자는 의미가 아니다. 우리가 지구촌의 문화적 다양성과 복수성, 독자성을 인정하고, 이질적 문화에 대한 편견과 배타적 감정에서 벗어날 수 있을 때에 한국문학의 위상도 국제사회에서 제고될 수 있다는 점을 인식해야 한다. 다시 말해서 국제화시대의 작가들은 다른 문화와의 경계를 자유롭게 넘나들 수 있는 열린 마인드와 정신적 폐쇄성을 벗어난 열린 사고와 상상력을 가지고 창작에 임할 때에 비로소 한국문학이 국제사회에서 수용될 수 있을 것이다.

국제화시대의 문학인은 이질적인 문화의 충돌에서 오는 쇼크와 갈등을 어떻게 해소할 것인가, 문화의 다원적 공존과 자국 문화의 정체성 확보, 나아가 복합적인 새로운 문화를 창조할 수 있는 길이 무엇인가와 같은 새로운 과제에 직면해 있다고 할 수 있다.

이 점에서 지난해 대산문화재단에서 주최한 〈2000 서울 국제문학포럼〉의 '세계화와 문학' 섹션에서 발표한 미국의 극작가이자 소설가인 월레 소잉카(Wole Soyinka)의 말은 많은 것을 시사해준다.

> 사상의 자유로운 흐름을 통해 경계는 지워져야 합니다. 그리고 문학이야말로 사상의 자유로운 이동에 이용되는 가장 친숙한 운송 수단이지요. 명백히 바로 이 점 때문에 문학 생산자들—다시 말하자면, 실제로 창작작업을 하는 사람들—은 그와 같은 창조적 의사소통 작업을 누구보다도 앞서서 수행해나가는 사람이 되는 것입니다.

3. 세계시장을 향해 눈을 돌려야 할 때

국제화시대의 작가가 세계와 소통할 수 있는 열린 사고, 개방적 태도를 갖는 일은 중요하지만 이것만으로는 충분하지 않다. 우리가 우리의 문화적 특색과 자존을 발굴하고 발전시키는, 다시 말해서 민족적 정체성에 충실한 작품을 창작할 수 있을 때에 세계 속에서 한국문학은 제자리를 찾을 수 있을 것이다. 가령 영화의 경우, 한국전통의 문화적 코드를 충분히 활용한 임권택 감독의 〈춘향뎐〉이나 한국적 분단상황이라는 특수성을 배경으로 한 〈쉬리〉나 〈공동경비구역〉과 같은 영화에 대해 외국인들의 호응도가 높다는 것은 문학에도 시사해주는 바가 크다 할 것이다. 즉 한국적 문화코드 내지 한국의 특수한 역사적 정치적 코드를 활용한 문학작품의 창작을 통해 한국문학은 국제화시대에 자생력을 키울 수 있다고 본다. 결국 이것은 요즘 서구인들에게 관심이 높은 오리엔탈리즘이란 코드의 적절한 환기와 연관된다. 관건은 한국적 문화코드 가운데서 세계인이 공감할 만한 보편적 가치를 발견할 수 있는 안목과 감각, 이를 작품화하는 세련된 표현능력이라고 하겠다.

하지만 작가들의 노력만으로 세계시장에서 한국문학의 경쟁력을 높일 수는 없다. 문화상품으로서 문학을 경쟁력 있게 만드는 일은 어디까지나 작가가 아닌 출판사와 서적 마케팅에 종사하는 사람들의 몫이라고 생각한다. 글로벌 시대를 맞고 있는 오늘날의 출판업자들은 거액의 로열티를 지불하고 외국의 작품을 수입하여 국내시장에 팔기 위해 애쓰지만 말고, 우리의 작품을 세계시장에 팔기 위한 전략, 작품개발, 작가육성, 번역문제 등을 진지하게 논의해봐야 할 때라고 생각한다.

현대의 자본주의 사회에서는 예술작품도 일종의 문화상품이라는 운명을 벗어날 수 없다. 이제 우리는 한국문학의 해외진출을 일종의 마케팅이라는 차원에서 접근할 필요가 있다. 따라서 한국문학의 세계시장 진출은 상품의 제작자인 작가가 훌륭한 작품을 창작하는 것만으로는 불가능하며, 이를 출판, 광고, 유통시키기 위한 마케팅 전략이 출판업자들에 의해 구체적으로 수립될 때 가능할 것이다. '아마존'과 같은 인터넷서점이 전 세계적 네트워크를 가지고 사이버상에서 서적을 판매하고 있는 상황이니만큼 오늘날의 정보화사회의 기술변화를 서적 출판과 판매에 유리하게 적용시킬 수가 있다. 즉 출판사들이 제한된 국내시장에서 제살 깎아먹기식의 과당경쟁을 벌일 것이 아니라 시선을 국제사회로 돌린다면 엄청나게 큰 시장이 존재하고 있음을 발견할 수 있을 것이다.

그런데 이 과정에서 영어 등 외국어로의 번역 문제가 현안으로 떠오른다. 실로 문학의 표현도구인 언어라는 측면에서 볼 때에 국제화 시대의 중심에 서 있는 언어는 영어라는 사실을 부인할 사람은 없다. 특히 오늘날처럼 국가 간의 경계를 무너뜨리며 초고속으로 넘나드는 인터넷은 세계를 영어라는 하나의 언어권으로 통일시키는 데 결정적 기여를 하고 있다. 현실적으로 세계화란 영어화요, 미국화로 받아들여지기까지 한다. 영어권의 주변에 위치하는 소수언어인 한국어로써 창작을 해야 하는 입장에서는 가장 많은 독자층을 가진 영어권에 우리의 문학을 번역 소개하여야 하는 수고를 겪지 않으면 안 된다. 2001년도를 맞아 '한국문학번역원'이 국가출연기관으로 설치됨으로써 이제 정부차원에서 번역문제에 관심을 기울이기 시작했다. 즉 언어적 장벽을 넘어 국제사회에 한국문학을 소개하기 위해 국가가 관심을 기울이기 시작했다는 것은 늦긴 했지만 고무적인 일이다.

하지만 한국문학번역원의 번역사업만으로는 충분하지 않고, 출판사 등의 민간차원에서의 번역이 더 많이 필요하다. 그리고 번역된 작품을 우리의 권위 있는 출판사와 미국 등 영어권 출판사와의 교류를 통해서 그쪽 출판사에서 출판될 수 있도록 해야 한다. 또는 우리의 출판사에서 영어로 번역된 작품을 직접 출판하여 아마존과 같은 인터넷서점에 납품할 수도 있고, 또 가장 많은 독자층을 가진 영어권에 광고를 할 수도 있을 것이다. 물론 이렇게 되기 위해서는 전통과 권위를 가질 뿐만 아니라 세계시장에 진출할 수 있는 자본력이 갖추어진 전문출판사가 나와야 한다.

또 하나의 전략은 영어권이라는 중심부로부터 탈출하기 위해서 비영어권끼리의 네트워크가 필요하지 않은가 한다. 영어를 사용하지 않는 국가 간의 네트워크를 통해서 영어로 된 문학상품의 일방적 시장독점을 개선할 수 있다는 뜻이다. 프랑스 독일 스페인 일본 중국 등 영어를 사용하지 않는 나라들끼리의 번역과 출판의 교류가 적극적으로 이루어진다면 한국문학은 보다 많은 나라에 소개될 수 있으며, 우리의 외국문학과 문화에 대한 정보도 편향성을 벗어나 보다 다변화될 수 있을 것이다. 문학작품의 교류는 경제적 차원을 넘어서서 결국 그 작품을 창작한 작가, 그 작가가 속해 있는 민족과 국가의 정보와 가치관을 그것을 읽는 독자들에게 전파하는 역할을 수행하고 있다. 만약 영어권의 문학만을 우리가 편식한다면 미국과 같은 나라의 정보와 가치관을 일방적으로 받아들임으로써 심각한 정보의 불균형과 사고의 편향성에 빠질 수 있다. 따라서 제3세계적 시각으로 비영어권의 네트워크를 구축한다면 이런 불균형을 시정할 수 있을 것이다.

그리고 이런 네트워크 구축에 다양한 나라들과의 문인 교류가 중요한 역할을 할 수 있을 것으로 기대된다. 한국펜클럽과 같은 단체는 아시아 주변국가를 비롯하여 아프리카, 서구 등 다양한 나라들과 문인들의 교류를 전략적으로 증대시켜나가야 할 것이다.

　현재 영국의 조앤 K. 롤링의 『해리 포터』나 미국의 시드니 셀던의 소설 『여자는 두 번 울지 않는다』는 우리의 출판시장에서 오랜 동안 베스트셀러 목록에 올라 있다. 우리가 그 작품들을 읽을 때마다 우리는 영국과 미국에 지적 소유권의 사용료를 지불해야 하며, 우리의 작품이 영어권에 소개되어 판매되지 않고 있는 상황에서 이는 거의 수입 일변도의 일방적이고 독점적인 불평등관계이다. 근래에 미국의 학술서적 불법복제로 H사가 위기에 처한 것은 미국의 문화자본에 종속된 주변부 국가의 예속적 상황을 적절히 확인시켜주는 사례라 하지 않을 수 없다. 대부분 국제관계에서 지적 소유권이라는 것이 미국 등 제1세계에 절대적으로 유리하게 만들어진 제도라는 것을 상기할 필요가 있다. 정보화시대가 되었지만 정보의 불평등이 계층 간의 경제적 불평등 이상으로 심각한 사회적 문제가 되고 있듯이 영어권과 비영어권의 심각한 지적 정보적 불평등과 이로 인한 경제적 불평등은 이미 우려할 만한 단계에 와 있는 것이다.

　문화민족주의 이론가였던 헤르더는 진정한 국제주의는 민족의 평등한 관계 위에서 상호간의 사랑과 신뢰 속에서만 비로소 건립될 수 있다고 했다. 국가 간의 경계가 무의미해진 글로벌 시대에 민족과 민족문화를 강조했던 헤르더의 말이 수 세기를 건너뛰어 새삼 떠오르는 것은 무슨 까닭일까?

제9장
변화하는 가족과 성풍속

일부일처제는 위기인가

20세기 초반에 활약한 일본의 여성소설가 다무라 도시코가 1914년에 발표한 「포락지형(炮烙之刑)」이란 소설을 읽게 되었다. 이 작품의 핵심적 갈등은 남편과 아내, 두 사람의 결혼 이데올로기에 대한 극명한 차이로 인해 발생한다. 결혼한 부부는 배타적이고 독점적인 성의 규범을 지켜야 한다고 믿는 남편과 결혼한 부부라고 하더라도 서로의 성적·사회적 독립을 인정하는 개방결혼(open marriage)을 실천하는 아내 사이의 대립이 이 소설의 갈등구조를 이루고 있다.

남편 이외의 다른 남성을 사랑하는 것은 죄악이라고 생각하는 남편은 아내에게 당연히 사죄를 요구한다. 그의 입장에서 보면 아내의 개방적 이성 관계는 일부일처제의 규범을 파기한 파렴치한 죄악으로서, 그녀를 아무리 사랑한다 할지라도 결코 이를 용납할 수도 이해할 수도 없다. 하지만 아내는 포락지형의 복수를 당할지언정 결코 사죄하지 않겠다는 단호한 입장이다. 왜냐하면 주체적 존재로서 그녀에게 사랑의 자유와 성적 자기결정권이 주어졌다고 생각하기 때문이다.

자기결정권이란 인간의 존엄과 가치, 행복추구, 기본적 인권보장의 차원에서 보장되는 인간으로서의 기본적 권리이다. 따라서 누구를 사랑하고, 육체적 관계를 맺고 하는 것을 결정할 권리, 즉 성적 자기결정권자가 바로 그녀 자신이기 때문에 외간 남자를 사랑한다는 문제로 남편에게 사죄하여야 할 이유가 그녀에겐 전혀 없는 것이다. 한마디로 그녀는 남편의 소유가 아니기 때문이다. 이와 같은 급진적이고 충격적인 내용 때문에 이 작품이 발표되었을 당시 일본사회에서 윤리성의 문제를 두고 거센 논쟁이 야기되었다.

결혼한 여자가 두 남자를 동시에 사랑한다는 것은 일부일처제 결혼제도에 대한 심각한 도전이다. 21세기 한국에서도 이와 같은 소재는 충분히 파격적이다. 박현욱의 소설 『아내가 결혼했다』(2005)에는 '비독점적 다자간의 연애'의 사고를 가진, 즉 폴리아모리스트(polyamorist) 여성이 주인공으로 등장한다. 그녀를 너무 사랑하는 남자는 이를 수용하고 결혼하는데, 정말로 그녀는 다른 남자와도 결혼한다. 이 같은 도발적 설정 때문에 당시 화제가 되었고, 동명의 영화(2008)로도 만들어져 흥행에 성공을 거둔 바 있다.

혼외의 성에 대한 추구는 인류의 역사만큼이나 오래된 문제지만 전통적으로 이를 주도한 인물은 대체로 남성이었다. 그런데 「포락지형」이나 『아내가 결혼했다』는 이를 주도한 인물이 여성이라서 센세이셔

널했다고 할 수 있다. 만약 두 작품의 주인공이 남성으로 바뀌었다면 전혀 대중들의 시선을 끌지 못하는 흔해 빠진 외도 이야기가 되고 말았을 것이다.

요즘 우리나라 공중파 드라마를 보고 있으면 일부다처제가 다시 부활한 것이 아닌가 하는 생각마저 든다. 재벌가 남성들은 일부일처제(monogamy)의 사회적 규범 같은 것은 아랑곳하지 않은 채 내놓고 첩을 두어 명씩 거느리며 살고 있다. 처첩 간의 갈등은 조선조 고전소설의 케케묵은 주제인 줄만 알았는데 그게 아닌 것이다. 최근 어떤 공직자는 혼외자 의혹으로 공직에서 물러났지만, 이제 일부일처제는 돈 없고 힘없는 사람들이나 어쩔 수 없이 선택해야 할 결혼제도라는 것인지……

겁나는 세상

어스름이 깔리는 저녁시간, 퇴근길에 한두 잔의 술로 하루의 피로를 푸는 남자들의 모습은 매우 낭만적으로 보인다. 일과가 끝나기 무섭게 종종걸음으로 귀가하여 저녁식사를 서둘러 장만해야만 하는 직장여성으로선 남자들의 그와 같은 여유는 실로 부러움의 대상이 아닐 수 없다.

적당한 음주는 건강에도 좋다는 의학 보고서도 나와 있고 보면 건강상, 스트레스 해소상, 인간관계 증진상 술은 인간생활에서 빼어놓을 수 없는 기호식품이라고 할 수 있다.

그런데 요즈음 소위 '영계술집'이란 술집이 신문지상과 텔레비전에 단골기사로 오르내리고 있다. 영계술집이란 나이 어린 소녀들로부터 술시중을 받는 술집인 모양인데, 이런 퇴폐술집이 일부 남성들의 향락추구의 추악한 향연장이 되어왔음은 불문가지의 사실이다. 더구나 여기에 고용된 접대부들을 인신 매매조직이 어린 소녀들을 약취유인하여 공급해왔으며, 이들은 감시상태에서 강제로 일을 하며 돈마저 착취당해왔음이 밝혀져 경악을 금치 못하게 만든다.

1980년대 이후 번창일로에 있는 향락산업이 우리 사회에 단순히 향락과 퇴폐의 분위기를 확산시키는 데 그치지 않고 반인륜적 성폭력과 사회범죄의 온상이 되어온 장본인이었음에 다시 한 번 보통시민들은 분노를 느낀다.

일찍이 프랑스의 여성해방론자 보부아르는 자신의 육체를 밑천으로 살아가는 매춘여성을 패덕녀로 매도하는 이 세상이 그 육체를 이용하는 남성들에 대해서는 관용을 베푼다고 남성중심적인 성의 이중규범을 꼬집었다.

퇴폐향락업소의 사회적 심각성을 뒤늦게나마 인식한 정부당국은 이들 업소의 종사자를 카드화하여 관리한다는 방침과 함께 미성년자를 고용하거나 윤락행위를 강요하는 업주와 이들 업소의 이용자도 처벌받도록 하는 법령을 추진 중이라 한다. 이러한 법령 추진에 만세지탄을 금할 수 없지만 뒤늦게라도 법령이 정해지면 이를 실천하려는 강력한 의지가 뒤따라야 할 것이다.

그러나 여성을 도구화하여 쾌락을 추구하는 남성들의 왜곡된 음주관행과 향락문화에 일대 전환이 없는 한 이러한 강제적 형식적 규제가 무슨 소용이겠는가. 술판과 고스톱이 아니면 도무지 여가의 방법을 모르는 것이 한국남성들의 현실이고 보면 어려서부터 건전한 윤리관의 교육과 함께 건강한 놀이문화를 정착시키기 위한 체계적인 교육과정이라도 시급히 도입하여야 될 것 같다. 그와 더불어 여성을 섹스와 쾌락의 대상물로 상품화하는 성차별적인 의식구조를 개선하지 않는 한 여성뿐만 아니라 남성도 인간으로서의 존엄성을 지키며 살기는 어렵다는 것을 인식해야 할 것이다.

그리고 '영계'라는 병아리보다 조금 큰 어린 닭으로 만든 영계백숙과 같은 보신용 음식이 있는데, 일부 남자들에겐 10대 초반의 어린 소녀들이 몸보신이 된다는 의미인가? 어린 소녀를 옆에 앉혀야만 술맛이 나는 저속한 음주풍속도 문제려니와 여자를 보신용 닭으로 비하시키는 남자들 사이에 쓰이는 폭력적이고 질 낮은 은어를 매스컴에서 아무런 문제의식 없이 머리기사로 뽑아 사용할 정도로 우리 사회의 인권의식이나 도덕적 불감증은 형편없다.

사실 성인들의 부끄러운 치부가 그대로 노출되어 나오는 뉴스를 접할 때마다 어린 자식 보기가 민망하여 낯을 제대로 들 수가 없다. 새로운 낱말을 들으면 어김없이 그 뜻을 알아내야 직성이 풀리는 어린 아들이 사전을 찾아도 나오지 않는 영계술집이 뭐냐고 언제 물어올지 가슴이 조마조마하기만 하다. 어른들은 그것을 뭐라고 설명하며 자식을 키워야 할지 겁나는 세상이다.

무엇이 성일탈인가

신이현의 소설 『숨어 있기 좋은 방』에는 혼전에 우연히 성관계를 맺은 남성을 찾아가 그와 다시 관계를 맺고, 남성중심의 가족제도와 결혼에 환멸을 느끼며, 임신과 아이마저 참을 수 없어 하는 젊은 여성이 등장한다. 이 일탈적이고 반윤리적인 여성상은 독자에게 깊은 충격을 주는 한편 이 시대의 변화하는 성규범의 한 단면을 보여주기도 한다.

성도 인간관계의 일부이고 보면 여기서 야기되는 성도덕의 혼란과 성적 무규범 행위는 개인적 차원을 넘어서서 성일탈과 성범죄라는 사회적 문제를 제기한다. 특히 자본주의 사회에서 성개방과 성산업의 발달에 따른 성문화의 변화는 현대사회의 성일탈을 더욱 확대시키고 있다.

그러면 성일탈은 무엇을 의미하는가?

우리 사회에서 기본적인 성규범은 인간의 성행위를 규제하는 가족제도를 토대로 형성되었다. 즉 결혼을 통한 부부간의 합법적인 성관계가 성규범의 기본이 되면서 그 밖의 모든 성생활은 원칙적으로 금기시된다.

예를 들면 근친상간, 동성애, 미혼남녀의 성관계, 기혼남녀의 간통과 외도, 그리고 매매음 행위 등이 성일탈의 대표적인 행위들이다. 또한 결혼에 의한 성생활만을 허용하는 성문화는 성의 생식적인 기능을 절대 중시하는 한편, 성 자체를 추한 것으로 보며, 더욱이 쾌락을 위한 성을 죄악시하는 성도덕과 문화를 형성하여왔다.

정상적인 성생활을 부부간에 은밀하게 이루어지는 성교행위로 국한시킴으로써 혼외의 성, 쾌락적인 성, 그리고 공공연하게 노출되는 성행위(노출증)나 성을 염탐하거나 관음하는 행위(관음증)나 자위행위 등은 정상적인 성규범을 이탈하는 행위로 간주하고 있다. 이 밖에 배우자 아닌 이성과 강제로 성교를 갖는 강간도 성일탈에 포함시킨다.

각 사회나 민족마다 결혼풍습과 가족제도가 상이함으로써 성규범 또한 다양하고 차이가 나는 것은 당연하다. 하지만 위에서 언급한 사항들은 상이한 사회와 민족을 뛰어넘는 성일탈의 보편적 사례들이라고 할 수 있다.

그런데 성규범의 기본 원칙을 자세히 들여다보면 남녀 간에 각기 다른 이중규범을 적용시켜왔다는 문제점을 안고 있다. 즉 가부장적 가족제도는 부계혈통과 부권을 토대로 하여 여자를 남자에게 경제적,

성적으로 종속시키는 제도로서 남성의 혈통을 전승시키고 재산을 상속시키는 것이 목적이다. 그리고 이 목적은 부권의 행사, 즉 여성에 대한 남성의 지배와 통제의 권리행사에 의해 실현된다. 이러한 권리행사는 여성에게 혈통의 순수성 보장의 명분하에 정절을 강요하는 반면에 남자에게는 혼외의 성생활의 자유를 허용하는 이중적 성윤리가 적용된다. 즉 축첩, 외도, 간통은 일부일처제란 남성중심적 결혼제도의 모순을 극명하게 보여준다 할 수 있다. 특히 매매음이 가부장사회의 역사만큼이나 오래된 사회제도로 지속되어왔다는 것은 가부장제 결혼제도와 매매음이 동전의 양면처럼 불가분의 관계에 있다는 점을 보여주는 것이다.

가부장제의 이중적 성윤리는 여성을 정절과 윤락의 양극의 범주로 이분화하여 여성으로 하여금 순결=결혼, 윤락=매음이라는 등식의 노예가 되도록 통제하며, 순결의 의무를 이탈한 여성은 윤락의 멍에를 쓰고 성일탈자가 되고 만다. 반면에 남자는 결혼과 매매음의 양 제도를 통해서 여성의 성을 소유하고 통제할 수 있는 특권을 가지게 된다.

남성의 성적 우월주의를 토대로 하는 가부장제의 성문화는 현대 자본주의 사회에서 성의 상품화와 함께 광범위한 성일탈 문화를 파급시키고 있다. 상업적인 성의 대중소비의 증가는 남성 위주의 성향락을 위해 성일탈 제도와 산업화 현상을 확대시키는 동시에, 현대의 남성과 여성을 다 같이 비인격화시키는 성문화를 만연시키고 있다. 성일탈 문화는 왜곡된 성의 개념과 지식을 자연스럽고 정상적인 것으로 주입시킴으로써 특히 청소년 세대의 성문화를 오염시킨다는 점에서 문제가 심각하다. 가령, 사법부의 외설 판결을 받은 마광수의 『즐거운 사라』와 같은 작품은 일탈적이고 왜곡된 성을 자연스럽고 정상적인 것으로 간주함으로써 청소년의 성문화와 가치관 형성에 나쁜 영향을 끼친 한 예라 하겠다.

성일탈은 일반적으로 여자에게 이중 삼중의 피해를 입히는 여성문제라고 할 수 있는데, 그 이유는 성일탈에 대한 사회통제가 남녀에게 선별적으로 이루어지며, 여성에게 책임을 전가시키고, 오명을 부여하기 때문이다. 이러한 성차별적인 사회통제는 이중적 성규범과 남성지배의 권력구조의 반영이면서 동시에 이것들을 강화시켜주는 기능을 담당한다.

따라서 성일탈의 문제는 개인적 사회적으로 엄격하고 투철한 성도덕을 확립함으로써보다는 궁극적으로 성적 민주주의를 실현함으로써 해결될 수 있다고 보는 것이다. 가부장제의 남성의 성적 우월주의를 폐지하고, 여성에게 성에 대한 자기결정권을 부여함으로써 이성간에 인격적인 평등과 자유를 토대로 하는 성관계를 확립할 때에 일탈은 방지될 수 있다.

성적 민주주의에 입각한 새로운 성문화의 창조는 곧 남녀평등적 사회구조 창출의 문제와 직결되어 있다고 할 수 있다.

그런데 사회규범도 출현적이고 변동적인 속성을 지닌다는 점에서 일탈의 규정은 상대적이라는 것을 인정해야 한다. 즉 한 시대에서 일탈적이었던 행위가 그 다음 시대에는 인정을 받게 되기도 한다. 따라서 일탈은 한 사회가 변동에 적응하거나 또는 독창적인 것을 추구하는 방편이 될 수 있으며, 이 점에서 일탈자는 사회의 혁신자일 수도 있다. 마찬가지로 현대사회에서 성규범 역시 변화하고 있으며, 그 변화의 속도는 굉장히 빠르게 진행되고 있음을 우리는 문학작품이나 영화, 또는 매스컴을 통해서 매일매일 숨 가쁘게 확인하고 있다.

우리 시대의 성과 사랑의 풍속도

오늘 아침에 배달된 신문에서 "노랗게 물드는 미국 대학 신문들"이라는 표제하의 박스 기사를 읽었다. '노랗게 물드는'이라는 글귀를 가을이 되어 단풍이 물드는 캠퍼스 풍경으로 오해하면 안 된다. 내용인즉 최근 미국 대학 신문들에는 "솔직 대담"한 내용의 '섹스 칼럼'이 넘쳐나고 있으며, 거의 모든 대학신문이 섹스 칼럼니스트들을 찾고 있다는 보도였다.

최근 우리나라의 일간신문들도 경쟁적으로 성의학 칼럼이라는 코너를 신설하여 비뇨기과나 산부인과 의사가 성을 의학적 관점 또는 건강이라는 관점에서 당당하게 다루고 있는 것을 볼 수 있다. 그리고 그 칼럼들은 성을 금욕하고 절제해야 할 욕망이 아니라 적극적으로 추구해야 할 욕망으로 취급하고 있다. 어디 그뿐인가. 성관계 횟수가 많을수록 건강하다는 기본논조는 상식화된 지 오래다.

우리 사회에서 성은 더 이상 감추고 숨겨야 할 욕망이 아니라 당당하게 노출하고 즐겨야 할 삶의 조건이 되었다. 성의 목적 또한 생식(자녀출산)이 아니라 사랑과 대화 그리고 쾌락으로 자리매김되고 있다. 그야말로 성 억압의 오랜 역사는 끝이 나고, 성의 자유를 마음껏 누릴 수 있는 세상이 된 것이다.

우리 사회의 성풍속의 변화를 가장 첨단적으로 반영하는 것은 영화나 드라마다. 『결혼은 미친 짓이다』라는 원작소설을 영화화한 작품에서 여자 주인공은 조건 좋은 남자와 결혼을 하고 나서 결혼 전에 사귀던 가난한 남자와 주말이 되면 주말부부처럼 생활한다. 이쯤 되면 법적으로 결혼을 한다는 것은 '미친 짓'이 될 수밖에 없는 것이다.

영화 〈바람난 가족〉은 시어머니와 아들 부부가 모두 바람난 상황으로 설정되어 세간에 숱한 화제를 불러일으켰다. 사랑이 부재하는 가족은 언제든지 쉽게 해체될 수 있다는 것을 실감케 해준 영화이다.

요즘 사람들은 나이나 법적 구속력 같은 것에 연연하지 않고 새로운 사랑을 찾아서 떠날 준비를 완료한 상태처럼 보인다. 그 결과 이혼율 세계 3위국이라는 영예(?)를 안게 되었지만……. 자신의 아들이 아니어도 괜찮다며 다시 시작하자고 말하는 남자를 향해 여자가 "당신은 아웃이야!"라고 거침없이 말할 수 있는 시대를 과거에는 상상이나 할 수 있었겠는가?

영화만이 그런 것은 아니다. 성을 다룬 한 신문의 기획기사를 읽은 적이 있다. 중년의 여성들이 토론자로 나와 자신의 성관계 횟수를 만천하에 공개하는 부끄러움을 잃어버린 노출증의 시대를 우리가 살고 있는 것이다. 어디 그뿐인가. 젊은 여성 연예인들이 경쟁적으로 자신의 누드를 찍어 돈을 버는 세상이 되고 보니, 육체자본이라는 말 또한 무색하지 않다.

이제 성담론은 가장 대중의 관심을 끄는 담론으로 떠올랐다. 그런데 그 공개적인 담론의 장에서 다루는 내용은 성관계 횟수, 지속시간, 성감을 높이는 테크닉 같은 것에 집중되어 있다.

성관계도 일종의 인간관계이다. 어떤 조건하에서도 성과 사랑에서 가장 중요한 것은 서로가 원하고 서로에게 만족을 줄 수 있는, 상호허용과 충족의 이상적인 관계이다. 성은 개인중심적인 일방적 욕망이 아니라 반드시 파트너가 필요한 관계적 욕망이다. 때문에 나의 욕망의 충족을 위해서라도 상대방의 욕망에 대한 세심한 배려가 전제되어야 한다. 성관계야말로 정신과 육체가 분리할 수 없이 결합된 가장 섬세하고 친밀한 만남이며, 인간관계이다.

따라서 한 사람은 원하지만 상대방이 원하지 않을 때, 강압적인 폭력에 의해서 이루어지는 성은 성관계가 아니라 강간이다. 이는 부부간에도 동일하게 적용된다. 아직 부부간의 강간을 현행법에서 인정하지 않고 있지만 성적 자기결정권을 침해하여 이루어지는 모든 성관계는 성폭력으로 규정되어야 한다.

호주제의 폐지를 입법예고한 상황에서 남성과 여성은 젠더(gender)의 영역에서 더 이상 차별적인 존재가 아니다. 따라서 섹슈얼리티(sexuality)의 영역에서 여성들은 그동안 억압받은 역사를 보상이라도 받으려는 듯이 더욱 적극성을 발휘할 것이 예상된다.

그렇지만 성은 어느 한쪽에서 일방적으로 원한다고 하여 추구될 수 없는 욕망이다. 따라서 서로가 만족과 행복을 느낄 수 있기 위해서는 파트너와 충분한 대화를 나누고 때로 협상도 해야 한다. 또한 성을 육체적인 것으로만 규정짓는 데서 성의 타락이 일어날 수 있다. 인간의 육체에서 정신을 빼버린다면 아무것도 남지 않으며, 성욕을 관장하는 곳도 성기가 아니라 바로 인간의 뇌이다. 성을 나누는 궁극적 목적도 말초적 쾌락의 충족이 아니라 상호간의 친밀감의 확인이며, 서로에 대한 이해이고, 사랑의 소통이다. 아름답고 만족스런 성은 비아그라를 먹거나 성감을 높이는 테크닉을 익힌다고 하여 얻을 수 없다. 성적 쾌감조차 상대방을 이해하고 만족시키기 위해 끊임없는 노력하고 헌신하는 데서 더욱 증진될 수 있는 것이다.

민족의 대이동과 가족의 위기

　　연어나 무지개송어처럼 인간에게도 회귀성 본능이 있는 것일까? 인구의 절반이 훨씬 넘는 2700만 인구가 대이동을 한 설날을 보내면서 지금 우리에게 가족이란 어떤 의미를 지니는가를 생각해본다.

　　사람들은 가족을 유토피아의 원형으로 칭송하고, 바슐라르는 집을 행복의 공간으로 설정하고 있다. 가족은 사랑의 공동체로서 이해타산, 경쟁, 갈등이 없고 서로 협력하는 인간관계로 이해된다. 또한 약자와 강자, 유능한 자와 무능한 자 사이에 차별이 없고, 능력과 개성을 마음껏 발휘할 수 있는 이상적 공동체로 이해되어왔다. 뿐만 아니라 사회생활과 단절된 영역으로 고립시켜놓고 온갖 말로 미화해왔다. 특히 여성들에게는 그들의 직업 유무와 상관없이 자녀를 돌보고 가사를 처리하며, 가족 구성원의 인성을 개발하고, 그들의 신체적 정서적 욕구를 충족시켜줄 것을 요구해왔다.

그러나 가족에 대한 이상화된 이념에도 불구하고 우리가 실제로 경험하는 가족은 기쁨과 만족과 사랑의 체험만이 아니라 실망, 고독, 좌절, 갈등을 안겨주고, 비인간적 억압과 폭행까지도 가족 내에서 일어나고 있다.

실제로 지난 한 해만 하더라도 보상금을 노려 자식에게 독극물을 먹이고, 보험금을 타기 위해 자식의 손가락을 절단한 아버지가 있었다. 그리고 실직한 가장이 가족과 동반자살한 사건도 몇 건이나 있었다. 가족을 소유물로 생각하는 잘못된 가부장주의와 황금만능주의가 빚어낸 반인륜적 범죄가 다름 아닌 가족 내에서 일어났던 것이다.

설날의 민족 대이동의 물결을 지켜보면 우리의 가족은 외형만이 변했을 뿐 그 내면을 지배하는 규범은 여전히 전통적 가족주의와 가부장제 이데올로기라는 것을 인정하지 않을 수 없다. 왜냐하면 민족 대이동은 결국 남편의 가족을 찾아보기 위한 행렬이기 때문이다. 흩어졌던 가족이 모여서 오순도순 정을 나누고 조상을 기리는 날에 결혼한 여성들은 정작 자신을 낳고 길러준 부모를 찾아보지 못하는 스트레스를 안은 채 남편의 가족과 조상을 위하여 음식을 만들고 제사를 지내느라 늘어난 노동량에 몸살을 앓고 허리 병이 도진다. 왜 아내의 부모를 찾는 날은 없는가 회의하는 여성들에게 설날은 남성들의 명절에 불과할 것이다.

우리 사회에서 가족의 문제는 비단 변화된 가족과 지체에 빠져 있는 가족 이데올로기 사이의 괴리만이 아니다. 가족의 해체와 같은 구체적 위기는 더욱 심각하다. IMF로 경제적 기반이 무너지자 힘없이 해체되는 가족이 얼마나 많아졌는가.

이혼이나 가출과 같은 외적 해체를 비롯하여 가족 구성원이 가족 내에서 사랑과 행복, 공동체적 유대를 느끼지 못하는 내적 정서적 해체는 최근 문학작품의 가장 핵심적인 주제의 하나이다. 조경란의 신작 『가족의 기원』, 은희경의 「아내의 상자」는 가족의 해체를 통해 가족의 의미를 질문하고 있다. 과연 가족은 위기에 처해 있다. 공지영의 『착한 여자』는 이혼과 함께 비혈연적 공동체를 새로운 가족의 대안으로 제시하기도 한다.

"태양이 동쪽에서 계속 떠오르는 한 변하지 않는 게 있다면 사랑과 가족이다"라는 말은 유에스 뉴스 앤드 월드 리포트가 전망한 50년 뒤의 미래상에 대한 결론이다. 하지만 미래에도 계속 가족이 사랑과 행복의 공동체로서 존속하고자 한다면 가족은 더 이상 남편만의 기 살리기, 남성만의 휴식처로 기능해서는 곤란하다. 가족 구성원 모두가 소외되지 않는 행복의 공간이 되기 위해선 현재 가족에 작용하고 있는 이데올로기와 고정된 역할의식은 변화해야 한다. 결론적으로 가부장적 가족주의의 강화는 가족 해체의 대안이 될 수 없다. 평등의 원리에 기반한 가족의 신규범을 창출해야만 현재 여섯 쌍 가운데 한 쌍이 이혼한다는 가족해체의 위기는 극복될 수 있다. 그 새로운 규범은 여성도 남성과 똑같은 인격과 욕구를 가진 존재라는 기초 위에서 이루어져야 한다. 얼마 전 가족의 해체를 주제로 한 국제세미

나에서 일본인 교수는 "더 이상 일본에 홈드라마는 없다. 가족의 해체를 막고자 한다면 남성이 변화해야 한다."라고 간단히 결론을 내렸다. 이 말은 가족 해체의 위기에 직면한 우리 사회에도 그대로 적용되는 처방일 것이다.

제10장

공연장을 찾아서

무용과 문학의 길트기
신성의 타락이 성적 타락으로
신세대 무용가의 창작세계
관록을 과시한 안정된 무대
시민들이 함께 만든 달맞이언덕축제

무용과 문학의 길트기

1980년대 이후 1990년대의 학문과 예술영역에서 가장 빈번하게 거론되는 것이 포스트모더니즘이다. 프레더릭 제임슨(Fredric Jameson)이 후기산업사회의 문화논리를 포스트모더니즘으로 규정한 바 있듯이 우리 사회가 20세기 후반에 접어들면서 부분적으로 후기산업사회적 사회로 바뀌고 있는 탓인지도 모른다. 20세기 후반 이후의 문화적 징후를 포스트모더니즘으로 규정지을 때, 요즘 예술계에서 일고 있는 탈장르 내지 장르 간의 길트기 현상은 매우 자연스럽게 포스토모더니즘 시대의 예술적 특징을 반영하는 것이라고 해석할 수 있다.

이사도라 덩컨(Isadora Duncan) 이후의 모던댄스의 전통에 고별을 고하며, 포스트모던 댄스의 새로운 장을 연 머스 커닝햄(Merce Cunningham)은 무용공연에서 특정의 메시지를 얻기 위해 그 표현요소를 서로 합치게 하는 것이 아니라 시각, 청각, 역학적으로 다양한 경험을 제공하여 관객이 자유롭게 해석, 취사선택하거나 또는 단순히 받아들이도록 하는 데 관심을 기울였다. 커닝햄의 혁신적 춤은 그의 친구이자 동료였던 음악가 존 케이지(John Cage)의 전위음악의 새로움에 흔히 비교된다. 포스트모던 계열의 안무자들은 새로운 음악, 영화, 시각예술, 시, 연극 속에서 공연태도와 구조를 발견해내고, 특히 해프닝, 이벤트 플럭서스에서 예술형식 간의 경계가 모호하고, 창작과정에서 새로운 형식들을 풍부하게 개발해냈다.

사실 무용과 문학 내지 타예술과의 만남은 포스토모던 댄스에서 새삼스럽게 돌출된 새로운 요소가 아니고, 발생론적 기원으로 거슬러 올라가야 한다. 즉 몰턴(R. G. Moulton)은 『문학의 근대적 연구』에서

> 문학형태의 근본적 요소는 발라드 댄스이다. 이것은 운문과 음악의 반주와 무용의 결합인 것이다. 문학이 처음 자연발생적으로 나타나는 경우에는 이러한 형태를 취한다.

라고 문학의 기원에 관한 주장을 폈듯이 예술과 문학이 발라드 댄스(Ballad Dance)에서 발생했다는 학설은 여러 발생기원설 가운데서 가장 유력한 주장으로 설득력을 얻고 있다.

우리나라 상고시대 부여의 영고(迎鼓), 예의 무천(舞天), 고구려의 동명(東明), 그리고 삼한의 제천의식도 발라드 댄스였다. 문학의 기원이 원시종합예술의 형태인 발라드 댄스에서 비롯되었다는 학설에서 보듯이 아득한 상고시대엔 문학과 무용과 음악은 분리되지 않고 통합

된 형태로 존재하였다. 그러다가 서로 분화된 길을 너무 오래 가다가 보니 이제 다시 길트기를 해보자는 의식적 시도가 이루어지는 것이라고 할 수 있다. 하지만 문학과 음악은 노랫말로 서로 소통하고 있고, 무용은 이미 문학, 음악, 연극, 미술, 영화까지도 적극적으로 수용하여 종합적인 공연예술로서 발전해나가고 있다 할 것이다. 아니 대본이 없는 무용, 음악이 없는 무용, 무대미술이 없는 무용, 조명이 없는 무용은 생각할 수조차 없는 종합예술이 무용이다.

문학과 무용의 길트기에서 가장 평범하게는 기성의 문학작품이 무용으로 작품화되는 경우로부터 무용을 위해서 일부러 쓴 시나 문학작품이 있을 수 있으며, 문학작품으로부터 무용의 영감을 얻거나 주제에 대한 암시를 얻어 작품이 탄생되는 경우도 있을 것이다. 또는 그 역도 성립 가능하다. 인구에 회자되는 "얇은 사 하이얀 고깔은/고이 접어서 나빌레라//파르라니 깎은 머리./박사고깔에 감추오고,//두 볼에 흐르는 빛이/정작으로 고와서 서러워라."라는 조지훈의 「승무」는 무용으로부터 시상을 얻어 작품을 쓴 경우가 될 것이다.

리처즈(I.A.Richards)가 말했듯이 문학의 언어는, 특히 시의 언어는 과학적 언어가 지닌 의미 전달의 사명에 한정되지 않고, 정서적 환기에 목적을 둔다. 따라서 사전적 지시적 기능인 외연(denotation)보다는 시적 함축적 의미인 내포(conotation)를 중시하고, 언어가 지닌 상징성이라든가 운율, 뉘앙스 등이 보다 중요시된다.

시어가 갖는 또 하나의 특징은 엠프슨(W. Empson)이 주장한 애매성(ambiguity)을 들 수 있는데, 애매성이란 언어에 있어서의 다의성, 모호성으로도 해석된다. 이는 하나 이상의 여러 의미로 생각할 수 있는 단어, 비유법 등의 특징을 표현하기 위한 용어다. 시는 압축된 언어경영으로 정제된 형식미와 상징미를 나타내므로 고도한 응축과 함축으로 암시된다. 따라서 한정된 의미의 전달을 넘어서 단어의 핵심적 의미에 풍부하고도 다양한 암시성을 더하기도 하고, 둘 이상의 의미를 모두 수용할 수 있는 함축성을 가진다. 일상언어는 명확한 의미를 전달하는 데 목적이 있지만 시에서는 의미적 명확성이 오히려 단점으로 작용하며, 의미적 애매성이 장점으로 기능한다는 것이다. 즉 시는 애매성을 통하여 정서적 깊이와 의미 해석과 감동의 다중성과 다양성의 효과를 거둘 수 있다는 것이다.

또한 현대시는 메타언어(meta language)를 동원하는데, 메타언어란 어떤 사물을 지시하고자 했을 때 밖으로 드러나는 의미를 버리고 감추어진 의미, 초월적 의미나 배후에 가려진 언어의 초월적 기능, 비의적 기능을 의미한다. 메타언어는 암시적이고 상징적인 것을 특성으로 하며, 암시와 상징은 축어적 의미에서 보면 본래의 의미를 초월한 것이 된다. 결국 시에서는 메타언어를 사용함으로써 고정관념에서 일탈할 수 있고, 자유로움에 의해서 사물을 재구성하고 재배치한다. 또 모든 사물을 영적 존재로 변용해낼 수 있는 현대시의 언어기능을 담당하게 되는 것이다.

시의 언어가 지니는 이러한 언어적 특질은 무용에도, 즉 작품 형상화 과정에서의 무용언어에도 그대로 적용할 수 있다고 본다. 예술적 형상화가 제대로 이루어진 무용작품이라면 당연히 무용언어에서 시적 언어가 지닌 특성을 적극적으로 수용했을 것으로 생각된다. 비교적 짧게 안무된 춤에서 위와 같은 시적 언어의 특징을 잘 활용한다면 짧은 시간에도 관객으로 하여금 깊은 감동을 체험케 할 수 있을 것이다.

즉 문학이나 무용은 오성이나 이성에 호소하는 자연과학이나 사회과학과는 달리 인간의 감정에 호소하는 것이며, 인간의 감정은 일반적 법칙이나 규범으로 재단할 수 있는 객관적 보편성보다는 주관적 보편성과 공감에 호소한다는 특징을 지니고 있다.

일반적으로 서정시는 주관적 체험에 의한 정서적 사물의 해석으로 표현된다. 주관적 감정과 정서를 직정적으로 표현했다고 해서 시가 되는 것은 아니며, 정서의 객관화를 통해 정서를 물화(物化)시켜야 한다. 일찍이 T.S. 엘리엇이 "시는 정서의 해방이 아니라 정서로부터의 도피다"라고 했듯이 한 편의 시는 정서적 몰입이나 정서적 동일시가 아니라 사물로부터 환기되는 정서를 유리시키고 객관화시켜 사물화함으로써 구체적 표현을 획득할 수 있을 것이다. 이때 정서의 객관화란 정서의 감각화를 의미하며, 정서의 물화(사물화)란 바로 이미지화를 의미한다. 정서의 물화, 감각화란 달리 표현해서 정서마저도 이미지로 대체하는 시적 기법을 의미한다. 이미지는 감각적 체험에 의해 형성된 일종의 사물로 그린 그림이다. 현대시는 이미지를 표현 본질로 하고 있고, 또 이미지의 결구력에 의존되고 있다. 현대시는 특히 시각적 회화, 시각적 이미지를 중시한다. 관념이나 정서를 추상적으로 전달하는 것이 아니라 사물로 바꾸어 보여주는 시가 현대시다.

물론 현대시는 시각 이미지, 청각 이미지, 미각 이미지, 후각 이미

지, 근육감각 이미지, 촉각 이미지, 색채 이미지, 역동적 이미지, 정
태적 이미지들과 이 이미지를 둘 이상 결합한 복합적 공감각적 이미
지를 통해 정서를 환기하고 있지만 그 중심은 역시 시각적 이미지다.
현대시의 이미지, 특히 시각적 이미지화는 무용에 시사하는 바가 크
다고 하지 않을 수 없다. 이 밖에 아이러니, 메타포(metaphor), 상징
(symbol)의 기법도 무용기법에 응용한다면 무용을 더욱 풍부하게 만들
어줄 것임에 분명하다.

그리고 비교적 긴 장편의 춤에서 소설과 같은 서사적 이야기 요소
의 수용은 이미 일반화된 것이다. 장편의 무용은 구성상 이야기를 도
입함으로써 긴 시간의 전개가 가능하고, 동시에 관객의 흥미와 이해
를 도울 수 있다고 본다. 우리가 잘 알고 있는 〈백조의 호수〉는 이미
잘 알려진 이야기 〈백조의 호수〉를 대본으로 하여 무용화되었다.

문학에서 희곡은 무대 상연을 목표로 한다는 점에서, 무용과 가장
가까울 수 있다. 희곡은 시나 소설이 많은 부분 의존하고 있는 인물,
장소, 소리, 경치, 냄새 등의 묘사를 직접 할 수 없으며, 오직 인물의
행동과 대사를 통해서만 이루어진다는 점에서 행동의 압축성, 상징
성, 이미지, 메타포가 극대화되어야 하는데, 무용은 여기에서 더 나아
가 대사까지를 배제한 채 완전한 행동에만 의존해야 하며, 인간의 내
면까지도 철저히 육체언어에 의해 표현해야 하기 때문에 더 더욱이
춤동작의 압축성, 상징성, 이미지, 메타포가 요청된다.

무용극뿐만 아니라 장편의 무용에서 관객의 관심을 집중시키고, 긴
장된 분위기를 연출하기 위해서는 극적 상황이 필요해진다. 그것은

장이나 막과 같은 구조상의 문제만이 아니라 캐릭터나 상황의 극적 분규와 갈등을 통한 극적 긴장감의 고조, 위기 중의 위기, 기대하지 못한 전개, 감정의 불꽃 등 드라마틱한 상황을 중심으로 한 전개에서 희곡의 극적 요소를 적극 차용해야 할 것이다.

그리고 희곡과 같은 극양식에서만이 아니라 소설 같은 서사양식에서도 공통적인 요소는 구성이다. 구성은 극적 긴장과 서스펜스를 일으키는 구조여야 하는데, 이를 위해서는 단순히 줄거리의 부분과 부분, 사건과 사건을 배열하는 평면적 차원을 떠나 일련의 사건이 인과관계에 의해 조직되고 그 조직 상호간에는 유기적인 통일성을 지녀야 함을 원칙으로 하고 있다. 즉 플롯(plot)의 인과관계, 논리적으로 엄격하게 통제되는 구성은 장편 무용이 계속적 긴장감을 유지하고 전개되기 위해서는 반드시 수용해야 할 부분일 것이다. 긴장과 위기를 고조시키는 극적 구성은 갈등을 보다 복잡화하고, 그것을 해결하려는 노력을 조직화함으로써 결국 인생을 그만큼 복잡하고, 심층적으로 해석하고자 하는 안무자의 깊이 있는 인생관과 관련된다. 플롯의 유형인 단순구성, 복잡구성, 피카레스크구성, 액자형 구성 등을 통해서도 안무자의 의도와 작품의 주제를 표출할 수 있으므로 이를 응용함으로써 안무기법을 확대할 수 있을 것이다.

1차 대전 이후 전통적 가치와 윤리관이 무너지고, 기성에 대한 파괴와 전통적 예술과 개념을 부정하는 데서 나온 부조리극의 인물 성격의 모호성, 작품의 부조리성, 비정상적 잠재의식을 통해 새롭게 현실을 발견하려는 기법은 무용에 시사하는 바가 크다고 하겠다. 최근 서사극(epic drama)이 내세우는 객관적 거리감에서 사물을 보고 사물의 새로운 의미관계나 새로운 원근법에 집어넣는 '소외효과(소격효과)' 등도 무용에서 잘 응용할 수 있는 기법이 아닌가 한다.

아무튼 새로운 무용을 만들기 위해서는 주변의 예술영역과 길을 트고, 벽을 허무는 전향적 자세로 많은 것을 배우고 빌려와야 한다. 문학은 타 예술에 비해서 비교적 이론이 풍부한 분야이다. 새로운 춤을 만들기 위해서 끊임없이 문학작품을 읽는 소박한 노력으로부터, 문학의 이론과 기법을 적극적으로 응용함으로써 소기의 성과를 충분히 거둘 수 있으리라 생각한다.

신성의 타락이 성적 타락으로

〈해바라기〉는 극단 '열린무대'가 장정일 시리즈 2탄으로 무대에 올리는 장정일의 최신작 창작희곡이다. 극단 열린무대는 지난해에 장정일의 희곡 〈실크커튼은 말한다〉, 〈어머니〉 등 세 작품을 무대화하여 흥행에 성공한 바 있다. 이번 무대는 그들의 장정일 해석에 대한 자신감과 성공의 연장선상에서 이루어진다.

열린무대의 장정일 해석은 장정일의 세상에 대한 냉소적 태도를 페이소스로 재해석함으로써 장정일의 작품이 줄 수 있는 대중적 혐오감을 희석시켜버리는 긍정적 효과를 낸다. 다 알다시피 장정일의 작품은 일반인의 성적 정서에 반하는 음란성으로 인해 보수적 법률의 처벌을 받은 바 있다. 그만큼 그의 작품에서 성적 이미지는 지배적 이미지로 등장한다. 그렇지만 그의 작품은 리얼리즘 극이 아니기 때문에 해석상에는 많은 주의를 요한다.

장정일은 〈해바라기〉의 '작가의 말'에서 "신성의 타락이 성적 타락으로 나타나고 있는 오늘의 세태"를 나타내었다고 스스로 고백하고 있다. 그에게 있어 성적 이미지는 신성의 타락을 나타내기 위한 예술적 은유이다. 타락된 것은 성이 아니라 성으로 은유된 세계의 타락이다. 인간관계의 타락, 자본의 예술에 대한 지배, 나아가 창조적 정신의 최후의 수호자이어야 할 작가마저 타락되는 세계의 총체적 타락에 대한 모멸을 성적 타락이란 장치를 통해서 보여준 것으로 해석할 수 있는 것이다.

작가의 세계에 대한 모멸감의 극치는 작중의 주인공 '김인'을 통해서 극명하게 드러난다. 김인은 헨리 밀러의 포르노를 각색해야 하는 자본의 현실로부터 자유롭고자 하며, 각색자가 아닌 창작자로서 자신의 희곡을 쓰기를 갈망한다. 그의 창작희곡 〈해바라기〉는 대단원에서 완성되며, 이를 위해 그는 자신의 손가락까지 잘라버리는 자학과 수많은 여성들과의 난교, 삼녀에 대한 강간, 방화, 살인, 사체유기, 치매에 걸린 어머니를 유기하는 파렴치한 행위를 반복한다.

하지만 제작자 오유희는 김인을 조종하며, 돈으로 또는 정신적으로마저 그 위에 군림한다. 김인이 각색희곡이 아닌 자신의 창작희곡을 쓰게 되는 결말은 제작자 오유희의 고도로 계산된 의도인 것이다. 치열한 자기갈등과 자유정신에 의해 창작된 희곡이 고도로 계산된 자본의 의도라는 대단원의 아이러니는 오늘의 세태에 대한 작가의 냉소적 태도와 자기모멸을 단적으로 표현한다. 작가도 그 누구도 추악한 현실로부터 자유로울 수 없다는 세계의 총체적 타락에 대한 작가적 절망의 표현이다. 따라서 창작희곡 〈해바라기〉는 순수한 창조정신의 산물이 아니라 어찌 보면 악에서 피어난 악의 꽃이다.

그런데 장정일의 작품을 페미니즘 담론에서 재해석할 때, 여성을 끝없이 대상화하고 도구화하는 남성중심성을 지적하지 않을 수 없다. 〈해바라기〉에 등장하는 여자들은 여기자든 출판사 여직원이든 소녀 팬이든 한결같이 모두 성적으로 타락한 여성들이며, 김인의 성적 대상에 불과하다. 성적 대상이란 점에서는 유일하게 순결한 여성으로 등장하는 이웃집의 삼녀라고 해서 이로부터 자유로울 수 없다. 그녀의 순결은 성폭력의 희생물로서의 제의적 의미를 부가시킬 뿐이다. 타락한 여성이든 순결한 여성이든 그녀들은 모두 김인의 절망과 희망의 제전에 바쳐지는 희생양이다. 그리고 이러한 희생 위에서 〈해바라기〉는 꽃피워질 수 있었다. 장정일의 남성중심적 의식은 그의 모든 작품에서 일관되게 나타난다. 장정일이 남성중심적 의식의 한계를 극복할 수 있다면 그의 작품세계는 진정한 해방과 자유정신으로 더욱 심화될 수 있을 것이다.

신세대 무용가의 창작세계

경성대학교 무용학과와 이화여자대학교 대학원에서, 그리고 부산의 한국무용단체인 '춤패 배김새'를 통해 오랫동안 무용적 기량을 닦아온 무용가 신은주의 첫 번째 개인 춤판(1998.6.1)이 부산문화회관 중강당에서 열렸다.

신은주는 그간 춤패 배김새를 통해서 1988년 부산 KBS 대상 수상, 제5회 부산무용제 대상 수상(95), 제6회 전국무용제 장려상 수상 등 화려한 수상경력을 가진 무용가이자 안무가로서 1986년부터 꾸준히 쌓아온 무용적 역량을 이번 공연을 통해서 유감없이 발휘하였다.

이번 공연에는 모두 세 작품을 올렸는데, 야마다 세스코 안무의 초연 작품을 신은주가 재구성하여 다시 무대에 올린 〈속도의 꽃〉, 김매자 안무의 〈춤본 Ⅱ〉, 그리고 신은주 자신이 안무하고 출연한 〈상(像)〉이 그것이다. 세 작품은 서로 다른 분위기의 작품들로서 이번 공연은 신은주의 다양한 무용적 가능성을 확인케 해준 자리였다고 할 수 있다.

먼저 〈속도의 꽃〉은 1997년에 초연됐던 작품으로, 신은주는 1997년 일본의 부토 무용가 야마다 세스코의 춤에 참가함으로써 국경을 넘어서는 새로운 춤 세계를 펼칠 수 있는 운명적인 만남이 이루어진다. 일본 현대춤의 대표주자인 야마다 세스코는 몸에 의한 표현의 새로운 방법을 모색하여 육체적 훈련보다는 정신의 수련에, 육체로 표현되는 내면적 동기에 더 큰 관심을 기울인다. 〈속도의 꽃〉은 야마다 세스코의 그와 같은 무용적 정신과 기법이 한국춤과 만남으로써 새로운 무용언어로 꽃피워진 뜻있는 자리였다. 신은주 등 모두 여섯 명의 무용수가 출연한 〈속도의 꽃〉은 과거 현재 미래로 분리되며 연속되는 시간과 속도감을 아름답고 편안하게 표현해내고 있다. 즉 과거 현재 미래로 3분절된 무대공간의 처리를 통해서 시간적 연속성과 불연속성을 상징적으로 표현해내고 있다. 야마다 세스코는 육체로 표현되는 내면적 동기와 정신수련을 중요시하는 만큼 안무자는 작품의 전체적 틀만 제시하고, 각기 무용수들은 그 자신이 내면에서부터 느끼는 시간의식을 마음껏 표출해내게 된다. 먼저 신은주가 맡은 과거는 흰색 빛깔의 의상과 먼 곳을 응시하는 듯한 정지된 동작과 정적인 움직임을 보여준다. 그 주위를 현재를 표상하는 두 명의 무용수가 붉은빛과 브라운 톤의 의상을 입고 맴돌고 있다. 흰색과 붉은색의 색채 이미지의 대비는 과거와 현재라는 시간의식의 대비로 읽혀지며, 과거가 비교적 정적인 움직임을 보여주는 데 비하여 현재가 보다 빠르고 생동감 있는 동작을 통하여 시간적 변별성을 나타낸다. 다시 무대는 더 화려한 의상의 네 명의 무용수가 미래로 표상되는 현란한 속도감을 펼치는데, 과거 현재 미래는 순차적 선형적으로 전개되기보다는 비선형적으로 조우하고 분산함으로써 삶의 불연속성을 시간의식을 통해 적절히 표현하고 있다. 〈속도의 꽃〉은 아름다우면서도 편안하고 그리고 사색적 여백까지도 느껴지는 그윽한 춤판이었다.

김매자 안무의 〈춤본 II〉는 한국무용가로서 신은주의 한국무용의 기본에 대한 철저성을 보여준 자리였다. 〈춤본 II〉를 통해서 김매자는 한국춤의 한 전형성을 제시하고 있다. 즉 승무, 산조, 살풀이 등을 통해서 불교의식의 제의성, 민속춤의 자유로움, 무속춤의 주술성을 아우르는 한국춤의 근원을 찾아가는 것이 김매자의 안무의도라면, 단아하면서도 역동적인 자유로움을 한껏 발산하고 있는 신은주의 춤은 김매자가 의도했던 입신의 경지에 도달하고자 하는 춤추는 자로서의 이니시에이션 스토리(initiation story)를 충분히 소화해냈다고 할 수 있다. 다양한 현대춤의 기법 속에서 자칫 매몰되고 자기상실을 할지도 모를 한국춤의 맥을 이어나가고자 '춤본'을 통해 정통성을 고집스럽게 추구하는 김매자의 안무의도를 신은주는 한국춤의 정통기법을 충분히 익히고 소화함으로써 적절히 형상화했다고 생각된다.

세 번째 작품 〈상〉은 모두 열두 명의 남녀 무용수가 출연한 대형무대였다. 특히 여섯 개의 묶여진 인간상(또는 염한 시체로 보이는)이 공중에 매달려 있는 것은 안무자의 복잡한 의식세계를 짐작케 해주었다. 즉 묶여진 인간상은 바로 묶여진, 즉 부자유한 인간존재를 표현하고자 하는 안무자의 의도로 비춰지기도 했고, 나아가 염한 시체는 현재의 삶의 시간성을 벗어나는 죽음의 시공간을 암시하는 얼굴을 느끼게도 해주었다. 죽은 자가 아무런 움직임이 없이 내려다보는 삶의 세계는 애소하듯 갈등과 고뇌에 찬 모습으로 펼쳐진다. 삶과 죽음의 다차원적인 복잡한 시공간은 안무자가 시가의 제사를 통해서 느끼는 복잡하고도 갈등 어린 강박관념을 은유하고 있다. 그것은 가부장 문화 속에서 한국여인이 느껴야 하는 국외자로서의 소외감이며, 한(恨)의 얼굴이기도 하다. 치마를 둘러쓴 채 현실을 외면하고 싶은 심정, 한국여인에게 덧씌워진 운명이 너무 버거워 숨 가쁜 흐느낌을 토해내는 음향효과, 뭔가를 안타깝게 찾는 듯한 여인들의 포즈, 운명에 순응하면서도 반란을 꿈꾸는 여인은 제사상의 향불처럼 천천히 조금씩 현재의 억압적 분위기를 벗어나 정신적 자유로움을 추구하고자 한다. 한국여인이 전형적으로 겪는 내면적 고뇌와 갈등을 한국춤의 춤사위를 통해서 창작적 세계로 형상화해낸 〈상〉은 주제의식과 춤사위가 적절히 조화를 이룬 무대였고, 신은주의 안무가로서의 창작적 역량이 충분히 확인된 자리였다.

이번 신은주의 첫 번째 개인 춤 공연은 춤추는 무용가로서만이 아니라 안무가로서의 작품성과 작가적 가능성을 인정받은 무대였다. 그리고 한국무용가 김매자가 중견무용가 최은희를 거쳐 최은희와 그 자신의 제자이기도 한 신은주로 3세대의 계보를 구축해갔음을 확인케 해준 자리였다. 신은주의 춤은 전체적으로 아름답고 단아하면서도 너무 무겁지 않은 경쾌함을 통해서 신세대적 감각을 기존 춤사위와 조화시키는 개성을 드러냈다고 생각한다.

관록 과시한 안정된 무대

 1995년 6월 21일 하오 8시에 부산문화회관 대강당에서는 뜻있는 무용공연이 개최되었다. 부산시립무용단이 새로운 수석안무자 이노연을 맞아 그의 안무가로서의 기량을 부산의 무용 애호가에게 처음 선보이는 자리였다. 〈나눔의 춤 50년〉이란 타이틀의 1시간 15분간 공연된 대작은 부산대 채희완 교수와 극단 자갈치의 황해순 씨의 대본, 부산예술학교 황두진 씨의 연출, 그리고 무대미술에 정진윤, 작곡 편집에 박일훈, 하경희를 비롯한 종합예술의 한마당이었다. 특히 문화회관 대강당의 대형 무대와 수십 명에 달하는 시립무용단 단원들의 잘 닦여진 춤 솜씨가 안무자의 안정된 안무와 조화를 이루어 다이나믹한 감동을 불러일으켰다.

 모두 3막 5장으로 구성된 이 작품은 안무자의 "광복 반세기를 맞이하여 그 쓰라린 과거 속에 희생된 넋들을 위무하고 영혼을 천도하여 민족적 아픔을 달래는 죽은 자, 살아 있는 자 모두에게 새로운 생명의 기운을 불어넣어 참 생명의 바다로 나아가는 새로운 출발을 기원하는" 작품 의도가 "전통적 불교의식무용작법을 현대적으로 재창조"하는 기법적 특징과 함께 적절히 조화를 이룬 무대였다고 할 수 있다.

불교의식무용이란 부처님의 설법을 어떤 형상으로 지어 드러내는 불교적 춤이다. 이번 작품에선 주로 나비춤과 법고춤의 춤사위가 불가의 사물인 범종, 법고, 목어, 운판 등의 음향과 어울려서 불교적 이미지를 짙게 연출해냈다.

제1막의 객석에까지 번진 자욱한 안개는 미명에 빠진 사바세계, 즉 우리 현대사의 어두움과 아픔을 적절히 표현했다. 또한 깊은 미명에 잠긴 영혼을 일깨우는 듯한 범종의 장중한 음향은 안개와 어우러져 처음부터 관객을 환상적인 분위기에 사로잡히게 만들었다. 무대 뒤쪽에 별도로 설치된 단을 통하여 무용수들이 등장함으로써 거친 파도와 같은 광복 50년을 맞은 현대사의 격랑이 입체적 무대구성을 통하여 상징적으로 표현되었고, 무대 후면의 벽에 슬라이드로 연출된 균열상역시 시대의 아픔을 미술적 장치를 통하여 적절히 표현해냈다. 제2막에서 주연 이윤혜는 부산시립무용단에서 10년이 넘도록 훈련을 쌓은 빼어난 기량을 법고, 목어, 운판의 음악효과와 더불어서 역동적으로 펼쳐보였다. 한 여인의 엎드려 절하고 일어서는 내면의 아픔과 흔들림은 개인적인 것이 아니라 민족사의 격랑이며, 무대 후면의 녹색과 적색이 혼합된 슬라이드의 색조는 한 여인이 겪는 내면의 유혹과 갈등을 색채 이미지를 통하여 상징적으로 표현해냈다.

제3막의 아침예불소리에 이르기까지 이번 안무의 주요한 특징의 하나는 손동작의 다양한 표현이라고 할 수 있다. 장면구성에서 제시되었다시피 '격랑의 손금', '할머니의 터진 손등', '매듭진 손마디', '부르짖는 손길', '가리키는 손'에 이르기까지 여인의 거친 손은 바로 우리 민족사의 거친 흐름을 상징한다.

이번 공연에서 가장 특징적인 점은 무대미술이 아닌가 한다. 제1막의 균열상을 비롯하여 제2막의 자연과 산사의 분위기를 연출한 공중에 매달린 형상물들, 제3막의 우주의 별들과 같은 원형의 형상은 우주적 이미지를 창조하면서 원형이 추구하는 이상과 평화 그리고 화해의 미래를 암시했다고 생각한다. 제1막의 균열상이 제3막의 원형으로 변화되는 과정은 아픔과 불행과 갈등을 넘어서서 기쁨과 밝음과 통합의 미래, 격랑 너머의 평화와 화해로운 세계에 대한 비전을 상징했다고 할 수 있다. 무대미술이 단순한 소도구에 그치지 않고 종합예술로서의 무용예술에 긍정적으로 기여한 예라고 하지 않을 수 없다.

전체적으로 볼 때 수십 명의 무용수들은 길지 않은 연습 시간에도 불구하고 새로운 안무자의 의도를 통일감 있게 충분히 표현해냈다. 안무자 역시 부산무대에 처음 선보인다는 불안감이나 초조감이 전혀 느껴지지 않는 관록을 과시하며 매우 침착하고 안정적인 태도로 성공적인 무대를 선보였다.

다만 지적하고 싶은 한두 가지 문제점은 제2막에서 운판의 찢어지는 듯한 금속성의 파열음이 너무 높은 톤으로 지나치게 길게 사용됨으로써 청각적인 거부감을 불러일으켰다는 점이다. 또한 안무자의 절제된 표현주의는 안정감 있는 무대구성이라는 장점과 함께 3막의 긴 작품에서 극적 변화를 추구하지 못함으로써 다소 지루함을 안겨주지 않았나 생각된다. 이 지루함은 이 작품이 장편임에도 불구하고 내러 티브(서사)가 없이 순수하게 신체언어를 통한 이미지 창출을 목표로 했다는 점에서도 기인한다고 할 수 있다.

앞으로 시립무용단이 새로운 안무자를 맞아 부산의 무용예술을 한 단계 성숙시킬 수 있으리라 확신하며, 부산의 무용 애호가들의 기대 에 이번 공연은 충분한 신뢰를 심어주었다고 생각한다.

시민들이 함께 만든 달맞이언덕축제

달맞이언덕을 눈부신 황홀함으로 빛나게 하던 벚꽃은 봄바람에 어지럽게 흩날리고, 4월 3일부터 6일까지 나흘 동안 '달맞이어울마당'과 '추리문학관' '로데오 아울렛 상설무대' 등지에서 열린 '제6회 달맞이언덕축제'는 끝났다. 우리는 이 나흘 동안 사색과 지성의 오솔길을 걸었고, 문화의 향기에 흠뻑 젖어들었으며, 축제의 신명에 들떠 있었다.

만개한 벚꽃 어우러진 문화의 향기

문화예술인들의 모임인 '해운대포럼'(회장 신옥진)에서 주관하는 '달맞이언덕축제'는 그동안 여름에 개최되어왔다. 그런데 올해는 달맞이언덕에 개장한 '달맞이어울마당'의 준공식에 발맞추어 개최 시기를 봄으로 앞당겼다. 때마침 벚꽃은 그들만의 축제를 벌이는 양 눈부신 빛깔로 아름다움을 뽐내고, 해운대 앞바다는 봄 물결이 너울너울, 달콤한 봄바람은 살랑살랑 사람들을 달맞이언덕으로 유혹한다. 거기에다 사색과 지성과 종합예술이 어우러지는 '달맞이언덕축제'까지 열리고 있으니 어찌 달맞이언덕을 찾지 않을 수 있는가.

이번 축제 운영위원장인 이민재 씨는 "달맞이언덕을 지키고 그 가치를 널리 알리기 위해 1년에 한 번씩 축제를 열게 되었다"라고 축제 개최 동기를 밝히고 있다. 해운대포럼의 신옥진 회장은 "난개발에 몸살을 앓고 있는 달맞이언덕의 아름다운 풍광을 보존하고 알리기 위해서는 이곳에 문화적인 가치를 심는 일 외에는 대안이 없다"라며, "축제는 점차 파편화되고 고독한 군중이 되어 가는 현대인들에게 소통의 장이 될 수 있다"라고 그 의의를 강조한다.

소설가 · 화가 · 교수 · 도예가 · 달맞이언덕에 업소를 가진 사업가 등으로 구성된 해운대포럼 회원들은 달맞이언덕이 파리의 몽마르트 언덕보다도 더 아름답다는 자부심을 갖고, 문화가 출렁이는 언덕으로 가꾸고자 앞장서 왔다. 회원들을 소개하면, 먼저 회장인 신옥진 씨는 공간화랑 대표이자 서양화가이다. 전 회장인 김성종 씨는 『여명의 눈동자』란 작품으로 알려진 소설가이다. 이 밖에 서양화가 강선보, 도예가 이수백, 부경대 교수 송명희, 열린화랑 대표 김재선, 동보서적 사장 김두익, 마린갤러리 대표 김연기, 달맞이집 회장 최정식, 언덕위의 집 사장 최정화 등이 있다.

'달맞이언덕축제'는 첫 해(1998년)에는 23일 동안 열렸는데, 점차 기간을 축소해오다 올해는 4일간 행사를 가졌다. 회원들의 열정은 한 달 내내 열어도 될 만하지만 영세한 민간단체에서 주관하는 행사인 만큼 긴 기간을 감당할 경제적 여력이 없는 탓이다. 회원들은 문화관광부 같은 곳에서 예산 지원이 있기를 고대하고 있다.

현재 달맞이언덕에는 '추리문학관'을 비롯하여 '동백아트센터' '열린화랑' '마린갤러리' 등 13개의 화랑이 문을 열고 있어 달맞이언덕이 명실공히 부산의 대표적인 화랑가로 형성됐고, 언덕에 자리 잡은 유럽풍의 카페들도 바다를 바라볼 수 있는 아름다운 풍광 속에서 라이브 공연을 직접 즐길 수 있는 차별화된 전략으로 고객을 맞고 있다.

이번 축제에는 상가번영회(회장 차성철)에서 조직위원회를 구성해서 적극 참여했고, 해운대구청(구청장 허옥경)은 야외공연장 '달맞이어울마당'을 때맞춰 개장하여 야외공연이 원활히 이루어질 수 있도록 협조했다. 달맞이언덕을 문화가 출렁이는 언덕, 환경이 살아 숨 쉬는 언덕으로 만들자는 숭고한 취지에 문화예술인, 상가, 관청이 따로 있을 수 없다. 이 모두가 한마음 한 뜻으로 축제를 만들어간 것이 이번 축제의 가장 큰 보람의 하나라고 할 수 있다.

주제가 있는 사색과 지성의 향연

'달맞이언덕축제'의 특징 가운데 하나는 축제의 주제가 있다는 것이다. 올해의 주제는 '사색의 오솔길을 걷자'였다. 추리문학관 김성종 관장(해운대포럼 고문)은 이 주제에 대해서 "사색의 시간을 포기한 현대인은 마치 날기를 포기한, 날개 잃은 새나 같다. 우리에게 사색이 없을 때 우리는 거칠고 천박한 사회를 만날 수밖에 없다"라고 말한다.

최근 몇 해 동안의 주제를 살펴보면 '달맞이언덕축제'가 무엇을 지향해왔는가를 알 수 있다. '책을 읽자'(2002), '초록의 길을 찾아서'(2001), '느림의 미학을 위하여'(2000)……. 우리는 이들 주제에서 '달맞이언덕축제'가 단순히 흥청거리는 한판의 놀이마당이 아니라는 것을 단번에 짐작할 수 있다.

축제의 주제는 그해의 프로그램에 반영된다. 올해는 '사색의 오솔길을 걷자'라는 주제에 맞춰 달맞이언덕 숲길을 걷는 '사색의 오솔길 걷기'(4일)와 '명사와의 만남'(3일)에서 『만행』이라는 책으로 널리 알려진 현각 스님을 초청하여 '생각하는 삶'이라는 주제로 강연을 들었으며, '달맞이언덕 보호 가족걷기대회'(6일)를 가졌다. 때마침 베트남 출신의 평화운동가 틱낫한 스님이 방한하여 걷기 수행을 보급시킨 상황에서 달리기가 아니라 천천히 걷는 축제 프로그램은 우리로 하여금 모처럼 속도감에 취해 질주하는 삶을 반성하며 진정한 자아와 만나는 사색의 시간을 가질 수 있게 했다.

'명사와의 만남'(4일)에 초대된 정수일 박사는 아랍인 '깐수'라는 이름으로 더 대중에게 널리 알려졌는데, 1996년 국가보안법위반으로 수감되었다가 2000년에 특사로 출소한 이후 그간의 목마름을 만회라도 하듯 2001년과 2002년에 각기 세 권씩의 저서를 발간했다. 그에게 주문한 강연 제목은 '한국과 이슬람 세계와의 만남'. 마침 이라크에서 전쟁의 포성이 들려오고, 국회의 이라크 파병을 결정, 파병 반대시위

등으로 얼룩진 국내외 정황을 반영이라도 하듯 강연장인 추리문학관 2층의 분위기는 진지하고도 뜨거웠다. 청중들은 한국과 이슬람 세계와의 신라 시대부터의 오랜 문명 교류의 역사에 놀라움을 금하지 못하면서도 정작 관심은 미국의 이라크 공습에 있는 듯 헌팅턴의 '문명의 충돌'에 대한 질문과 이라크 파병에 대한 정 박사의 찬반 입장을 묻는 등 현실적인 관심으로 고조되어갔다.

한편 '저자와의 대화'(5일)에 초대된 영남대 박홍규 교수는 지금까지 30여 종이 넘는 책을 저술한 학자로서 노동법이론가이며, 에드워드 사이드의 『오리엔탈리즘』을 번역했고, 『내 친구 빈센트』, 『베토벤 평전』 등 사회과학 인문과학 예술을 넘나드는 전방위적 저술을 해왔으며, 수차례 개인전을 연 화가이기도 하다. 그가 한 강연 제목은 법학 전공의 교수가 할 만한 제목으로는 상상이 안 되는 '무정부주의와 예술'이다. 그는 비틀즈의 일원이었던 존 레논을 베토벤과 같은 반열의 위대한 음악가로 평가하며, '무정부주의'라는 주제를 존 레논의 〈이매진(imagine)〉이란 노래로 실마리를 풀어나갔다. 노동법과 오리엔탈리즘, 그리고 음악과 미술의 경계를 넘나드는 그의 학문적 지적 관심 사이의 연결점이 보이는 듯했다. 노동자, 제3세계, 민중예술로 이어지는 그의 글쓰기와 행동철학 사이에는 공유된 가치가 있는 듯했다.

그저 먹고 마시고 들떠 노는 축제가 아니라 사색이 있고, 지성과의 만남이 있는 품격 높은 축제, 바로 여기에 '달맞이언덕축제'의 차별성이 있다.

세미클래식을 지향하는 종합문화예술 한마당

정말 세계에는 수많은 축제가 있다. 우리나라에서도 방문단을 모집하여 찾아가는 모차르트 축제 · 베토벤 축제 같은 음악축제, 오페라 축제, 무용 페스티벌, 영화 페스티벌, 와인 맥주 토마토 김치 떡을 소재로 한 음식 축제, 튤립 벚꽃 연꽃 철쭉 등의 꽃 축제, 얼음 비 눈을 소재로 한 축제, 가면축제 등 축제의 종류는 참으로 다양하고 역사도 깊다. 전 세계적 종합문화예술축제에는 영국의 '에든버러 축제', 네덜란드 암스테르담의 '홀란드 축제', 독일의 '베를린 축제' 등이 있는데, 그런 축제와 함께 견줄 수 있는 국내 유일의 종합문화예술축제가 '달맞이언덕축제'이다.

국내의 예술축제로서는 부산국제영화제를 비롯하여 부천 전주 등지에서 열리는 영화제, 광주비엔날레, 춘천의 마임축제, 전국연극제, 전국무용제, 통영에서 열리는 윤이상음악제 등의 전문적인 예술축제가 있지만 달맞이언덕축제처럼 달맞이언덕을 사랑하는 순수한 마음으로 모인 민간단체에서 음악 · 미술 · 연극 · 무용 · 문학 · 도예 · 차 · 강연 등 종합문화예술축제를 여는 경우는 없다.

나흘 동안 바다가 내려다보이는 야외공연장 '달맞이어울마당'에서는 박인수 · 장원상 등 국내 유명 성악가와 박상민 · 이미배 · 원미연 등 가수들의 라이브 공연, 메리어트 무용단의 치어리더 댄싱, 〈난타〉 공연, 역동적인 무대를 선사한 스포츠댄스 · 청소년 힙합댄스 경연 등 다채로운 공연이 이어졌다. 특히 달맞이언덕에 업소를 가지고 있는 심호섭이 밤하늘을 향해 부는 색소폰과 J. 윌리의 흥겨운 라이브 협연은 시민들로부터 가장 큰 박수를 받았다.

추리문학관에서 해운대포럼 회원들이 직접 각본을 쓰고 연출하고 출연한 연극 〈오해〉와 〈오! 휴머니즘〉이 공연된 것도 이색적이었다. 이 연극을 본 한 관객은 "김성종 선생님, 신옥진 선생님, 이수백 선생님, 평소 어렵고 근엄하신 선생님들이 마구 망가지는 모습 정말 파격적이고 감동적이었어요", "앞으로도 이런 연극 자주자주 볼 수 있었으면 좋겠어요"라고 거침없이 감상을 토해냈다. 전문가들이 만든 연극에 비해 어설프고 완성도도 많이 떨어졌을 것이 분명한 아마추어들의 연극에 오히려 관객들은 신선한 감동을 받은 듯했다.

다만 아쉬운 점은 달맞이언덕에 이런 공연을 할 수 있는 소극장이 한 군데도 없다는 것이다. 축제 첫날의 현각 스님 강연 때에도 수백 명의 청중이 한꺼번에 몰려드는 바람에 강연장을 추리문학관에서 달맞이집의 웨딩홀로 급히 옮겨 진행시켰다. 실내 공연과 강연 등을 할 수 있는 공간 마련은 해운대구가 시급히 해결해야 할 주민 숙원사업이라고 할 수 있다.

이번 축제는 시민들이 같이 만든 축제였다. '가족걷기대회' '청소년 힙합댄스 경연대회' '초·중·고생 사생대회' '와인 축제'에는 어린이로부터 청소년 노인에 이르기까지 수천 명의 시민들이 함께 해 봄 정취를 한껏 맛보았다. 특히 올해 처음 연 달맞이언덕 보존 사생대회에는 학생과 학부모 등 300여 명이 참여해 축제의 하이라이트가 되었다.

축제 통해 따뜻한 마음 전해요

축제 기간 동안 매일 오후 12시부터 3시까지 달맞이언덕에 있는 음식업소에서는 음식값을 20~50% 할인해주어 시민들에게 먹는 즐거움을 제공했다. 그리고 이번 축제에서 불우이웃돕기 성금 마련을 위해 1000~3000원의 음식축제를 벌인 것도 특기할 만하다. 같이 살아가는 불우이웃들에게 따뜻한 마음을 전하기 위해 음식축제를 벌인 달맞이언덕 상인들의 상도도 새겨볼 만한 아름다움이라고 하겠다.

특히 축제의 마지막 날에는 날씨까지 포근해서 밤이 깊도록 시민들은 축제의 일탈감과 일체감을 마음껏 향유했다. 점차 어두워져가는 달맞이어울마당에는 록 가수 박상민과 재즈 가수 이미배의 노랫소리에 맞춰 어깨를 들썩이는 사람, 제 흥에 겨워 춤을 추는 사람들의 모습이 너무 자연스러웠다.

그 늦은 시간의 공연장엔 몇 사람의 외국인이 찾아왔는데, 그들은 부경대와 자매결연을 맺기 위해 부산을 찾은 아프가니스탄 국립 카불 과학기술대학교의 파크루딘 총장 일행이었다. '원더풀'을 외치는 그들에게 이 달맞이언덕축제가 어떤 깊은 인상을 심어주었을까.

아마추어 문화활동 사회적 가치 공유케 해

일찍이 『백범일지』에서 김구 선생은 공원의 꽃을 '꺾을 자유'가 아니라 '심을 자유'를 말했다. 실로 실현 가치가 정반대인 이 자유에 대한 비유에서 선생은 우리에게 나 개인의 만족을 위한 행위보다 모두의 행복을 위한 높은 문화의 힘을 역설하려 하였다. 본디 문화와 예술이 지닌 공공사회재로서의 공익적 가치야말로 나와 다른 사람에게 행복을 주는 근원이다. 아마추어 문화활동의 활성화는 바로 서로의 존재를 존중하고 행복하게 만드는 사회적 가치를 공유하게 한다는 점에서 뜻깊다.

생산적 소비자로서 문화예술 창조 체험에 보다 많은 사람들이 참여하면 할수록 문화는 풍부해지고, 문화가 점점 더 많은 것(가치를 포함한)들을 제공해 줄 때 더욱 더 많은 사람들이 그것을 공유하게 마련이다. 문화적 경험의 소통과 교류야말로 문화의 창조성과 문화 보전에 이바지하는 동력이며, 그러한 동력은 바로 아마추어 문화활동의 전 사회적 확산으로 얻어질 수 있는 것이리라.

(『문화관광 너울』 143호, 한국문화관광연구원, 2003년 05월호)

페미니즘 비평적 수필

유한근

(문학평론가 · 디지털서울문화예술대학교 교수)

『디지털 시대의 수필 쓰기와 읽기』의 '머리말'에서 저자 송명희는 집필 동기 세 가지를 밝힌다. 그 하나는 "막상 대학에서 '수필문학론'이란 강의를 시작하려고 보니 강좌에 필요한 교재가 적당하지 않다"는 것이고, 그 둘은 "대학에서 수필을 이론만의 영역이나 창작만의 영역으로 가르칠 수 없으므로 수필의 이론을 바탕으로 하여 창작에 이른다"는 이론과 창작의 접목을 위한 집필임을 밝힌 것이 그것이다. 그리고 셋으로는 "전문적인 읽기의 영역으로 확장시킨 것이 비평"이라는 생각에서 『디지털 시대의 수필 쓰기와 읽기』를 펴냈음을 밝힌다. 그런 뒤 세 가지 목표 충족을 위해 "당연히 이 책의 내용은 수필의 이론, 창작론, 비평론의 세 분야로 구성되었다"라고 그 성격을 분명히 하고 있다.

이에 따라 송명희의 문학 세계를 탐색하려는 범위를 『디지털 시대의 수필 쓰기와 읽기』에서 제3부 수필비평론의 제2장 수필비평의 실제와 두 권의 에세이집 『여자의 가슴에 부는 바람』(1991)과 『나는 이런 남자가 좋다』(2002), 그리고 책으로는 묶이지 않았지만 그 뒤로 발표된 수필들을 대상으로 해서 살펴보려 한다. 송명희의 문학세계를 정리하기 위해서는 평론집『여성해방과 문학』(1988)을 포함한 30여 권의 저서와 편저와 공저 등, 그리고 시집『우리는 서로에게 가는 길을 잃어버렸다』까지 일별해야 함에도 불구하고, 이 에세이는 신곡문학상 대상 수상 작품『디지털 시대의 수필 쓰기와 읽기』과 수필을 대상으로 하고 있음을 전제사항으로 밝힌다.

작가 송명희는 수필「봄비 속의 사색」에서 자신의 학문 연구를 회고하고 있다.

> 그런데 지나온 세월을 돌이켜볼 때에 국문학 연구, 특히 현대소설 분야는 늘 서양의 새로운 이론을 받아들이기에 급급해왔다는 생각이 든다. 새것 콤플렉스라고 지칭해도 될 정도로 새로운 연구방법론이 한동안 유행을 하고, 곧 다른 연구방법론이 그것을 대체하는 일이 거듭되어왔다. 내가 1970년대 대학원에서 배운 방법론은 신비평과 신화비평 정도였다. 한편 연구자들 사이에는 게오르크 루카치나 뤼시앵 골드만의 사회주의 문예이론에 흠뻑 빠져 있는 사람이 많았다. 그 시절부터 나는 페미니즘 비평이라는 매력적인 방법론에 경도되어 있었다. 이 밖에도 역사주의, 마르크스주의, 현상학, 정신분석학, 포스트모더니즘, 구조주의, 해체주의, 신역사주의, 생태주의, 탈식민주의 등 수많은 방법론이 밀물처럼 몰려왔다가 썰물처럼 빠져나갔다. 어떤 것은 우리의 문학현실을 설명하는 데 비교적 적용 가능성이 높은 것도 있었고, 또 어떤 것은 이론 소개에만 그쳐버린 경우도 있었다. 나 역시 새로운 이론이 소개될 때마다 거의 강박관념을 가지고, 그 이론들을 새롭게 공부하고 우리 문학에 적용해보기에 바쁜 세월을 지나왔다. 하지만 과연 그렇게 한 일들이 우리 문학을 발전시키는 데 정말 기여했을까.
> 이제는 서양이론을 일방적으로 받아들이는 학문적 태도를 지양하고 우리의 문학을 주체적으로 연구할 수 있는 독자적 방법론에 고심해야 될 때라고 생각한다. 국문학을 연구해온 학문적 역사가 어느 정도 축적된 만큼 그야말로 학문연구의 탈식민화가 이루어져야 할 때인 것이다.
> — 수필「봄비 속의 사색」중에서

벚꽃이 피고 봄비가 내리는 봄날. 일본이 후쿠시마 원전 뉴스와 일본 동북부를 휩쓴 대지진과 쓰나미 뉴스와 신경숙의 『엄마를 부탁해』와 같은 밀리언셀러 소설이 인쇄매체의 시대를 간신히 지키고 있고 디지털과 영상매체의 시대로 바뀌고 있는 지금, 작가는 인문학의 위기와 자신의 학문에 대하여 생각해본다. 그 수필이 「봄비 속의 사색」이다. 이 수필은 작가를 이해하는 데 직접적인 정보를 제공해주는 수필이기도 하지만, 작가의 정서와 국제적 상황 그리고 사회적 제반 상황이 어떻게 전개 발전되는가를 보여주는 수필이기도 하다.

1. 페미니즘 연구와 창작

송명희의 수필집 '여성문제 테마에세이' 『여자의 가슴에 부는 바람』은 표제가 시사하는바 여성의 정체성 탐색의 에세이이다. 작가는 이 저서의 서문 '삼십대 인생을 정리하며'에서 "부산과 서울의 신문과 잡지에 발표했던 글과 강연회의 연설문, 방송원고, 그리고 여성을 주제로 한 평론문들로 구성"했음을 말하며 "독자가 참여할 여지를 남겨두지 않은 완벽한 글보다는 독자와 더불어 고민하고 사색할 여지를 남겨놓은 글에 대하여 독자들은 더 애정을 느끼리라 위안을 하면서 독자들과 나 자신의 부끄러움까지 공유하고 싶다"라고 토로하고 있다. 그러니까 이 에세이집은 본격적인 수필문학(?) 작품이라기보다는 칼럼적이고 평론적인 글의 성격을 가지고 있음을 작가는 스스로 밝히고 있는 셈이다.

작가는 평론집 『디지털시대의 수필 쓰기와 읽기』 제3장 수필의 유형에서 수필을 여러 관점에서 분류하고 있다. '제재와 내용에 따른 분류'에서는 사색적 수필, 비평적 수필, 기술적 수필, 담화 수필, 개인적 수필, 연단적 수필, 성격소묘 수필, 사설 수필 등으로 나눈다. 이러한 분류

기준으로 볼 때, 연설문은 '연단적 수필', 칼럼 등은 '담화 수필'이나 '사설 수필', 평론적인 글은 '비평적 수필'로 분류될 수 있을 것이다. 이 분류들의 정당성에 대한 판단은 이 글의 성격상 유보하고, 이러한 분류 방식은 다분히 수필의 영역을 확장시켜나갈 단초를 마련한다는 점에서 또는 수필문학의 문학성에 대한 재검토의 기회가 된다는 점에서 대단한 의미를 갖게 된다.

서두로 돌아가서 '여성문제 테마에세이' 『여자의 가슴에 부는 바람』은 여성 정체성 탐색의 수필집으로 규정해도 큰 문제는 없을 것으로 보인다. 송명희 작가의 글을 단편적이고 피상적으로 볼 때, 그를 페미니즘적인 작가로 인식하게 될 것이다. 물론 송명희 교수의 저서를 보면 더욱더 그러하게 된다. 『여성해방과 문학』(1988), 『문학과 성의 이데올로기』(1994), 『이광수의 민족주의와 페미니즘』(1997) 『섹슈얼리티 · 젠더 · 페미니즘』(2000) 등의 저서와 편저 『페미니즘 정전읽기』(2002), 공저 『페미니즘과 우리 시대의 성담론』(1998), 『페미니스트, 남성을 말한다』(2000), 『우리 이혼할까요』(2003) 등의 저서들이 그것을 입증하기 때문이다.

그러나 페미니즘을 단세포적으로 '여성해방운동'이라 인식하기보다는 '여성정체성'으로 인식하면, 여성의 모성성과 여성성을 포괄하는 의미로 이해하게 될 것이다. 그런 시각에서 작품집 『여자의 가슴에 부는 바람』에 수록된 수필 「비둘기의 모성」을 본다.

비둘기가 자신은 여위어가면서 새로운 생명을 탄생시키기 위해 자기를 희생시키는 것을 보며, 나는 모성 본능이야말로 인간계를 넘어서서 모든 생명체에 동일하게 반복되는 알 수 없는 신비라는 생각을 한다. 모성은 본인이 의식조차 못하는 알 수 없는 힘에 이끌려서 새로운 생명을 탄생시키고, 그것을 키운다.

모성의 알 수 없는 정열과 자기희생은 이 우주를 죽음의 삭막함으로

부터 건겨 활기찬 숨결로 채워준다, 자신의 의지나 의식적 선택의 범
주를 벗어나 반복되는 모성의 창조본능이야말로 이 우주의 생명을 지
속시킨 원동력이라고 할 수 있다. 그것은 종족본능의 본능이란 과학적
설명만으로는 미흡하기 짝이 없는 위대한 불가사의요, 정열이요, 용기
이다.

— 수필 「비둘기의 모성」에서

위의 수필은 「비둘기의 모성」은 송명희 스타일(?)로 수필유형을 분류
한다면, 서두에는 사소한 일상사를 그린 '개인적 수필' 유형의 것이며,
그의 후반부에서는 그 체험담을 사색한 결과를 쓴 '사색적 수필'이라 할
수 있을 것이다.

이 수필은 아파트 발코니로 날아와 둥지를 튼 비둘기를 통해서 '모성'
의 위대함을 새삼 인식한 수필이다. 여성의 정체성은 위에서 언급한 것
처럼 모성과 여성성으로 편의상 나눌 수 있을 것이다. 어쩌면 이 두 가지
성질은 '여성의 정체성'이란 이름으로 나눌 필요도 없는 것일 수도 있다.

그러나 이 두 가지 성질이 여성의 내면에서 갈등을 일으킬 때 우리 사
회는 가정 문제로 혼란스러워질 수 있음을 우리는 체험적으로 알고 있
다. 어떤 측면에서는 여성성과 모성은 상반적인 작용을 하는 경우가 있
기 때문이다. 모성은 "고통과 인내, 그리고 자기희생을 통하여 또 하나
의 생명을 탄생시키고 성장시키는" 위의 인용문의 표현대로 "이 우주의
생명을 지속시킨 원동력"인데 지나치게 열정적이고 방종한 여성성으로
인해 모성이 훼손되는 경우를 우리는 주위에서 볼 수 있기 때문이다. 여
성의 정체성이 바르게 정립될 때, 모성과 여성성은 대립도 합일도 아닌
유일(唯一)한 여성성의 본체가 될 것이다.

요컨대, 송명희 문학에서 있어서 페미니즘의 이론적 연구나 창작적
관심은 간과할 수 없는 문학세계의 가장 큰 부분이다. 이 점을 염두에

두고 수상작품집으로 화제를 돌린다.

2. 수필의 허구성

송명희는 『디지털 시대의 수필 쓰기와 읽기』 중 「수필문학의 허구성」에서 수필에 대한 오해로 '허구성'을 지적하고 있다. 그리고 폭탄선언(?)을 하고 있다. "비록 과거에 수필문학이 허구성을 용납하지 않았다고 하더라도 오늘날의 수필은 허구성을 용납하는 방향으로 변화하고 있으며, 그 변화는 수필문학의 새로운 지평과 가능성을 열어줄 것이다"라는 주장이 그것이다.

> 하지만 수필에도 구속이 있다. (…) 그런데 유독 수필만은 유일하게 허구성이 용납되지 않는 장르라는 보편적인 인식이 있어왔다. 그런데 수필은 정말 허구성이 용납되지 않는, 철저히 체험된 세계만을 그려내는 장르인 것일까? 앞에서 수필은 제재에서 아무런 구속이 없는 무제한의 내용을 수용할 수 있다고 했는데, 그 무제한이라는 개념 속에는 반드시 체험된 사실만을 다루어야 한다는 단서가 붙어 있는 것일까? 이에 대한 대답은 한마디로 '아니다.'
> 수필은 모든 다른 문학 장르가 그렇듯이 체험된 세계를 기초로 한다. 하지만 체험된 세계만을 기술해야 한다는 한계에 사로잡힐 필요는 없다. 수필도 체험의 토대 위에 작가의 지적 사색과 상상력이 빚어낸 새로운 세계를 창조해야만 그것이 문학적으로 가치가 있는 작품으로 승화될 수 있다. 그런데도 수필은 체험된 세계만을 다루어야 한다는 잘못된 고정관념과 오해가 있어왔다. 이로 인해서 아직도 많은 사람들이 개인의 신변잡기적 사적 체험만을 제재로 다룸으로써 수필의 문학적 품격을 떨어뜨리고 있다.
> ─ 『디지털 시대의 수필 쓰기와 읽기』 224~225쪽

그렇다. 위의 인용문의 요지에 많은 사람들이 동감할 것이다. 수필의 문학성에 대한 고뇌와 관심을 가진 작가들은 더할 것이다. 그러나 문제로 남는 부분은 "수필의 허구성을 용납하는 방향으로 변화"하는 양상은 어떤 것인가이다. 작가는 뒤에서 허구의 대표적 장르인 소설이 뉴저널리즘이라 부르는 새로운 소설 형식처럼 "허구적 구성과 허구적 인물의 설정을 배제하고, 작가의 도덕적 비전과 기자의 경험적 시각을 결합한 새로운 소설 경향을 보여"준 것처럼 수필의 허구성 용납이 "수필의 고유성 파괴나 상실로 해석하고, 수필 자체의 존립을 위태롭게 만드는 현상이라고 지레 거부반응과 반발을 보일 필요는 없다"는 것이다. 그 이유는 "무릇 모든 문학과 예술이 허구적 양식과 허구를 창조하는 작가의 상상력을 필요로 하듯이 수필도 허구성과 작가의 상상력을 필요로" 하기 때문이라는 것이다.

또한 송명희는 수필의 허구성은 내용적 측면과 양식적인 측면으로 나누어 살펴볼 수 있다고 말한다. "내용적인 측면에서의 수필의 허구성은 내용의 환상성이라고 할 수 있다"고도 말한다. "수필의 환상적 요소란 수필가가 체험한 경험적 자아로 하여금 자아의 표현이 아니라 잠재된 욕구와 무의식적 욕망에 대한 표현이며, 미답의 정신영역에 대한 탐구"라는 것이다. 그리고 수필의 양식적 측면의 허구성을 송명희 작가는 "다름 아닌 소설기법을 차용한 허구성 구성"이라고 말한다.

봉순 언니는 내가 1학년 때 6학년이었기 때문에 나하고는 고작 1년을 같이 다녔을 뿐이다. 2학년이 되자 언니가 없는 학교에 가기 싫어 칭얼대던 기억도 희미하게 남아 있다. 봉순 언니는 중학교로 진학을 하는 대신에 서울로 식모살이를 갔다는 말을 풍문에 들었다. 그 시절에는 식구가 많아 형편이 어려운 집에서는 딸들을 서울로 식모살이를 보내 입을 하나라도 줄이고, 그 딸이 벌어오는 돈으로 아들을 교육시키는 일이 허다했다. 모두 다 어려웠던 시대였고, 특히 딸들이 가족의 희생자가 되었던 시절이었다.

그 뒤로 나는 봉순 언니를 다시 본 적도, 소식을 들은 적도 없다. 중학교를 아버지의 직장을 따라 부안이라는 곳으로 이사해서 다녔으니, 더욱 고향소식을 듣지 못한 채 봉순 언니는 잊혀졌다.

하지만 늘 가슴속에 그리움으로 남아 있던 봉순 언니를 수십 년이 지난 다음에 소설 속에서 만날 수 있었다. 공지영 작가의 『봉순이 언니』라는 소설에는 시골 출신의 봉순이 언니가 등장한다. 나는 어린 시절의 봉순 언니가 소설 속에서 환생이라도 한 듯해 반가운 심정으로 신문에 연재되던 그 소설을 열심히 읽었다. 어린 나이에 매질하는 의붓아버지를 피해 집에서 도망쳐나와 남의 집 식모살이를 하면서도 성격이 밝고 낙천적이었던 봉순이 언니…… 그 언니를 통해서 다섯 살난 짱아가 세상에 눈떠갔듯이 나도 봉순 언니를 통해 학교라는 낯선 세계에 조금씩 적응해갔던 것 같다. 나는 『봉순이 언니』를 읽으면서 서울로 올라간 나의 봉순 언니도 소설 속의 봉순이 언니와 비슷한 삶을 살지 않았을까 하고 생각했다.

지금 생각해보면, 6학년이라고 해봐야 아직 철이 없는 어린 나이였다. 그 어린 나이에 친언니라도 할 수 없었던 무조건적인 사랑을 베풀어주었던 봉순 언니…….

봉순 언니, 언니는 초등학교 시절 자신이 업어 학교에 데려가곤 했던 여섯 살짜리 꼬맹이를 기억은 하고 있을까? 언니를 지금 만난다면, 내가 업고 언니와 함께 다녔던 부용초등학교의 교정에라도 가보고 싶다.

— 수필 「봉순 언니」 결말 부분

작가는 수필 「봉순 언니」라는 모티프를 통해서 우선 어린 시절로 돌아간다. 호남평야 시골에서 보냈던 유년의 기억 속으로 들어간다. 네 살에 초등학교를 입학한 일, "20대의 훤칠한 청년이었던 외삼촌"의 연애편지(?)와 선물을 받은 일, 초등학교 생활과 성적표, 친구들 그리고 봉순 언니와의 이야기로 들어간다. 과거로의 시간여행을 한다. 그리고 봉순 언니에서 그 여행을 멈춘다. 작가가 알고 있는 봉순 언니와 처지가 비슷한 공지영 작가가 쓴 소설 『봉순이 언니』 속으로 들어간다. 그리고 위의 인용문처럼 추억의 중심 공간인 초등학교로 가보고 싶다는 토로로 이 수필은 끝난다.

이 수필 「봉순 언니」를 앞에서 살펴본 송명희 작가의 '수필의 허구성' 이론을 설명하는 데 적합한 수필이라 할 수는 없다. 그러나 이 수필을 읽으면서 작가의 과거로의 시간여행을 할 수 있고, 또한 독자로서 자신의 체험과의 조응할 수 있다는 점, 그 점을 수필의 상상력이라는 국면에서 이해할 수는 없는지? 공지영의 소설 『봉순이 언니』 속으로 작가가 들어감으로 해서 '봉순 언니'에 대한 작가의 상상력은 증폭된 것은 아니지. 특히 수필 상상력의 문제는 분명 수필의 새 지평을 여는 열쇠가 될 수 있음이 자명한지에 대한 답은 잠시 유보해도 좋을 것이다.

3. 비평적 수필

시집과 수필집을 펴냈지만 송명희는 문학평론가이다. 자신이 유형 분류한 것에 의하면, 송명희는 다분히 비평적 수필을 쓰는 작가이다. 일상사를 제재로 해서 서두를 시작한 수필의 경우도 중간을 넘어 결말로 이르러서는 문학비평적 혹은 문학연구적인 에세이 성격의 글로 바뀐다. 이런 패턴의 에세이들이 감동적인 측면에서 찬반 양상이 두드러지겠지만 정서적 감흥과 지적 만족을 줄 수 있다는 점에서 긍정적이라 할 수 있다.

수필 「벌들의 소동 , 그리고 욕망의 삼각형」을 보자. 이 수필의 서두는 "뜨거운 여름의 갈증을 달래는 데는 매실 주스만 한 음료가 없다 싶어 몇 해 전부터 나는 직접 매실즙을 만들어 먹기 시작했다"라는 문장으로 시작한다. 그런 뒤 매실즙의 단맛을 먹기 위해 날아드는 벌 이야기로 전개된다. 벌의 예를 빌려 지라르의 욕망의 삼각형 이론을 설명한다.

> 그러나 벌들은 새로 발라준 매실즙은 거들떠보지도 않은 채 처음 발라준 매실즙을 놓고 계속 쟁탈전을 벌이는 것이었다. (…) 벌들의 소동을 지켜보면서 나는 여러 가지 생각에 잠겼다. 다른 곳의 매실즙을 놓아두고 한자리에서 싸움을 벌이던 벌들은 프랑스의 문학평론가이자 사회인류학자인 르네 지라르가 말했던 욕망의 삼각형에 대해 떠올리게 했다.
> '욕망의 삼각형'이란 욕망 주체는 자기 스스로 대상을 욕망한다고 믿고 있지만, 사실은 제3자(중개자)의 개입을 통해 욕망한다는 것이다. 따라서 그의 욕망은, 자발적 욕망이 아니라, 비자발적 욕망이다. 즉 욕망은 제3자의 욕망을 베낀, 다시 말해 모방된 욕망이다. 따라서 욕망의 현상은 욕망 그 자체의 현상이 아니라 욕망모방의 현상이다. 한 가지 대상을 두고 주체와 중개자 사이에 욕망모방은 끊임없이 되풀이된다는 것이 지라르의 유명한 '욕망의 삼각형'의 기본 구조이다.
> 결국 벌(주체)은 다른 벌(중개자)의 욕망을 욕망하는 모방된 욕망 때문에 옆에 무경쟁의 다른 매실즙을 놓아두고도 치열한 싸움을 벌인 것이다. 말하자면 남이 욕망하니까 덩달아서 나도 욕망한 것이다. 하지만 그게 다가 아니었다. 시간이 어느 정도 지나 허기가 달래지자 벌은 경쟁자를 허용하는 여유를 보이기 시작했다. 벌들은 얼마 가지 않아 모방된 욕망이라는 맹목성으로부터 벗어나 상대방과 평화롭게 공존하는 아름다운 모습을 보여주었던 것이다.
> ― 수필 「벌들의 소동 , 그리고 욕망의 삼각형」에서

위의 인용문처럼 벌을 통해서 이해하기 쉽지 않은 지라르의 '욕망의 삼각형'의 기본 구조를 설명한다. 그런 뒤 작가 자신의 인간 욕망에 대한 견해와 라캉의 욕망 이론을 덧붙인다.

나의 생각은 자연스레 인간의 욕망으로 옮겨졌다. 식욕뿐만 아니라 성욕, 소유욕, 명예욕, 권력욕, 지식욕 등 인간의 욕망은 매우 다차원적이고 무한하다. 인간은 벌들의 먹이를 사이에 둔 경쟁과는 비교할 수도 없이 복잡하고도 다층적인 욕망을 갖고 있다. 라캉의 표현대로라면 벌들은 욕망이 아니라 순수한 생물학적 생존본능에 따른 욕구를 가질 뿐이다. 생물학적 본능인 욕구는 유기체의 필요에 따라 나타나게 되는 식욕이며, 충족되었을 때는 일시적이지만 완전하게 사라진다.

라캉은 생물학적 욕구(need)와 언어적 요구(demand), 그리고 요구로부터 욕구를 뺀 차이인 욕망(desire)으로 욕구와 요구 그리고 욕망을 구분했다. 욕망은 언어적 요구로 생물학적 욕구를 표명함으로써 산출된 나머지다. 인간의 욕망이 복잡한 이유는 이것이 생존의 욕구를 벗어난 곳에 자리 잡고 있기 때문이다. 인간의 욕망이 끝이 없다는 것은 단지 양적인 문제만이 아니다. 그것은 본질적으로 욕망이 가진 구조의 문제이다. 즉 인간은 어떤 대상에게 욕망을 느끼며 그 대상에게 다가간다. 그 대상이 자신의 결핍을 채워주리라고 믿기 때문이다. 그리고 그것만 얻으면 더 이상 아무것도 욕망하지 않으리라 믿는다. 그러나 그 대상을 얻고 난 후에도 욕망은 여전히 남는다. 따라서 욕망은 충족되는 것이 아니라 끝없이 결핍되는 것이다. 아무것도 욕망하지 않는 것은 죽음뿐이다. 한편 욕망은 인간을 살아가게 하는 동력이기도 하다. 일곱 번 쓰러져도 여덟 번 다시 일어서게 만드는 힘, 시지프(Sisyphe)의 신화처럼 정상이 보이는 순간 골짜기로 굴러 떨어져도 다시 산꼭대기를 향해 바위를 움직이는 힘이 바로 욕망이다. 인간은 끝없이 욕망이란 신기루를 좇지만 다가가는 순간 그것은 항상 저만큼 물러난다. 충족되지 않고 끊임없이 지연되는 것이다.

— 수필 「벌들의 소동, 그리고 욕망의 삼각형」에서

수필의 후반부 이쯤에서 독자는 지적 체험에 만족할 것이다. 인간의 욕망은 끝이 없고, 욕망은 충족되는 것이 아니라 끝없이 결핍된 것임을 환기하게 될 것이다. 욕망이라는 것이 삶의 원동력이 되기도 하지만 신기루 같은 것임을 일깨워줄 것이다. 그러면서 독자에서 사유의 공간을 마련해주게 된다. 생각의 여백을 마련해주고, 사색의 시간을 갖게 한다.

그런 뒤, 이 수필은 결말부분에서 수미상관 법칙(?)으로 벌 이야기로 돌아온다.

> 그런데 인간의 끝없는 욕망 속에는 쓸데없는 경쟁심과 모방욕망 때문에 유발된 가짜욕망들이 크게 자리 잡고 있는 것이 사실이다. 그리고 자본주의는 가짜욕망을 유발하는 다양한 메커니즘을 가지고 있다. 벌들의 생존본능에 충실한 단순한 경쟁과 금세 경쟁자와 평화롭게 공존할 줄 아는 지혜로부터 오히려 우리 인간들이 배워야 할 점은 없을까.
>
> 자연 상태에서 꿀을 채취할 꽃들도 서서히 지고 있는 10월, 일요일 오전 시간을 느긋하게 매실즙을 즐기면서 보낸 건 내가 아니라 두 마리의 벌이었다.
>
> ― 수필 「벌들의 소동, 그리고 욕망의 삼각형」에서

위의 인용문에서 지나칠 수 없는 부분은 "벌들의 생존본능에 충실한 단순한 경쟁과 금세 경쟁자와 평화롭게 공존할 줄 아는 지혜"이다. 생존의 중요성과 상생의 지혜를 환기해주고 있기 때문이다. 인간을 비롯한 모든 생명체는 생존이 우선되어야 한다. 그리고 인간에서 우선해야 할 것은 평화롭게 공존할 수 있는 상생의 정신이다. 인간과 인간, 인간과 자연이 함께 사는 방식을 배우는 것이 중요함을 이 에세이는 결말부분에서 힘주어 말한다.

다분히 교훈적인 수필이다. 송명희는 수상 저서 『디지털시대의 수필 쓰기와 읽기』에서 '진술방식에 따른 수필 유형' 분류를 교훈적 수필, 희곡적 수필, 서정적 수필, 그리고 서사적 수필로 나누었다. 그리고 교훈적인 수필은 "필자의 체험이나 사색을 바탕으로 하는 교훈적인 내용을 담은 수필로서 문체가 중후하며, 필자 자신의 인생관이라 할 수 있는 신

념과 삶의 태도가 강하게 드러나 있다."라고 말하면서 "지나친 교훈성은 자칫 예술성을 소홀히 하게 되는 것을 경계해야 한다."라는 말을 잊지 않는다.

송명희 에세이 유형은 비평적이고 학문적이며 다분히 교훈적 혹은 교양적이다. 그가 교수이고 문학평론가이기 때문이 아니라, 선비적 기질 때문일 것이고 작가적 모티프 때문일 것이다. 앞서도 언급한 바가 있지만 그는 작품 경력을 통해서 알 수 있듯이 평론가로서 머물지 않고 시와 수필을 쓰며, 소설 연구와 강의를 하고 있는 문학 엔터테이너(?)로 알고 있다. 이는 그의 문학적 열정과 문학의 본질의 정곡을 이해하고 있는 것으로 이해해도 좋을 것이다. 문학은 하나이다. 장르에 따라 그 특징과 창작 방법론이 다르기는 하지만 그 본질 혹은 본체는 하나일 수밖에 없다. 이 점을 나는 그의 평론집 『디지털시대의 수필 쓰기와 읽기』와 수필 등을 통해서 확인할 수 있었다.

(이 글은 『수필과 비평』 2013년 1월호에 수록된 글의 재수록임을 밝힙니다.)

인문학의 오솔길을 걷다

인쇄 · 2014년 11월 15일 | 발행 · 2014년 11월 25일

지은이 · 송명희
펴낸이 · 한봉숙
펴낸곳 · 푸른사상사

주간 · 맹문재 | 편집 · 지순이 | 교정 · 김수란
등록 · 1999년 7월 8일 제2-2876호
주소 · 서울시 중구 충무로 29(초동) 아시아미디어타워 502호
대표전화 · 02) 2268-8706(7) | 팩시밀리 · 02) 2268-8708
이메일 · prun21c@hanmail.net / prunsasang@naver.com
홈페이지 · http://www.prun21c.com

ISBN 979-11-308-0301-2   03810
값 18,700원